世界优秀动物小说选
SHIJIE YOUXIU DONGWUXIAOSHUO XUAN

丛林之书

【英】约瑟夫·鲁德亚德·吉卜林 著

陈磊 译

CONGLIN ZHISHU

陕西新华出版传媒集团
陕西人民教育出版社
·西安·

图书在版编目（CIP）数据

丛林之书 / （英）约瑟夫·鲁德亚德·吉卜林著；
陈磊译. -- 西安：陕西人民教育出版社，2017.8（2018.10重印）
ISBN 978-7-5450-5544-3

Ⅰ. ①丛… Ⅱ. ①约… ②陈… Ⅲ. ①儿童故事－作
品集－英国－近代 Ⅳ. ①I561.85

中国版本图书馆CIP数据核字（2017）第214770号

由于所选译本无法与译者取得联系，对此我们深表歉意！敬请译者（或相关人）看到本书后，及时与我们联系，以便我们奉上稿酬及样书！

世界优秀动物小说选

丛林之书

[英] 约瑟夫·鲁德亚德·吉卜林 著　　陈磊 译

责任编辑：贺金娥
特约编辑：雷清漪
出版发行：陕西新华出版传媒集团
　　　　　陕西人民教育出版社
网　　址：http://www.snepublish.com
地　　址：西安市丈八五路58号
邮政编码：710077
经　　销：新华书店
印　　刷：西安天成印务有限公司
开　　本：650mm×920mm　　1/16
印　　张：17
字　　数：200千

版　　次：2017年8月第1版　　2018年10月第3次印刷
书　　号：ISBN 978-7-5450-5544-3
定　　价：25.00元

◎ 导　读 ◎

　　经典的动物小说就是经典的动物传奇，蕴含着经典的人类遐思，经典的生命展示，经典的哲学追问。从西顿的动物小说、杰克·伦敦的动物小说、吉卜林的动物小说，再到沈石溪的动物小说，这些作品中都体现了一种绿色家园意识，因为大自然是美的，它以美的姿态，以母亲的角色，凝聚着人类向往和谐世界的心声。它包容一切生命，创造生态繁荣。

　　吉卜林的动物小说也是受西顿动物小说的影响，但在小说的内容、主题、手法上又有差异。吉卜林的动物小说的代表作品就是丛林之书系列，包括《丛林之书》和《丛林之书续篇》共有15篇故事，本书选编了其中的12篇。其中的4篇是互不相干的动物故事《里奇—提奇—塔维》《大象们的托梅》《海豹》《奎昆》。其他的8篇是以狼孩儿莫格里为主的动物故事。

莫格里原本是印度一名樵夫的儿子，当他还是婴儿时，因为老虎希尔汗的追赶，父母逃散，他误入狼窝，被狼妈妈收养，成为狼族一员。从此，莫格里在印度茂密的丛林中长大。

莫格里有狼爸爸、狼妈妈的疼爱，有老狼王阿凯拉的庇护，有足智多谋的黑豹老师巴希拉、憨厚的熊老师巴鲁的教导，有最强大的蟒蛇朋友卡奥的帮助，当然还有他的狼兄弟跟随。幼年的莫格里就这样生活在一个充满爱和温暖的丛林世界；但苍绿幽深、神秘不可知的动物世界，不仅有爱，还有搏斗和厮杀，莫格里的未来充满了危险。后来，他凭借自己学到的生活能力和生存本领，凭借老师教给他的丛林法则，凭借人的智慧，战胜了时刻要吃掉他的老虎希尔汗，最后回到了人类世界。

1907年，不到四十岁的吉卜林荣获诺贝尔文学奖，成为英国历史上第一个获此殊荣的作家。他获奖的理由是具有"观察的能力、想象的新颖、思想的雄浑和叙事的杰出才能"。

1865年吉卜林出生的时候，恰逢大英帝国在世界的殖民统治处于鼎盛时期。印度是英国的殖民地，也是英国统治者精心营造的后花园，吉卜林就出生在印度的孟买，他熟悉印度的热带丛林，熟悉印度的野生动物，了解印度当地的日常生活与风土人情，并学会了印度斯坦语。

所以吉卜林的动物小说逼真地描述了动物习性，又有适当的虚构和夸张，在展示动物天性和自然法则的同时，又闪耀着人类的思想和情怀。

目　录
CONTENTS

◎ 莫格里的兄弟们

蝙蝠蒙释放了黑夜——
　　现在鸢鹰兰恩把它带回了家，
牛群关在牛棚和小屋，
　　我们可以放松，直到黎明。
这是展示力量、彰显荣耀的时刻，
　　爪子尖牙似钳子。
噢，听那号子！——都捕猎顺利
　　遵守丛林法则的兽民们！

——《丛林夜之歌》

夜晚七点钟，习欧尼山中非常暖和，狼爸爸从白日的休息中醒来了，他舒展舒展筋骨，打了一个哈欠，一个接一个伸直爪子，好把睡意从指尖赶走。狼妈妈还躺着，她大大的灰鼻子横在四只翻着筋斗、呜呜叫着的幼崽身上，月光照进他们住的山洞口。"嗷呜！"狼爸爸嚎了一声，"该去打猎了。"他正要跳下山时，一个小个子来到山洞口，他有一条毛茸茸的尾巴，呜呜说："祝你好运，狼大王。祝尊贵的孩子们都有好运，愿他们的白牙尖利，永不忘世上还有像我们这样忍饥挨饿的可怜生灵。"

　　说话的是胡狼塔巴奎，他专拣残羹冷炙。印度的狼都鄙视塔巴奎，因为他满腹诡计，爱撒谎，靠吃村子垃圾堆里的破布和碎皮子果腹。可他们也害怕他，因为他比丛林里的其他的动物都更会发狗疯，他疯起来就会忘了自己原来谁都害怕，他会跑遍丛林，谁挡道就咬谁。小塔巴奎一发疯，就连老虎都要逃之夭夭，唯恐避之不及，因为疯狂是能压倒野生动物的一切情绪中最令人害怕的。这狗疯，就是我们说的狂犬病——他们称之为德瓦力——任何动物躲都躲避不及。

"你就进来吧，进来找。"狼爸爸不高兴地说，"只可惜这里没有吃的。"

"对狼来说，是没有。"塔巴奎说，"可对我这样卑微的胡狼，一把干骨头就算大餐。我们是谁？我们是格德洛格（胡狼），我们才不挑三拣四。"他快步跑到山洞里面，在那里找到一块公鹿骨头，上面还有点儿肉，于是就坐下来欢快地啃着骨头。

"真得感谢这顿美餐。"他说着舔舔嘴，"这些王子真美！眼睛真大！又是如此的年轻！实在是，实在是，我早该明白大王的孩子都是开天辟地的英雄。"

塔巴奎当然也和别人一样知道当面赞美别人的孩子是很不合适的，但只要看到狼爸爸和狼妈妈不自在的样子，塔巴奎就更高兴了。

塔巴奎静静地坐着，陶醉在自己刚制造的花招里，接着恶狠狠地说："大头领希尔汗已经转移了领地。他跟我说，等明天月亮升起来的时候，他就将到这边的山里捕猎。"

希尔汗是一只老虎，住在距威冈加河二十英里远的地方。

"他没那个权利！"狼爸爸生气地说，"根据丛林法则，未经必要提醒，他无权更换领地。他会惊动十英里内的所有动物，而这些天，为了孩子们，我必须捕双倍的猎物。"

"他妈妈并不是无缘无故叫他瘸腿的。"狼妈妈镇定地说，"他生下来就瘸了一条腿，因此他才只捕杀家畜。现在他把威冈加村村民都惹火了，又跑来我们这里闹。村民们放火烧掉丛林来搜捕他，他就溜了。草丛被烧了没有藏身之地，我们只好带着孩子们逃走。说起来，我们倒要感谢希尔汗呢！"

"我该向他转达你们的感激吗？"塔巴奎明知故问。

"滚！"狼爸爸打断他，"出去，去找你的主子捕猎。一晚上全被你毁了！"

"我走。"塔巴奎不慌不忙，"你听，希尔汗就在下面的灌木丛里。早知道我就不来通知你了。"

狼爸爸细听，在谷底有条小河，他听见老虎单调的沙哑的怒吼声，听起来那老虎什么也没捕到，而老虎也不在乎是不是整个丛林都听到了。

"蠢货！"狼爸爸说，"一晚上的捕猎还没开始，就先发出这样的响动！他还以为我们的雄鹿跟威冈加的肥阉牛一样蠢啊？"

"嘘。他今天——晚上要捕猎的可不是雄鹿或是阉牛什么的，"狼妈妈说道，"他是要吃人。"

怒吼声变成了一种嗡嗡的呜咽，听起来就像来自四面八方。有时候，正是这种声音令睡在野外的樵夫和吉普赛人不知所措，他们四处逃散，结果正好落入虎口。

"要吃人！"狼爸爸说着露出满口洁白的尖牙，"呸！难道池子里的甲虫和青蛙还不够他吃的，他还非要吃人，况且又是在我们的这片土地上！"

丛林法则从不做任何无缘无故的规定，它禁止任何兽类吃人，除非是在教幼兽如何猎杀，然后还必须是在自己族群或部落的猎场之外才能杀人。这个规矩的真实原因其实是因为如果吃了人的话，不管早晚，白人就会骑着大象，带着猎枪杀来；成百上千的棕种人也会敲着锣、扛着火箭弹、举着火把赶来。那时，丛林里的生灵就遭了殃。兽类为自己立下这样的规矩也是因为人类是所有生灵中最弱、最没有防御心的族群，袭击人类一点儿都不光明正大。他们还说——而实际也确实如此——吃了人就会变得肮脏，连牙齿都会掉光。

呜咽声更大了，最后是一声竭尽全力的"啊哈"声，那是老虎冲向了猎物。接着又是一声咆哮——听着都不像是老虎的吼声了——但确实是希尔汗发出的。

"他没抓到。"狼妈妈说，"怎么回事？"

狼爸爸往外跑出几步，听见希尔汗惨叫着倒在灌木丛中打滚。

"这个蠢货肯定是不知不觉跳进了樵夫的火堆烧了爪子。"狼爸爸咕哝道，"塔巴奎也在他旁边。"

"有什么东西上山来了。"狼妈妈说着猛地竖起一只耳朵，"准备好。"灌木丛发出细微的沙沙声，狼爸爸蹲下身子准备好跃起。当时，如果你在现场观看的话，你肯定会看见世上最精彩的一幕——狼爸爸在弹跳的半途停了下来。本来他还没看清猎物就起跳了，接着又试图停下来。结果就是他往空中跳起四五英尺，然后又几乎在原地着陆。

"是人类！"他厉声说道，"是一个人类的小娃。快看！"

在他正前方，站着一个棕色皮肤、全身赤裸、才刚会行走的婴儿，正抓着低处的一根树枝——以前还从没有这么柔嫩、这么满面笑容的小家伙在夜晚来到狼窝呢。他抬起头看着狼爸爸的脸笑了。

"是人类的娃娃吗？"狼妈妈问，"我还从没有见过呢。叼过来让我瞧瞧。"

在必要的时候，狼习惯于叼着自己的幼崽移动，他们的嘴能叼着幼崽而不咬碎。狼爸爸两颌叼着小孩的背，但一根牙齿也没有擦到他的皮肤，他把小孩放在自己的狼崽子中。

"真小啊！这么滑溜溜的，而且胆子还挺大呀！"狼妈妈柔声说，小孩在狼崽子中推挤着，想靠得近一点儿，好找个暖和点儿的地方。"啊哈！他也和咱们的宝宝一起来吃了。这就是人类的小娃娃啊。到目前为止，有狼曾自夸过自己的孩子中有人类的小娃娃吗？"

"我倒是时不时听说这样的事，但在我们族群里，我这辈子还没有听过。"狼爸爸说道，"他全身还没有毛发，我一只脚就能踩死他。但是你看，他还抬着头，他一点儿都不怕。"

月光被挡在了洞外，因为希尔汗的大方头和肩膀探进了山洞。塔巴奎跟在后面，吱吱叫着："大王啊，我的大王，就从这里进去的！"

"是希尔汗来了啊，寒舍真是蓬荜生辉啊。"狼爸爸说道，但他的眼睛里充满了怒气，"希尔汗所为何事呢？"

"找我的猎物。一个人类的小崽子朝这边来了。"希尔汗说，"他的父母都逃了。把他交出来！"

正像狼爸爸说的那样，希尔汗之前跳进了樵夫的火堆里，正为脚上的烧伤气得怒不可遏。但狼爸爸知道山洞洞口过于狭窄，老虎不可能钻进来。就像现在这样，希尔汗的肩膀和前爪都被挤在已没有一丝空间的洞口，好比把一个人装进桶子里，他肯定也会这样挣扎。

"我们狼族可是自由族群，"狼爸爸说，"狼族只接受族群首领的指令，并不听令任何带斑纹的牲口猎杀者。这个人类小娃是我们的——要杀也得看我们愿不愿意。"

"你们愿意杀，你们不愿意杀！你们的意愿算什么？凭着我杀了这么多公牛，难道还要我嗅着你们的狗窝来寻找我应得的猎物吗？这可是我希尔汗的命令！"

老虎的咆哮使整个山洞回荡着一阵轰鸣声。狼妈妈抖开身上的小狼崽，往前一弹，她的眼睛就像黑暗中两个绿莹莹的月亮，直视着希尔汗凌厉的双眼。

"那么我，拉卡莎（魔鬼），就来回答你。这个人娃娃是我的，你这个瘸子，这个人娃娃是我的！我们不会杀了他，他要和狼族一起奔跑，和狼族一起捕猎；看看你，竟然捕杀一个小小的、光溜溜的人娃娃，你还吃青蛙，还捕鱼，到最后，他会来猎杀你的！所以，不然我也以我猎杀过的大公鹿起誓（我可从来不吃挨饿的牲口），你给我滚回你妈身边去，你这个丛林里挨火烧的家伙，要不然你小心你的腿变得比刚出生时还要瘸！快给我滚！"

狼爸爸吃惊地看着狼妈妈。他几乎不记得当初自己是公平打败了其他五头狼才娶到狼妈妈的时光，那时她在狼群中，被称作魔鬼，那可并不是什么奉承话。希尔汗也许已经迎战过狼爸爸，可他却抵挡不住狼妈妈的反抗，因为他也知道，在这里狼妈妈占据绝对优势，肯定会往死里打他，所以他就嚎叫着从山洞口退出来，出洞后，他吼道："狗都会在自己的地盘上瞎吠！我们就等着瞧狼族怎么说你们收养这个人崽子吧。这小崽子是我的，最后还是要塞我的牙缝儿，你们这蓬尾巴的贼！"

狼妈妈喘着粗气倒在狼崽中，狼爸爸严肃地说道："希尔汗说得还是很有道理的。这小娃必须让狼族过目。你还是要养着他吗，狼妈妈？"

"要养！"她喘着气，"他光着身子来到这里，还是在夜里，孤零零的，还饿着肚子。但他一点儿都不怕！你瞧，他都把我们的一个孩子推到一边儿去了。那瘸腿屠夫肯定会杀了他，然后跑到威冈加去，而这里的村民就会杀遍我们的巢穴来报复！养着他？我当然要收养他了。躺好啊，小青蛙。噢，莫格里——我要叫你小青蛙莫格里——总有一天，会轮到你去猎杀希尔汗的，就像他捕猎你那样。"

"但我们的族群会怎么说呢？"狼爸爸说道。

　　丛林法则明确规定，任何一只狼结婚之后都可以从所属的狼族退出。但只要他们的幼崽长到能站立，他就必须把孩子们带来族群议会，每个月的月圆之夜召开一次议会，也是为了其他的狼都能认识这些孩子。狼族检视完毕，这些狼崽就能自由奔向他们想去的地方，在他们杀死第一头公牛以前，任何狼族里的成年狼不得以任何借口杀死任何一只狼崽。如果抓到这样的凶手，刑罚就是处死；你只需想一想就能明白为什么有如此规定。

　　狼爸爸等到自己的狼崽都稍微能跑了，就在一个族群议会的晚上把他们和莫格里还有狼妈妈一起带去了议会岩——就是一处覆盖着石块和鹅卵石的山顶，那里可供一百只狼藏身。

　　单身大灰狼阿凯拉无论是在力量上还是计谋上都堪称狼族的首领，他正伸直身子躺在他的岩石上，他身下坐着四十只甚至更多体形、毛色各异的狼，从能单独对付一头雄鹿的獾色皮毛的老狼，到自以为也能杀死雄鹿的三岁年轻黑狼都有。

　　现在，单身狼王已经领导他们一年了。他年轻时曾两次掉进捕狼陷阱，还有一次曾挨揍、躺着等死的经历。因此，他深谙人类的习俗和行为方式。议会岩没什么说话声。狼崽们在父母围坐的中间互相打闹，时不时地有一只老狼静静走到一只狼崽面前来，细细打量，然后又无声地走回自己的位子。有时，狼妈妈们会把自己的狼崽推到月光下，以免自己的狼崽被漏看。

　　阿凯拉从自己的岩石上喊道："你们是知道规矩的——你们是了解规矩的。看仔细了，狼族成员们！"

　　焦虑的狼妈妈们也会接着喊道："看吧——看仔细了，狼族成员们！"

　　最后——当这一时刻到来时，狼妈妈脖子上的毛发倒竖——狼爸爸把"青蛙莫格里"（他们就是这么叫他的）推到中间，他就笑着坐在那儿玩弄起那些在月光下闪闪发亮的卵石。

阿凯拉一直没有把头从爪子上抬起来，继续用单调的嗓音喊道："看仔细了！"一阵低沉的吼声从岩石后方蹿上来——那是希尔汗的吼声："那小崽子是我的，把他交给我！你们这群自由狼族要一个人崽子干什么？"阿凯拉一动不动，甚至连耳朵也没抖一下。他所说的只是："仔细啊，狼族的成员们！自由的狼族除了自由狼族的命令，听别人的命令做什么？看仔细了啊！"

一阵低沉的嚎叫声相和，一只年轻的四岁的狼重复希尔汗的话给阿凯拉听："自由狼族要人崽子干什么？"现在，丛林法则规定，如果狼族关于接受一个小崽子的行为引发了争议，那么这个小崽子必须拥有除他父母以外的另外两名族群成员为其说话，才能决定他的去留。

"谁为这个人娃娃说话？"阿凯拉问道，"自由族群中，谁为他说话？"没有回应，狼妈妈做好准备，她知道如果打起来，这可能将是她最后一战。

然后，唯一一位被允许参加族群议会的其他生灵——老是昏昏欲睡的棕熊巴鲁两腿直立站了起来，他负责教授狼崽们丛林法则。老巴鲁可随自己意愿来去自如，因为他只吃坚果、根茎和蜂蜜。巴鲁咕哝着：

"人娃娃——有人娃娃？"他说道，"我为人娃娃说话。要一个人娃娃也没有害处啊。我说不出什么好听的话，但我说的都是实话。让他跟狼群一起奔跑吧，让他加入其他狼崽吧。我亲自来教他。"

"我们还需要一个，"阿凯拉说道，"巴鲁为人娃娃说话了，他是我们小狼崽的老师。除了巴鲁还有谁？"

一只黑影跳下圈子。是黑豹巴希拉，他浑身墨一般黑，但他身上的豹斑在特定光线下看起来就像是波纹绸的纹路一样。大家都知道巴希拉，谁都不敢挡在他的道上。因为他和塔巴奎一样狡猾，和野水牛一样英勇，和受伤的大象一样不顾后果。但他的声音像树上滴落的蜂蜜一样温柔，毛皮比绒毛还要软和。

"噢，阿凯拉，还有你们这群自由狼族，"他咕噜道，"我并无资格列席你们的会议，但丛林法则规定，要是对于如何处置一个新崽子有疑问，又还不致处死，那么这个崽子的性命是可以用一定价格来买的。法则也并没有规定谁能买谁不能买，我说得对吧？"

"好啊！好啊！"一群总是挨饿的年轻的狼说道，"就听巴希拉说的吧。这个人娃娃可以花一定价格来购买。法则就是这么规定的。"

"我知道我没有资格在这儿发言，但是我请求你们听我说。"

"那你说啊！"二十个声音叫道。

"杀死一个赤身裸体的小崽子是可耻的。再说，等他长大，说不定还能为你们猎得更多猎物呢。巴鲁已经为他说话了。现在，如果你们愿意根据法则接受这个人娃娃的话，除了巴鲁为他说话，我也加上一头公牛，还是一头肥硕的公牛，刚刚捕获的，就在离这儿不到半英里远。这个决定很难吗？"

几十个声音喧闹叫喊："有什么关系啊？他会在冬雨里冻死，会在烈日下烧焦，一个光溜溜的青蛙能害着我们什么啊？就让他和狼群一起奔跑吧。公牛在哪儿啊，巴希拉？我们就接受他了！"然后是阿凯拉深沉的吠叫："看仔细了——看仔细了啊，狼族的成员们！"

莫格里仍然被卵石深深吸引着，也没注意到狼群一个个过来打量他。最后，他们都下了山去那头死公牛那儿了，只剩阿凯拉、巴希拉、巴鲁和莫格里自己的狼家族留下来。希尔汗还在暗夜里怒吼着，他非常气愤莫格里没有被转交给他。

"哎，嚎得好，"巴希拉从胡须之下吐出声音，"因为总有一天，这个光溜溜的小东西会令你换个调调嚎叫的，如若不然，我还真是不了解人类了。"

　　"干得好，"阿凯拉说，"人类和他们的幼崽是非常聪明的。需要时，他会帮得上忙的。"

　　"说得对，需要时，他能帮得上忙。因为谁都不能永远当狼群的首领。"巴希拉说。

　　阿凯拉没有说话。他在想有那样的一天，所有族群所有的首领都会流失力量，变得越来越弱，直到最后他会被狼群杀死，会出现新的头领——而新的头领也会轮到被杀死的那天。

　　"把他带走吧，"他对狼爸爸说，"就像训练自由狼族一样训练他。"就这样，莫格里以一头公牛的价格还有巴鲁的美言加入了习欧尼山中的狼族。

现在往后跳上十年或十一年，你应该会很乐意，就简单猜测一下莫格里在狼族中所过的精彩生活吧，因为要是写下来的话，会写上好多本书。他在狼崽中长大，尽管这些狼崽子在他还没有长成一个小孩之前就长成了成年狼。狼爸爸教给他怎么捕猎，还有丛林中一切事物的含义，直到草丛中每一阵沙沙声、夜间温暖空气中每一声呼吸、头顶猫头鹰每一声鸣叫、蝙蝠在树上栖息时的每一道擦痕、池塘里每一条小鱼溅起的每一道水花，他都能分辨清楚，就像商人对他办公室的事务一样熟悉。不学习的时候，他就坐在外面太阳地里睡觉，然后进食，然后又回去睡觉。觉得脏了、热了就去森林的池塘里游泳；想吃蜂蜜了（巴鲁告诉他蜂蜜、坚果和生肉一样好吃），他就爬树去够，这些也是巴鲁教他做的。巴希拉则躺在树枝上喊："快来啊，小兄弟！"起初，莫格里只能像树懒一样紧贴树干，但后来他就能像灰猿一样大胆地在树枝中荡来荡去。

在议会岩里，他也有了自己的位置，当议会举行时，他发现如果他紧盯着一只狼，那狼就会被迫放低自己的视线，所以他就习惯了紧盯别的狼来取乐。其余时候，他也会帮自己的朋友从肉掌上挑出长刺，

因为狼是非常苦恼肉里扎刺和毛皮上的刺球的。晚上，他会下山走到耕作过的土地上，非常好奇地看着那些小屋里的村民，但是他不相信人类，因为巴希拉曾指给他看过一个方形的洞穴，那洞穴下方有一扇门，如此狡猾地隐藏在丛林中，以至于他差点儿走进去，巴希拉告诉他那是个陷阱。他最喜欢的事就是和巴希拉一起走进黑暗温暖的丛林深处，昏沉沉地睡上一整天，夜间就看巴希拉是怎么捕猎的。巴希拉饿了就猎杀，莫格里也是——但只有一种东西他们不杀。他刚刚能明白事理时，巴希拉就告诉他永远不能碰牛，因为他就是用一头公牛的性命为价格买进狼族的。"整个丛林都是你的，"巴希拉说，"等你强壮到能够捕猎的时候，你可以猎杀一切东西，但看在买下你的公牛的份儿上，你永远也不要猎杀或啃食任何一头牛，不管年轻的还是年迈的。这是丛林法则。"莫格里忠实地遵守着这一点。

他长啊长啊，长成了一个男孩该有的强壮的样子，他不知道自己正在学会很多东西，除了吃，他在这世上也没有别的事情可考虑。

狼妈妈曾告诉过他一两次，说希尔汗这个家伙不值得信任，还说有一天他必须杀死希尔汗。尽管一只小狼可能会每时每刻记住这个忠告，但莫格里却忘了，因为他只是个小男孩——如果他会讲任何人类语言的话，他会管自己叫狼的。

他在丛林里经常碰到希尔汗，因为阿凯拉年老体衰，这瘸腿老虎就成了狼族很多年轻小狼非常好的朋友，他们跟在他身后吃他的残羹冷炙，如果阿凯拉敢严格执行自己的职责，他是绝对不会同意小狼们这么做的。希尔汗会奉承那些年轻小狼，吹捧他们，说他很奇怪这么勇猛的年轻猎手怎么会情愿让一只垂死的老狼和一个人崽子领导。"他们告诉我，"希尔汗说，"在议会上，你们都不敢直视那人崽子。"那些年轻小狼就气得毛发倒竖，嚎叫起来。

巴希拉到处都有眼线和耳线，他听说了一些这样的事，有一两次他对莫格里说了很多，他说希尔汗总有一天会来杀了莫格里。莫格里就笑着答道："我有整个狼族啊！而且我还有你，还有巴鲁，尽管他这么懒，也会为我出手打一两下的。我有什么好害怕的？"

这天非常暖和，巴希拉想到一个新点子——他是从听到的一件事想起的，那事可能是野猪伊奇告诉他的。在丛林深处时，他告诉了莫格里，当时男孩正头枕巴希拉漂亮的黑色毛皮躺着："小兄弟，我跟你说过多少次希尔汗是你的敌人？"

"就和那棵棕榈树上的果实数量一样多了。"莫格里说道，他自然是不会数数的，"怎么？我困得很，巴希拉，希尔汗不就是尾巴长点儿、说话声音大点儿——就和孔雀马奥一样嘛。"

"现在可不是睡觉的时候。巴鲁知道这一点，我也知道，狼族都知道，就连愚蠢得要命的鹿都知道。塔巴奎也告诉过你。"

"呵！呵！"莫格里叫道，"塔巴奎才来跟我说了一番无礼的话，他说我是个赤身裸体的人崽子，连刨花生都不配。我拎起塔巴奎的尾巴，把他往棕榈树上撞了两下，好教他知道什么叫礼貌。"

"这样做真傻，塔巴奎虽然是个爱耍恶作剧的家伙，但他也会告诉你一些和你密切相关的事情。睁大你的眼睛吧，小兄弟。在丛林里，希尔汗是不敢杀你。但你要记住，阿凯拉已经非常年迈了，很快，他就不能猎杀雄鹿了，等那一天到来，他就不再是头领。而很多在你第一次被带到议会时打量过你的狼也都老了，年轻的狼们都会像希尔汗教他们的那样想，议会里没有人崽子的席位。你很快就要长大成人了。"

"长大成人又怎么了，长大了就不该和兄弟们一起奔跑了吗？"莫格里说，"我生在丛林，我遵守丛林法则，我帮狼族里所有的狼挑过爪子上的刺。他们当然都是我的兄弟了。"

巴希拉伸展了一下身躯，半闭起眼睛。"小兄弟，"他说，"来感受一下我的下颌。"

莫格里把他壮实的棕色手掌放上去，就在巴希拉丝绸般顺滑的下巴以下，光滑的毛发遮盖着几块大肌肉，在那里他摸到了一小块光秃秃的地方。

"丛林里谁也不知道我巴希拉有这个记号，这是套颈圈的记号；还有，小兄弟，我是在人类世界出生的，我妈妈就死在人类世界——死在奥狄博尔国王皇宫的笼子里。也因为这，当你还是个光溜溜的小家伙时，我在丛林议会付出代价换了你。是的，我也是在人类中出生的。以前，我从没见过丛林。他们把我养在铁栏杆后面，用铁锅喂我吃的，直到有一天，我感觉到自己是巴希拉——是黑豹——不是什么人类的玩物，我爪子一挥就打断了愚蠢的栏杆，我逃走了。然后因为我学了很多人类的东西，在丛林里我变得比希尔汗还要可怕。不是吗？"

"是这样的，"莫格里说，"整个丛林都害怕巴希拉——除了莫格里。"

"噢，你是个人娃娃，"黑豹非常温柔地说道，"所以就像我回到了我的丛林一样，你最终也必须返回人类世界——回到你的兄弟人群中去——如果你在议会没被杀掉的话。"

"但为什么啊——可为什么会有狼想要杀掉我？"莫格里问道。

"看着我。"巴希拉说。莫格里沉着地看着他的眼睛。大黑豹不到半分钟就扭过了头。

"这就是原因，"他说着把爪子放到树叶上，"就连我也不能直视你的眼睛，况且我还是在人类中出生的，我还爱你，小兄弟。剩下的他们却恨你，因为他们连眼睛都不敢与你对视，因为你很聪明，因为你帮他们从脚上挑刺儿——因为你是个人。"

"这些东西我不懂。"莫格里不高兴地说，又粗又黑的眉毛也皱起来了。

"丛林法则是怎么说的？先进攻再出声儿。就因为你太大意了，他们才知道你是个人。所以小心点儿啊！我知道当下如果阿凯拉捕猎再失手一次时——他每次捕猎都要费更大的劲儿才能按住公牛——狼族就要对抗他了，然后对抗你。他们会在议会岩举行丛林会议，到那时——到了那时——我想到了！"巴希拉说着跳起来，"你赶紧下山到谷底人类的小屋去，去取点儿他们种在那儿的红花来，这样，当时机到来，你就会拥有一个比我和巴鲁或其他爱你的狼族更强大的朋友。去取红花来。"

巴希拉说的红花就是火，丛林里没有生灵能叫出火的正确名字。每个兽类都极度惧怕火，还发明了成千上万种方式来描述它。

"红花？"莫格里说道，"他们黄昏时种在屋外的东西吧。我去取些来。"

"这才是人娃娃说的话。"巴希拉骄傲地说，"记住，是种在小小盆里的那种。迅速取一个来，然后保管好，以备不时之需。"

"好的！"莫格里说，"我去。但你确定吗？噢，我的巴希拉——"他手环着黑豹漂亮的脖子，深深盯着他的大眼睛——"你确定这都是希尔汗挑起的吗？"

"凭我砸破枷锁逃出来发誓，我确定，小兄弟。"

"那么，我就以买下我的公牛起誓，我要让希尔汗为此付出代价，可能还要多付一点儿呢。"莫格里说着一蹦一跳走开了。

"终于成人了，终于完全长成大人了，"巴希拉自言自语着又躺下来，"噢，希尔汗啊，从没有比你十年前猎青蛙的那场捕猎更惨的了！"

莫格里跑出森林，他跑得很快，心情很急切。夕雾升起时，他到了山洞，吸一口气，往下面山谷看。狼崽们都出来了，但是狼妈妈待在洞里，从呼吸声中就知道有什么事情正在困扰她的小青蛙。

"怎么了，儿子？"她问道。

"听了些希尔汗说的蠢话，"他回头喊道，"今晚我去耕地那儿捕猎去。"他在灌木中开路来到谷底的小溪。他在那儿停了一下，因为他听见狼群捕猎的叫声，一只大公鹿被捕后的吼叫声，还有公鹿走投无路时的喘息声。接着传来了小狼们邪恶仇恨的嚎叫："阿凯拉！阿凯拉！让单身狼王展示力量吧。让我们狼族头领上！跳啊，阿凯拉！"

单身狼王肯定是跳起来却又没抓住，莫格里听见他的牙齿咔嚓咬了个空，然后大公鹿用前蹄撞翻了他，他发出一声疼痛的叫喊。

莫格里没再多等，而是冲了出去，叫喊声在身后越来越微弱，他跑进了村民居住的庄稼地里。

"巴希拉说的都是真的。"他倚靠在小屋窗下一些牛饲料上喘息，"明天对阿凯拉和我都是至关重要的一天。"

然后他把脸紧紧贴在窗户上看着地上的火堆。他看见男人的妻子站起身，在黑暗中往火里添上一块块黑色的东西。黎明来临，晨雾白茫茫，透着寒意，他看见一个小男孩拿起一个里面糊满泥的柳条罐，往里面装满又红又烫的木炭块，把罐塞在自己身上披的毯子下面，就去照料牛棚里的母牛去了。

"就这样？"莫格里说，"如果小娃娃都能做到，就没什么好怕的。"因此他绕过屋角，碰上了那个小男孩，就从他手里抢走火罐，然后消失在了晨雾里，男孩吓得号哭起来。

"他们很像我嘛。"莫格里说着往火罐里吹气，因为他看到那个女人也是这么做的，"这个东西，要是我不喂它，它就会死掉。"所以他就往那红色的东西上丢了些小树枝和枯树皮。上山的半路上，他碰到巴希拉，清晨的露珠像月牙石似的在他的皮毛上闪闪发光。

"阿凯拉失手了。"黑豹说，"他们昨晚本要杀死他的，但他们还要杀你。他们昨晚就在山上找你。"

"我当时在耕地那里呢。我准备好了。你瞧！"莫格里举起火罐。

"很好！我曾看见人类往这东西里面扔干树枝子，很快，干树枝子一端就开出红色的花。你难道不怕吗？"

"不怕。我为什么要怕？现在，我想起来了——不知道这是不是梦话——在我还没变成狼之前，我曾躺在这红花边上，又温暖又舒服。"

那一整天，莫格里就坐在山洞里照看他的火罐，他把干树枝子伸进去看它们会变成什么样。他找到了一根令他满意的树枝。晚上，塔巴奎来到山洞里粗暴地告诉他议会岩那里要他去，他大笑着，直到塔巴奎吓得跑开了。然后，莫格里就大笑着去了议会岩。

单身狼王阿凯拉躺在他的岩石边上，这意味着狼族的首领位置空出来了，而希尔汗和他那些吃残羹冷炙的追随者大摇大摆地走来走去，一副志得意满的样子。巴希拉靠着莫格里躺下，火罐就放在莫格里的两膝之间。等大家都聚齐了，希尔汗就开始说话了——阿凯拉之前在任的时候他根本不敢这样做。

"他没这个权利，"巴希拉低声说，"你就这么说，他是个狗崽子。他会吓坏的。"

莫格里跳起来。"自由狼族们，"他喊道，"难道希尔汗是我们的头领吗？我们选头领，跟老虎有什么关系？"

"看见首领之位还空缺，我被要求来发言的——"希尔汗说。

"谁叫你来的？"莫格里问，"难道我们都是那胡狼？要奉承讨好杀牛屠夫？狼族选首领，是我们狼族的事。"

叫喊声响起来了，"闭嘴吧，你这个人崽子！""让他说下去，他是遵守我们法则的。"最后，狼族年长者们怒喝道："让死狼发话！"当狼族首领打猎失手时，他的余生都会被称作死狼，当然他也活不久了。

阿凯拉疲倦地抬起他老朽的脑袋：

"自由狼族们，还有你，希尔汗的胡狼，我已经带领你们捕猎、躲开猎杀有十二季了，在这期间，没有一个被诱捕，也没有谁受伤。现在，我捕猎失手。你们明白那是阴谋。你们自己知道你们是怎么把我引到那头精力旺盛的雄鹿那儿，好让我当众出丑，暴露弱点的。干得真高明啊！现在，你们要做的就是在这议会岩上杀死我。所以，我要问，你们谁来终结我单身狼的性命？根据丛林法则，我有权要求你们一个一个上。"

一阵良久的沉默，因为没有一只狼敢去杀死阿凯拉。接着，希尔汗吼道："呸！我们要这没牙的蠢家伙干什么？他命该死！倒是这人崽子活得太长了点儿。自由狼族们，他一开始就是我嘴边的肉。把他交给我吧。我为这蠢狼人烦透了，他都困扰丛林十季了。把人崽子给我，要不然我就一直在这里打猎，一根骨头都不留给你们。他是个人啊，他是人类的崽子，我恨他恨到骨髓里了！"

狼族不止一半的声音都在喊："他是个人！他是人！我们要人做什么？让他滚回自己的地盘吧！"

"还想要整个村子里的人都来抗击我们吗？"希尔汗叫嚷着，"不行，把他交给我。他是人，我们没有一个敢直视他的双眼！"

阿凯拉又抬起脑袋，然后说："他吃的是我们的食物，他跟我们一起睡觉，他还帮我们驱赶猎物，他从没有破坏过丛林法则。"

"还有，他进狼族时，我为他付了一头公牛的代价。一头公牛不算什么，但巴希拉的荣誉却是值得维护的东西。"巴希拉用最温柔的声音说道。

"那头公牛都过了十年了！"狼族混乱了，"我们还管十年前的老骨头干什么？"

"那你们也不在乎许下的誓言？"巴希拉说着露出唇下的白牙，"好吧，你们还叫作自由狼族哪！"

"人类的崽子不能和丛林居民一起奔跑，"希尔汗嚎道，"把他交给我！"

"除了血缘，他从别的方面来说都是我们的兄弟。"阿凯拉继续说，

"但你们却要在这儿杀了他！老实说，我活了太久。我还听说，在希尔汗的教导下，你们中有些都吃起耕牛和别的东西了，你们还趁着黑夜在村民家门口抢他们的孩子。因此，我知道你们做了孬种，我正在和孬种说话。我肯定是要死的了，我的性命已经失去了价值，不然的话，为了人娃娃，我会献出我的生命。但为了狼族的荣誉——因为没了首领，你们早已忘了这不起眼的东西——我承诺，要是你们让这人娃娃回到他的人类世界，我死的时候不会露出一根牙齿来对抗你们，我就不做任何抗争死去。这至少能省下狼族三条性命。更多的我也做不了，但如果你们愿意的话，我就能免除你们因为杀害一个没有过错的兄弟而产生的罪恶——这个兄弟有人为他说话，这个兄弟还根据丛林法则付出了代价才进的狼族。"

"他是个人——是人——是人啊！"怒骂声此起彼伏。大多数狼都开始围在希尔汗周围，他的尾巴已经开始抽打了。

"现在就看你了，"巴希拉对莫格里说，"除了打斗，我们没有别的什么办法了。"

莫格里站起来——他手里捧着火罐。接着他伸直手臂，当着整个议会的面打了个哈欠，但他充满了愤怒和悲痛，因为狼群这么狡猾，从没告诉过他说他们痛恨他。"你们给我听着！"他喊道，"没必要咋咋呼呼闹个没完。你们今晚一直在告诉我，说我是一个人（但事实上，在我生命的最后，我本该和你们一样是一只狼），我也感到你们说的是真话。因此，我不会再叫你们兄弟了，我要像人应该做的那样，叫你们狗。你们要做什么，你们不想做什么，都不是你们说了就算的。这问题我说了算。我们把问题看得更清楚点儿吧。我，人，带了点儿红花来这里，这是你们，狗，都害怕的。"

他把火罐扔到地上，一些红煤块点着了一簇干苔藓，燃起了火苗，整个议会成员在跳跃的火苗面前都吓得往后退。

莫格里把他找到的干树枝伸进火里，树枝点着了，发出爆裂声，他把树枝举过头顶，在退缩的狼群中摇晃。

"你才是头领，"巴希拉压低声音说，"你救下阿凯拉不死。他将永远是你的朋友。"

冷酷的老孤狼阿凯拉这辈子还从没求过饶，但他也怜悯地看着这赤身露体站着的男孩，他长长的黑发就着树枝燃烧的火光在肩头摇颤，投下的影子也摇晃跳跃。

"好！"莫格里说着慢慢环视四周，"我懂了你们这些狗崽子了。我就从你们族群回到我自己的同类去——如果他们算我同类的话。丛林之门为我关上了，我必须忘掉你们的话，还有你们的陪伴。但我会比你们更有怜悯之情。既然除了血缘不同，我在其他方面都是你们的兄弟，我保证，等我在人群中成长为一个男人，我也不会像你们背叛我一样，为了人类背叛你们。"他用脚踢了踢火堆，火花四溅，"狼族任何两个成员之间都不能交战，但在我走之前，还有一笔账要算。"他大步走到正呆坐着眨着眼看火苗的希尔汗面前，抓住他下巴上的一撮须毛。巴希拉跟在他身后以防不测。

"起来，狗崽子！"莫格里大喊道，"起来，是人在跟你喊话，要不然我就点着你的毛！"

希尔汗双耳平贴在脑后，他紧闭双眼，因为燃烧的树枝逼得很近了。

"这个牲口一样的捕食者说他要在议会岩杀了我，因为我小时候，他没能杀成。所以呢，我们人类确实是会打狗的。你敢动一根胡子，瘸鬼，我就把红花塞进你的喉咙！"他拿火树枝子打在希尔汗的头上，老虎恐惧地挣扎着，发出呜咽哀嚎声。

"呸！燎掉了毛的丛林猫——现在给我滚吧！可你要记着，下一次我作为人来到议会岩，我可是要把希尔汗的皮披在我的头顶上。至于其他的事，阿凯拉就随自己喜欢自由生活。你们不准杀他，因为我不准。我也不准你们再坐在这儿，伸着舌头，好像你们是什么了不起的东西，而不是被我赶来赶去的狗崽子——所以！快滚！"火苗在树枝尾部剧烈燃烧，莫格里划着圈左右出击，火星烧着了他们的皮毛，狼群嚎叫着逃窜。最后，只剩下阿凯拉、巴希拉和大约十匹站在莫格里一边的狼。然后，莫格里心里有什么东西开始刺痛了他，因为此前他的人生里还从没有什么触痛过他，他屏住呼吸，啜泣着，眼泪在脸上奔淌。

"这是什么？这是怎么了？"他问，"我不想离开丛林，我不知道这是什么东西。我是不是要死了，巴希拉？"

"才不是呢，小兄弟。这只是人类常流的眼泪而已。"巴希拉说，"现在，我知道你是个大男人了，不再是小娃娃了。从此以后，丛林确实为你关上门了。让眼泪流出来吧，莫格里。这些只是眼泪。"因此，莫格里就坐下来放声大哭，就像他的心都碎了。他长这么大，还从没哭过。

"现在，"他说，"我要去人类世界了。但首先，我必须和我母亲告别。"接着，他就到了狼妈妈和狼爸爸居住的山洞，他扑在狼妈妈身上大哭，四只狼崽也痛苦地嚎叫。

"你们不会忘了我吧？"莫格里问。

"只要我们能嗅到你的踪迹，我们就永远不会忘掉你，"狼崽们说道，"等你变成人了，你就来山脚下，我们和你说话；晚上我们就来庄稼地和你玩耍。"

"快点儿来！"狼爸爸说，"噢，聪明的小青蛙，快点儿回来，因为你妈妈和我，我们都老了。"

"快点儿来，"狼妈妈说，"我光溜溜的小儿子啊。因为，听好，人类之子，我爱你要胜过爱我的狼崽。"

"我一定会来的，"莫格里说道，"等我来了，我会将希尔汗的皮铺在议会岩上。不要忘了我啊！告诉丛林里的他们永远也不要忘了我！"

天色开始破晓，莫格里独自走下山，他要去见那些被称作人的神秘生灵了。

习欧尼族群狩猎之歌

天空在破晓，大公鹿吼叫，

一声，两声，又一声！

然后一只母鹿跳起来了，然后一只母鹿跳起来了，从森林里野鹿啜饮的池塘里。

这是我独自侦察到的，看吧，

一声，两声，又一声！

天空在破晓，大公鹿吼叫，

一声，两声，又一声！

然后一只狼悄悄回来了，然后一只狼悄悄回来了，把这消息带给等待的狼群，
　　于是我们寻啊我们找啊我们沿着他的踪迹叫啊，
　　一声，两声，又一声！
　　天空在破晓，狼群喊叫，
　　一声，两声，又一声！
　　脚下的丛林却没留下脚印。

　　眼睛能看清黑暗——黑暗！
　　舌头——伸出舌头！听！噢，听啊！
　　一声，两声，又一声。

◎卡奥捕猎

斑点使豹子喜悦，牛角使水牛骄傲。

要小心，因为他华彩的毛皮知道猎手的力量。

要是你发现阉牛能颠簸你，或者浓眉毛的大公鹿能顶伤你，你也无须停止捕猎而通报我们：因为我们十年前就已知道。

别欺负不认识的小娃娃，而是像兄弟姐妹一样招呼他。

"我是多么与众不同！"那娃娃第一次捕杀猎物时骄傲地说，但丛林很大，而娃娃又那么小。让他想一想，静一静。

——《巴鲁格言》

这里所要讲述的故事都发生在莫格里被赶出习欧尼狼族之前，或者是他向老虎希尔汗复仇之前。那时，巴鲁还正在教授他丛林法则。严肃的大个子老棕熊因为收了一个如此敏捷的学生而感到非常高兴，因为小狼们只会学习丛林法则中那些对他们族群和部落适用的部分——

他们一旦会背诵狩猎歌谣，就都跑开了。"脚要悄无声；眼要透黑暗；耳听穴中风，再磨利白尖牙，这是兄弟标志，胡狼塔巴奎和鬣狗，为我们所憎恨，均不入此列。"但莫格里是人娃娃，要学的比这要多。有时候，黑豹巴希拉会在丛林里闲逛，来看他的宝贝的情况，趁着莫格里向巴鲁复述一天的课程时，他就咕噜咕噜地把头抵在树干上。这男孩爬起树来就和游泳一样好，游起泳来又差不多和跑得一样快。因此法则老师巴鲁也教授了他树林和水的法则：比如怎样分辨腐烂和健康的树干啦；在离地五十英尺的高度撞上蜂窝该怎么和蜜蜂得体地搭话啦；中午在树枝间惊起了蝙蝠蒙该说些什么啦；在跳进池塘，游到水蛇中间之前怎么提醒水蛇啦。丛林居民谁也不喜欢被惊扰，大家随时都准备好，入侵者一来就发动攻击。因此，莫格里也学了陌生动物狩猎的呼叫，不管什么时候，丛林居民只要在自己领地以外捕猎都必须大声呼叫直到得到回应为止。呼叫的意思翻译出来就是："请允许我在此捕猎吧，因为我正饥肠辘辘。"回答则应该是："那就捕猎食物吧，但不能捕猎取闹。"

这一切都向你表明有如此之多的东西莫格里都必须用心学会，而同样的东西要重复说上千百遍，莫格里也很厌倦。正如有一天莫格里被巴鲁打了一巴掌生气地跑开之后，巴鲁对巴希拉所说那样："人娃娃就是人娃娃，他必须学会丛林法则的一切。"

"但你想想，他还这么小啊！"黑豹巴希拉说道，莫格里自行其是时，他总是宠溺他，"他小小的脑袋瓜怎么可能装下你所有的长篇大论呢？"

"难道丛林里有什么东西因为年纪小就不会被杀掉吗？没有。所以我才教他这些东西，所以当他忘记时，我才会轻轻打他。"

"轻轻打！你这老铁脚知道什么是轻吗？"巴希拉咕哝道，"今天，他的脸都被你给打青了，我呸。"

"就算被爱护他的我从头到脚都打肿，也比因愚昧受伤害要好啊，"巴鲁认真地说，"我现在正是在教他丛林口诀，这将保护他不被鸟类、蛇族和其他所有四条腿捕食者伤害，他自己族群是个例外。现在只要他记熟这些口诀，他就可以呼叫丛林所有兽族的保护。为此挨点儿打，难道不值？"

"呃，那就当心，可别打死了这个人娃娃，他可不是你用来磨尖你那钝爪子的树干。可丛林口诀是些什么内容？虽然我更多的还是施与帮助而不是呼救。"——巴希拉伸出一只爪子，得意地看着他那泛着铁青色、造型精妙的爪子尖——"但我还是想知道一下。"

"那我就叫莫格里来说吧——要是他愿意的话。出来吧，小兄弟！"

"我脑子里还跟一棵结了蜂巢的树一样嘤嘤嗡嗡呢。"他们头顶上一个小小的愠怒的声音说道，莫格里气呼呼、义愤填膺地从树干上滑下来，到了地面，他又加了一句，"我来是为巴希拉，不是为你，老巴鲁，肥巴鲁。"

"这对我来说都一样，"巴鲁虽这么说，却还是感觉又受伤又难过，"那，你就告诉巴希拉今天我教你的丛林口诀。"

"针对谁的口诀？"莫格里很高兴能卖弄一下，"丛林可是有多种语言呢，而我全都知道。"

"你知道一点儿就行了，不要太多。你瞧吧，噢，巴希拉，他们从来都不会感谢他们的老师。还从没有一只小狼回头来感谢老巴鲁的教导呢。那么，大学者，就说说针对捕猎兽族的语言吧。"

"我们是同一血脉，你们和我。"莫格里用熊的口音说。这句话所有的捕猎族都会。

"好。现在说鸟儿们的。"

莫格里重复了一遍，在最后加上了鸢鹰的哨声。

"现在换蛇类。"巴希拉说。

回应是一声惟妙惟肖、难以形容的咝咝声，莫格里向后踢脚，同时还鼓掌表扬自己，接着跳到了巴希拉的背上，他侧坐着，脚跟踢打着巴希拉光闪闪的皮毛，一面对巴鲁做着他能想到的最丑的鬼脸。

"好吧——看吧！这些倒是不亏挨的那点儿小打。"棕熊柔声说道，"有一天，你会记得我的。"接着他就转到一边跟巴希拉说他是怎么恳求野象海瑟告诉他口诀，海瑟知道所有的口诀，他带着莫格里下到湖里从水蛇那里学习蛇语，因为巴鲁发不出那种声音，理所当然，莫格里现在能够平安抵御一切丛林事故，因为蛇也好，鸟也好，兽类也好，都不会伤害他。

"那就没有什么好害怕的了。"巴鲁挥动着手臂，自豪地轻拍着自己毛茸茸的肚子。

"除了他自己的同类吧。"巴希拉压低声音说道，接着又大声对莫格里喊道，"小心我的肋骨啊，小兄弟！这跳上跳下是做什么啊？"

莫格里一直在拉扯巴希拉肩头的皮毛，还狠狠踢打他，想让他们听他说话。当他们俩听他说话时，他就用最大的声音说："所以，我也该有自己的族群，我要带着他们整天在树林里穿梭。"

"这又是什么新鲜蠢话呀，你这做白日梦的臭小子？"巴希拉说。

"就是这样，还要扔树枝和脏东西砸老巴鲁，"莫格里继续道，"他们跟我承诺的。哈！"

"呼呼！"巴鲁大爪子把莫格里一下从巴希拉背上掀下来，男孩仰躺在他两只前爪之间，他看出巴鲁发怒了。

"莫格里，"巴鲁说道，"你一直在和那些猴子交往吧。"

莫格里看着黑豹巴希拉，想分辨他是不是生气了，而巴希拉的眼珠就像碧玉般坚毅。

"你和那些猴子交往过，那些灰猿，连条法则都没有，那些什么都吃的家伙。这真可耻。"

"巴鲁打我头的时候，"莫格里说（他还背朝下躺着），"我跑开了，灰猿们从树上下来，他们同情我。剩下的谁都不关心我。"他鼻子有点儿抽噎。

"猴子们可怜你？"巴鲁嗤之以鼻，"山间溪流静止了！夏日骄阳凉爽了！然后怎么样了啊，人娃娃？"

"然后，然后，他们给我坚果和好吃的东西，然后他们——他们用手臂抱着我上了树顶，说我是他们血脉相连的兄弟，就是我没有尾巴，还说我总有一天会成为他们的头领。"

"他们就没有头领，"巴希拉说，"他们这是撒谎。他们总是撒谎。"

"他们很善良，还要我再回去呢。为什么从没把我带进猴子中去呢？他们和我一样双腿站立。他们也不用硬爪子打我。他们整天玩闹。让我起来！坏巴鲁，让我起来！我还要去和他们玩耍。"

"听着，人娃娃，"棕熊的声音就像炎热夜晚的闷雷，"我已经教给你丛林中所有兽民的丛林法则了——除了在树上生活的猴民们。他们没有法则可言。他们是被丛林驱逐的族群。他们没有自己的语言，而是用偷来的语言，他们等在树枝上面偷听、偷看。他们的生活方式和我们不同。他们没有头领，也没有记性。他们吹牛皮又饶舌，假装自己是了不起的族群，要在丛林中干一番大事业，但掉一颗坚果都会转移他们的注意力，他们大笑，然后就将一切忘之脑后。我们丛林族群跟他们没有往来。我们不喝猴子喝过的水，不去猴子去过的地方，不在他们狩猎的地方狩猎，不在他们死去的地方去死。直到今天，你听过我说起猴子了吗？"

"没有。"莫格里小声说，因为巴鲁说完后，整个森林都静止下来了。

"丛林兽民闭口不提他们，将他们抛之脑后。他们数量庞大，充满邪气，肮脏污秽，不知羞耻，要说他们还有什么一成不变的愿望的话，也就是渴望丛林兽民关注他们。但就算他们把坚果、污物扔到我们头顶，我们也从不理睬他们。"

坚果和小树枝从头顶的树枝间撒落，这让巴鲁几乎说不了话，他们听见细高树枝间的空中有咳嗽声、嚎叫声，还有蹦跳发出的声响。

"对丛林兽民来说，猴民是一个禁忌，"巴鲁说，"记住。"

"禁忌，"巴希拉说道，"但我还是觉得巴鲁应该提醒你远离他们。"

"我——我？我怎么想得到他会跟那些下流货玩闹。猴民！呸！"

又一阵坚果、小树枝落在他们头上，他们俩就小跑离开，也带上了莫格里。巴鲁所说的关于猴子的事完全属实。猴民生活在树顶，因为兽类都很少往上看，猴民和丛林兽民的路径就不可能交叉。但只要他们发现有狼生病了，老虎或是熊受伤了，猴子们就会折磨他，他们还会朝任意一只野兽扔坚果和棍棒取乐，希望自己受关注。然后他们还会尖叫、大嚎些没有意思的歌曲，逗引丛林兽民爬上树去打他们，还会在内部挑起激烈却没有目标的战斗，然后把死去的猴尸丢在丛林兽民看得见的地方。他们一直准备选出一个头领，制订自己的法则和习俗，但从没有做到，因为他们的记性坚持不到第二天，因此他们编了一句谚语："丛林兽民考虑问题总比猴民要晚一步。"这句话给了他们极大的安慰。没有兽民能够着他们，但换句话说，也没有兽民会注意他们，所以当莫格里跟他们玩耍时，他们才会那么高兴，他们也听到了巴鲁有多愤怒。

他们从没想过再做这样的事——猴民从没计划做任何事，但一只猴子想到一个自己看来很聪明的点子，他就跟所有猴子说把莫格里留在部落里会有用处，因为他会把棍棒编在一起挡风。因此，要是他们捉住他，就可以让他来教他们。当然了，莫格里作为樵夫的孩子，本就继承了各种天分，他也习惯于用断落的树枝子来搭建小屋，不过他并没有想过自己是怎么做到的。猴民们从树上看见，觉得他的把戏最有意思。这一次，他们说，他们真的要选一个头领，然后变成丛林里最聪明的族群——聪明到丛林里所有其余族群都会注意他们、嫉妒他们。因此，猴民们非常安静地跟在巴鲁、巴希拉和莫格里身后。一直等到中午小睡时，莫格里还在暗自羞愧，他睡在黑豹和棕熊之间，决定不再和猴子们有更多交往了。

接下来他记得的事情就是感觉到胳膊和大腿上都有手——小小的又壮又牢的手——接着，树枝刷在他脸上，他透过摇晃的大树枝往下看，巴鲁低沉的吼叫声惊醒了丛林，巴希拉龇出所有尖牙往树干上弹跳。猴子们发出胜利的呼叫，跳上更高的树枝，而巴希拉却不敢跟上去，他们叫嚣着："他注意到我们了！巴希拉注意到我们了！丛林里所有的兽民都佩服我们的绝技和巧妙！"然后他们就开始了滑翔，猴子们在树枝间滑翔是任何人都无法描摹的事情之一。他们上山下山都有固定道路和交叉路口，全都在离地七十英尺或一百英尺高的地方，如有需要他们甚至可以在夜间沿着这些道路穿行。两只最壮的猴子用胳臂夹着莫格里，带着他荡过树梢，一次能跳出二十英尺远。要是只有他们自己的话，他们的速度能快两倍，但男孩的重量妨碍了他们。虽然莫格里感到恶心，头晕眼花，瞥见脚下远远的大地吓坏了他，但他还是无法遏制地爱上了这刺激的晃荡，在空无一物的空中晃荡，最后可怕地、猛地一停，他的心都提到嗓子眼儿了。他的护送者会送他冲上树顶，直到他感觉最高处纤细的树枝在他们身下断裂折断，然后随着一声咳嗽和大叫，他们在空中上下蹦跳，然后急停下来，手臂或双脚挂在接下来一棵低处的树的树干上。有时，透过寂静的碧绿丛林，莫格里能看见几英里外的地方，就像桅杆顶部的人能看到几英里远的海面，然后树枝和叶子会扫过他的脸，他和他的两个护送者又几乎快掉到地面上了。那么，就跳吧、撞吧、呐喊吧、大叫吧，整个猴民带着他们的囚徒莫格里，沿着树上小路一扫而过。

有一次，他害怕被抛掉了。接着，他生起气来了，但他知道不能挣扎，于是就思忖起来。首先就是要给巴鲁和巴希拉送信儿回去，因为他知道以猴子们的速度，他的朋友们已被远远抛在后面了。往下看也没用，因为他只能看见树梢顶端，所以他就朝上看，他看见在远远的蓝天上，鸢鹰兰恩盘旋着，他一直注视着丛林里可捕杀的猎物。兰恩看见猴子们正夹着什么东西，于是就向下飞了几百码，好弄清楚他们带的东西是不是好吃。他吹着鹰哨讶异地发现莫格里被拖上树顶，他听见莫格里喊出了鸢鹰的语言——"我们是同一血脉，你和我。"起伏的树枝在男孩上方合上了，但鸢鹰盘旋着及时滑向下一棵树，他看见男孩棕色的小脸又露了出来。"标记出我的行踪！"莫格里大叫道，"转告习欧尼族群的巴鲁和议会岩的巴希拉。"

"以谁的名字，兄弟？"兰恩以前从没见过莫格里，不过他当然听说过他。

"莫格里，青蛙莫格里。他们叫我人崽子！记下我的行踪！"

最后几个字，语声很尖，因为他被荡到了空中，但兰恩点点头盘旋往上，直到看起来比一粒尘埃大不了多少，他悬在那里，用他望远镜般的双眼注视着树顶的摇晃，那是莫格里的护送者在一起回旋。

"他们从来走不远，"他窃笑道，"他们从来做不到准备做的事。猴子们总是不停地去找新鲜事儿做。这一次，要是我没看错，他们算是给自己惹麻烦了，因为巴鲁可是老手了，而巴希拉，据我所知，可不是只会猎杀山羊。"

所以他就扑扇着翅膀，双脚收缩在下，他等待着。

同时，巴鲁和巴希拉又愤怒又悲伤，真是要发狂了。巴希拉虽然以前从没爬过树，但是这次也爬了树，可纤细的树枝在他的重压之下折断了，他滑了下来，爪子上满是树皮。

"你为什么不提醒人娃娃啊？"他对可怜的巴鲁大吼，而巴鲁则笨拙地开始小跑，希望能赶上猴子们，"你不提醒他，就算你把他扇个半死又有什么用啊？"

"赶快！噢，赶快啊！我们——我们还能赶上他们！"巴鲁气喘吁吁。

"就用这速度！连受伤的母牛都赶不上。你还是丛林法则老师呢——打娃娃的家伙——这样来回晃个一英里都能把你累爆炸。还是静下来坐着思考一下吧！计划计划，现在不是追的时候。我们要是跟得太近，他们说不定会丢了他。"

"啊呀！呜！他们说不定已经把他丢下来了，带着他肯定很累。谁敢相信猴子们啊？把死蝙蝠放在我头上吧！给我吃黑骨头吧！把我滚到野蜂窝里去吧，让我被蜇死！把我和鬣狗埋在一起，因为我是最悲惨的棕熊！啊呀！呜！噢，莫格里，莫格里啊！为什么我没有提醒你对抗猴民们，而是要打你的脑袋呢？现在，说不定我已经把一天的课程都打出了他的记忆，没有了口诀，他在丛林里就是孤零零的了。"

巴鲁用爪子扣住双耳，悲叹着来回滚动。

"至少刚刚他对我正确说出了所有口诀，"巴希拉不耐烦地说道，"巴鲁，你记性差，还不尊重人。要是黑豹我也像豪猪伊奇一样蜷起身子来嚎叫，丛林会怎么看呢？"

"我管丛林怎么想呢？他说不定现在已经死了呢。"

"除非他们为了好玩把他从树枝上丢下，或者出于懒惰杀死他，我并不担心人娃娃。他很聪明，被教导得也好，而且首先他有一双令丛林兽民都害怕的双眼。但是（这可是一个大不幸）他落在了猴民手中，而他们，因为生活在树上，不怕我们任何兽民。"巴希拉若有所思地舔着一只前爪。

"我就是傻子！噢，我就是个挖树根的棕色傻肥子。"巴鲁说着猛地一晃，伸开自己的身子，"野象海瑟说得对，'谁都有害怕的东西。'而他们猴民害怕岩间蟒蛇卡奥。他和他们一样擅长爬树。他晚上去偷小猴崽子，轻轻说起他的名字就能让他们邪恶的尾巴都发凉。我们去找卡奥吧。"

"他会帮我们做什么呢？他又不是我们部族的，他可没有腿——眼神也最邪恶。"巴希拉说。

"他非常老，也很狡猾。但首先，他总是很饿。"巴鲁满怀希望地说，"许诺给他很多山羊吧。"

"他吃一次要睡上整整一个月，说不定他现在就在睡。就算他醒着，要是他宁愿自己去猎杀山羊该怎么办呢？"巴希拉不是很了解卡奥，自然持怀疑态度。

"要是那样的话，你和我合力，我们两个老猎手会让他见识到理由的。"说着，巴鲁用褪色的棕色肩膀蹭了蹭黑豹，他们就出发了，去寻找岩间大蟒卡奥。

他们找到卡奥时，他正舒展身子躺在一块暖和的岩壁上，沐浴着午后的阳光，欣赏着自己漂亮的新外衣，过去的十天他因为要换新皮而处于休息状态，现在他可美极了——他鼻子嗅觉迟钝，大脑袋正顺着地面猛冲，三十英尺长的身子纠结成不可思议的形状，想到将来的晚餐，他舔起了嘴唇。

"他还没吃，"巴鲁松了口气咕哝道，同时他看到那美丽的棕色和黄色斑点交错的新外衣，"小心，巴希拉！他蜕皮之后眼睛总有点儿不好使，很快就会发动攻击。"

卡奥不是毒蛇——事实上，他还相当鄙视毒蛇，说他们是孬种——但他的力量在于他的怀抱，只要有什么东西被缠进他巨大的蟒圈里，就没有什么好说了。"祝您捕猎顺利！"巴鲁大声喊着蹲坐下来。和所有的蛇一样，卡奥相当聋，他一开始没听见喊声。他蜷起身子准备应付突发事件，当他看到巴鲁和巴希拉后，他低下了头。

"祝我们大家都捕猎顺利，"他答道，"嗬，巴鲁啊，你在这儿做什么？祝你捕猎顺利呀，巴希拉。至少我们当中有一个需要食物吧。

有什么猎物出现的消息吗？现在有母鹿？要么小雄鹿也行，我饿得像口干井。"

"我们正在捕猎。"巴鲁淡淡地说。他是知道的，不能催卡奥。他太巨大了。

"允许我和你们一起吧。"卡奥说道，"一次捕猎对你们——巴希拉和巴鲁来说，可能不算什么，但我——我可得在林间小路等上好几天，或是为了小猴子爬了大半夜，等待着渺茫的机会。吓！树枝也都和我年轻时不一样了，都是些腐朽的小枝子和干树丫。"

"说不定，此事和你巨大的重量有关联。"巴鲁说。

"我可是相当长——相当的长哟，"卡奥说起来有点儿自豪，"但那些都是因为新长出的树枝不好。上一次我就快要扑到我的猎物了——确实是相当近了——但我滑动的声音惊醒了猴子，因为我的尾巴在树上缠得还不够紧，他们喊叫着我最不堪的名字。"

"没有脚的黄土虫。"巴希拉从胡须下面说，就好像他在试着回忆什么事情。

"咝！他们这样叫过我吗？"卡奥问。

"上个月，他们就对我们大喊过那样的称呼，但我们可没理睬。他们什么都说——还说你牙齿都掉光了，也不敢面对比小山羊大的东西了，因为（这些猴民着实无耻）——因为你害怕公山羊的犄角。"巴希拉继续平静地说着。

蛇类，尤其是像卡奥这样机警的巨蟒很少流露出生气的样子，但巴鲁和巴希拉却能看见卡奥咽喉两边大大的咀嚼肌都在膨胀颤动。

"猴民们已经转移了地盘。"巴希拉说，"今天我出来到太阳地里，听见他们在树顶上叫喊。"

"我们现在追赶的正——正是猴子。"巴鲁说。但他说得吞吞吐吐，因为在他的记忆里，这是丛林里第一次有兽民承认对猴子的所作所为感兴趣。

"毋庸置疑，让二位这样的猎手——我肯定，你们都是自己丛林中的首领——追赶猴民的踪迹，这事儿可不小。"卡奥恭敬地说，他的心里充满好奇。

"确实如此，"巴鲁接着说，"我不过是习欧尼山中狼崽子们年老、有时还很笨的法则老师，而这位巴希拉——"

"就是巴希拉，"黑豹说道，他的下颌猛地闭紧，因为他不搞谦卑这一套，"麻烦就是，卡奥，我们有个人娃娃，你可能听说过，这些偷坚果的和摘棕榈叶子的家伙把他偷走了。"

"我从豪猪伊奇（他长有鬃毛又很专横）那里听过一些消息，说有什么人入了狼族，可我不信。伊奇满肚子道听途说的故事，讲得又烂。"

"可这是真的。他这样的人娃娃还从未有过。"巴鲁说道，"他是最好、最聪明、最勇敢的人娃娃——还是我的学生，他会让我巴鲁名扬丛林；还有，我——我们——都爱他啊，卡奥。"

"啧！啧！"卡奥说着来回摇头，"我也懂得什么是爱。我也有故事可以讲——"

"这就需要一个晴朗的夜晚了，我们都吃得饱饱的，才能好好地吹一番，"巴希拉迅速说道，"我们的人娃娃现在正在猴民手中，而且我们知道，在所有的丛林兽民中，他们只害怕卡奥。"

"他们只害怕我。理由很充分。"卡奥说道，"喋喋不休，愚不可及，贪慕虚荣——贪慕虚荣，愚不可及，喋喋不休，这就是猴民。但人之类的东西落入他们之手，那运气可就惨了。他们对摘来的坚果拿累了，就扔下了。他们扛着一个树枝扛了半天，本意是用来做件大事，接着却折成了两半。他们还叫我——'黄鱼'是不是？"

"是虫——虫啊——土虫子。"巴希拉说道，"还有别的称呼，这里我都不好意思说。"

"我们必须提醒他们把头领叫得好听点儿。嘀——哑！我们必须帮助他们归拢游离的记忆。现在，他们带着人娃娃去了哪里？"

"只有丛林知道了。往日落的方向，我猜。"巴鲁说道，"我们还以为你知道呢，卡奥。"

"我？怎么可能？他们要是挡了我的道儿，我就抓住他们。但我不会为了这种事捕杀猴民的，也不杀青蛙，或是捞水洞子里的绿浮藻。"

"上面，看头上！上面，看头上！你们好！好！好，抬头看，习欧尼狼族的巴鲁！"

巴鲁抬头看声音来自何方，原来是鸢鹰兰恩，他向下飞，阳光在他卷起的翅膀边缘闪耀。几乎是兰恩的睡觉时间了，但他飞过了整个丛林来寻找棕熊，他还曾迷失在茂密的丛林中呢。

"什么事？"巴鲁问。

"我看到莫格里在猴民中。他让我转告你。我看见了，猴民们带着他过了河去了猴城，去了冷巢。他们可能会在那里待上一晚，或十晚，也可能是一小时。我已经让蝙蝠在夜间观察了。我就带了这些信息。祝下面的各位捕猎顺利！"

"祝您吃饱，祝您睡眠安稳，兰恩。"巴希拉喊道，"下次捕猎我会记着你的，我要把猎物的头单独留给你。噢，您是最好的鸢鹰！"

"没什么，没什么。那男孩记得丛林秘诀。这是我应该做的。"兰恩又盘旋着飞上了天，回了他的鹰巢。

"他没有忘记使用他的语言。"巴鲁骄傲地轻笑着，"想想看，一个这么小的孩子，在被拉扯着穿过树林时还记得鸟类的口诀！"

"都是被逼得牢牢记住的，"巴希拉说道，"但我为他骄傲，现在我们必须赶去冷巢了。"

他们都知道那地方在哪儿，但丛林里很少有兽民去过那儿，因为他们叫作冷巢的地方是个古老的废弃城市，淹没在丛林中，野兽们很少会占用人类曾经使用过的地方。野猪会用，但捕猎族不会。另外，猴子也会住在那里，跟他们住在别的地方一样，任何有眼界、自爱的动物都不会去那儿，除非是在干旱时节，那里半颓圮的水槽和蓄水池会贮存一点儿水。

"这段路要走上半夜——全速前进的话。"巴希拉说。而巴鲁看上去很认真："我会以最快速度。"

"我们可不敢等你。跟在后面吧，巴鲁。我们必须加快脚步——卡奥和我一起。"

"不管有脚没脚，我都能和你们所有四脚兽并肩齐步。"卡奥说得简短。巴鲁努力追赶，但不得不坐下来喘气，因此他们就让他晚点儿赶来，而同时巴希拉则以豹子轻快的慢步前进。卡奥不发一言，但却像巴希拉一样奋力往前，岩间巨蟒和黑豹齐头并进。当他们到达山底小溪的时候，巴希拉赢了，因为他跳了过去，而卡奥却是游过去的，他的头和脖子的两英尺部分露出水面，但到了平地，卡奥就赶上了落下的距离。

"我以使我获得自由的那把锁发誓，"巴希拉说，"你走得一点儿不慢。"

"我饿了啊。"卡奥说道，"另外，他们叫我斑点蛙来着。"

"是虫啊，土虫子，还有黄鱼。"

"都一样。我们继续吧。"卡奥以他沉着的双眼寻找着最短的路径，然后继续前进。

在冷巢，猴民们根本没把莫格里当朋友待。他们把这男孩带到了迷失之城，这时，他们自己就乐得不得了。莫格里以前还从没见过印度城市，尽管这只是一堆近乎废墟的城市，但看起来也很奇妙辉煌。这是很久以前，某个国王在小山上所建的城堡。你还能循着石道通到毁弃的大门，最后的木头碎屑悬在破旧生锈的铰链上。树木有的长进了墙壁，有的从墙壁钻出来；城垛腐朽倒塌了，野生爬行植物长得很浓密，一丛丛的，从塔楼墙壁窗户上悬垂下来。

山顶上是一座有巨大屋顶的宫殿，庭院和喷泉的大理石块滑落了，染上红红绿绿的印子，庭院里以前住着国王的大象，鹅卵石被草和小树顶起散落开。从宫殿里，你可以看见一排排没了房屋的房屋构成的城市，看上去就像是空洞的蜂巢里面填满黑暗；一堆不辨形状的石块以前曾是广场上的一座雕像，这里曾是四条道路交汇的地方；街角的深坑和浅洼以前曾耸立着公共水井，而寺庙粉碎的圆顶上野生无花果树在一边发出了枝芽。猴子们称此地是他们的城市，以此鄙视住在森林里的其他丛林兽民。然而，他们从不知道这些建筑能用来做什么，也不知该如何使用。他们会在国王的议会大厅围坐成圈，捉身上的跳蚤，假装自己是人；要么他们就在无顶的房屋跑进跑出，收捡墙角的石膏和旧砖块，可是又忘了之前捡的都藏在了哪里，他们扭打嘶叫成一团，接着又散开，在国王花园的平台上下跳跃玩耍，他们会摇晃玫瑰枝和橘树取乐，看果实和花朵掉落。他们探索着宫殿里所有的走廊和阴暗通道，还有成百上千的小黑房间，但他们从来不记得什么见过什么没见过。他们就一个一个，两个两个，一群一群溜来荡去，彼此告知说他们做的和人类一样了。他们从水槽喝水，把水搅得一片混浊，接着又在上面厮打，然后又会全部冲过来大叫："丛林里没有谁能像猴民这么灵巧、这么聪明，这么强壮和文雅了！"就这样周而复始，直到厌倦了这座城市，就返回树顶，希望丛林兽民会注意到他们。

莫格里经过丛林法则的训练，不喜欢也无法理解这种生活。猴子们傍晚时把他拖进冷巢，经过了一段漫长的行程，他们不像莫格里一样去睡觉，而是拉起手跳起了舞，还唱着他们傻气的歌谣。一只猴子发表了讲话，告诉他的同伴说捕获了莫格里是猴民历史上的新标志，因为莫格里将向他们展示怎样把树棍和藤条组合在一起抵挡风雨和寒冷。莫格里摘了些藤条，开始编来编去，猴子们试图模仿。但很快，他们就失去了兴趣，开始拉扯朋友的尾巴或是跳上跳下，摇来晃去。

"我想吃东西，"莫格里说道，"我没来过这片丛林。给我拿点儿食物，要么让我在这里捕猎。"

二十或三十只猴子跳过去给他拿坚果和野木瓜，但他们在路上又陷入了厮打，要拿着剩下的水果返回，简直困难重重。莫格里又怒又气，还很饿，他漫步在空荡荡的城市，不时发出陌生动物狩猎的呼叫，但谁也没有回应他，莫格里觉得自己确实到了一个非常糟糕的地方。"巴鲁说的关于猴民的话都是真的，"他想道，"他们没有法则，没有狩猎用语，也没头领——什么都没有，只会傻叫，只有贼头贼脑偷东西的小爪子。所以，要是我在这里饿死了，或被杀了，也都是我的错。但我必须尝试返回我自己的丛林。巴鲁肯定会打我，但是那也比和猴民一起愚蠢地追什么玫瑰花叶子要好。"

他走到城墙处没多久，猴子们就把他拉了回来，说他不知道他们有多快乐，按着他要他心怀感激。他咬紧牙关什么都不说，只是和叫嚣的猴子们上了红沙石垒起的蓄水池平台，那里还蓄着半池水。在平台的中央，有一座用白色大理石修筑的、已经塌掉一半的花园凉亭，那是为一百年前已逝的一位皇后修建的。圆顶塌了一半，堵住了过去皇后常常从宫殿走过来的地下通道。但墙壁是大理石的镂空屏风——有奶白色的美丽浮雕，还装饰着玛瑙、红玉髓、碧玉、青金石，随着月亮从山上升起，月光穿过那镂空的屏风，在地上投下的影子就像黑天鹅绒刺绣。莫格里又气、又困、又饿，猴子们每二十只来一次说他们多伟大、多机灵、多强壮和温和，要离开他们简直就是蠢。莫格里却忍不住大笑。

"我们多伟大啊！我们是自由猴民。我们好极了。我们是一切丛林中最好的族群！我们都这么说，所以肯定就是真的。"他们叫嚣着，"现在，因为你是一个新听众，你可以把我们说的话都带回给丛林兽民听，这样他们以后就会注意到我们了，我们会告诉你我们一切最优秀之处。"莫格里没有反对，猴子们成百成百地聚集到平台上来听他们的发言者歌唱赞颂猴民，只要一个发言者停下来想要喘口气，他们就全都一起喊叫："就是这样，我们都如此认为！"他们问他问题时，莫格里就点点头，眨眨眼睛，然后说"是"，他的头也跟着他们的声音转来转去。"肯定是胡狼塔巴奎把这些猴子都咬了，"他自言自语道，"所以现在他们都疯了。这肯定是德瓦力，狂犬病。难道他们就从不睡觉吗？现在，有一团云彩要遮住月亮了。要是这云彩足够大就好了，我就会试着趁黑逃走。可是我太累了啊。"

　　同一团云彩也被城墙下废弃水沟里的两个好朋友看见了，巴希拉和卡奥非常清楚大量猴民聚集在一起有多危险，他们不想冒任何风险。猴子们从不会打斗，除非他们以一百对一，而丛林很少有兽民注意这种数量不同。

　　"我去西边那堵墙，"卡奥小声说道，"再从斜坡迅速下去，那儿地形对我有利。他们不会几百只都扑到我背上，但——"

　　"我知道，"巴希拉说道，"要是巴鲁在这儿就好了，但我们必须尽我们所能。等那团云彩遮住了月亮，我就去平台那儿。他们为那男孩在那里举行某种会议。"

　　"祝捕猎顺利。"卡奥冷静地说完就滑去了西边。那里刚好是所有城墙中毁坏最轻的一段，大蟒蛇耽搁了一会儿才找到爬上石头的路。云团遮没了月亮，就在莫格里好奇接下来会发生什么的时候，他听见巴希拉轻盈的脚步声踩上了平台。黑豹已经尽全速跑上了斜坡，却几乎没发出一点儿声响，他在猴群中左右开打——他知道最好不要浪费时间去咬——猴子们围着莫格里坐了五六十圈。这时响起了一声惊恐又愤怒的嚎叫，接着巴希拉从那些翻滚踢打着的猴子身上轻快地跃过。

一只猴子大叫："这儿只有他一个！杀了他！杀啊！"一大群猴子扭在一起撕咬、抓挠、撕扯、拉拔着巴希拉，同时又有五六只猴子抓着莫格里，把他拽上花园凉亭的墙上，接着把他从圆顶的窟窿上推了下去。一个经人类训练的男孩可能会严重受伤，因为那足有十五英尺高，但莫格里是按巴鲁教他的方式掉下去的，他双脚着地。

"待在这儿，"猴子们大叫，"等我们杀了你的朋友们，晚点儿再来陪你玩——要是那些毒民让你活下来的话。"

"我们是同一血脉，你和我。"莫格里快速说出蛇族语言。他能听见周围垃圾里传来的沙沙声和咝咝声，他又说了一次蛇族语言，以便确定周围的蛇听到他的话。

"就算是这样！还是全体拉上兜帽吧！"有六个声音低低地说（印度的每一座废墟迟早都会变成蛇类的居住地，而这座旧花园凉亭里就生活着眼镜蛇），"站着别动，小兄弟，因为你的脚会伤到我们。"

莫格里尽他所能静静站着，透过窗格子窥看，倾听黑豹周围激烈的喧嚣——又是叫喊，又是吱吱叫，乱成一团，接着巴希拉低沉嘶哑地咳嗽一声，他往后一退，竭力顶撞，又一扭，扎进成堆的敌群中。这是巴希拉出生以来第一次全力战斗。

"巴鲁肯定在附近，巴希拉不会独自前来的。"莫格里想。接着，他大声喊，"到水槽那儿去，巴希拉。滚到水池去。滚过去，跳进水里！到水里去！"

巴希拉听见了喊声，那喊声告诉他莫格里安然无恙，这给了他新的勇气。他不顾一切为自己开路，一英寸又一英寸，径直往蓄水池，又无声地停下来。接着，从最靠近丛林的那座倒塌城墙位置响起了巴鲁低沉的作战号子。老棕熊已尽了最大努力，但他也不可能更早了。"巴希拉，"他喊道，"我来了。我爬啊！我赶啊！啊呜哇！我脚下石头直打滑！等着我来，噢，你们这些无名猴辈。"他气喘吁吁爬上平台，在一浪浪猴子中淹没得只剩下头露出来，但他干脆挺直了腰板，然后伸展前爪，能抓住多少猴子就紧紧抓住多少，然后开始有规律地啪——啪——啪击打，就像船桨轮快速抽打一样。哗啦一声，接着又是一声扑通，那声音告诉莫格里巴希拉已经打通了通往水池的路，猴子们无法跟去。黑豹躺着直喘粗气，他的头刚好露出水面，同时，猴子们在红色台阶上站了有三层，怒冲冲地上下蹦跳，如果莫格里出来援助巴鲁，他们就准备从四面八方扑过去。就在那时，巴希拉抬起他滴水的下巴，绝望地用蛇族语言呼喊保护——"我们是同一血脉，你和我。"——他认为卡奥在最后关头转身跑了。巴鲁在平台边缘快被猴子压得窒息了，但听到黑豹呼叫帮助，就连他也忍不住咯咯笑了。

卡奥刚刚找到了西边的墙，他一扭身子落在地上，带下一块墙顶石掉进沟里。他可没打算放弃地形优势，他几次盘起身子又散开，以保证长长身躯的每一寸都处在工作状态。这段时间，巴鲁的战斗还在继续，猴子们在水池边围着巴希拉喊叫，蝙蝠蒙来回飞舞，把这场大战的消息传遍整个丛林，甚至连野象海瑟也吹起了喇叭。猴民分散在远地的队伍也都沿着树上小路跳跃而来，帮助他们在冷巢的同伴。打斗声也惊起了方圆几英里内的昼鸟。此时卡奥也快速径直过来了，他急着要捕杀。一只蟒蛇的战斗力就在他头部的强劲攻击中，靠的是他全身的力量和重量。要是你能设想一支长矛，或是一只连续冲击的公羊，又或是由一个冷静、沉着的人操纵的一支将近半吨重的锤子，那你就能大致想象卡奥战斗时的样子了。一条四至五英尺长的蟒蛇如果击准一个人的胸口，能把他击倒，而如你所知，卡奥足有三十英尺长。他的第一击瞄准围着巴鲁的那群家伙的中心——闭着嘴一声不响地就打中了猴子的要害，无须再次出击了。猴子们四散逃开，喊叫着："卡奥！是卡奥来了！逃啊！快逃！"

一代代的猴子都被他们的长者讲的卡奥的故事吓得规规矩矩，卡奥是夜贼，他能像苔藓生长那样悄无声息地滑过树枝，然后偷走有史以来最强壮的猴子；老卡奥能让自己看上去非常像枯树枝或是腐烂的树桩，连最聪明的猴子也会中计，直到树枝抓住他们。卡奥是猴子们在丛林里唯一害怕的兽类，没有一个猴子敢正脸看他，谁也无法从他的怀抱里活着出来。因此，当他们发现是卡奥来了时，就害怕得结结巴巴地叫着，逃到墙上和房顶上，巴鲁吐了口气放松下来。他的毛皮比巴希拉要厚，但他在搏斗中伤得很重。就在卡奥第一次张开嘴发出一串长长的咝咝声时，远处那些正匆忙赶往冷巢城墙的猴子都停在原地，吓得哆嗦起来，直到脚下的树枝子弯折然后噼啪断掉。墙头和空屋子里的猴子们停止了喊叫，静默笼罩着城市，莫格里听见巴希拉从水池里上来，摇摆着湿淋淋的身子。接着喧闹声再度爆发。猴子们跳得更高了，上到墙头。他们紧紧贴在巨大石雕像的脖颈周围，他们沿着城墙尖叫跳跃，同时莫格里则在花园凉亭里跳跃，一只眼睛对着窗格子，从门牙间发出猫头鹰般的叫声，来表达他的蔑视与嘲笑。

"把人娃娃从陷阱里弄出来吧，多的我也做不了了。"巴希拉喘着气道，"我们就带着人娃娃走吧。他们还会攻击的。"

"没有我的命令他们是不敢动的，待在原地！"卡奥咝咝叫着，城市再一次安静了，"我没能更早赶来，兄弟，但我想我听见了你的呼声。"——这话是对巴希拉说的。

"我——我在战场上可能是喊过吧。"巴希拉答道，"巴鲁，你受伤了吗？"

"我不确定他们是不是把我扯成一百块了。"巴鲁说着郑重其事地摆摆这条腿，又摆摆那条腿，"哦！我很疼啊。卡奥，我想，我们——巴希拉和我的命多亏了你才保全。"

"没什么。那男孩在哪儿？"

"这儿，在一个陷阱里。我爬不出来。"莫格里大喊。他头顶就是倒塌了的圆屋顶的拱弧部分。

"把他带走。他跳得就像孔雀马奥。他会踩死我们的小蛇的。"里面的眼镜蛇说。

"哈!"卡奥咯咯笑着,"他到处都有朋友啊,这个男孩。往后站,男孩。你们也躲起来,你们这些毒民。我来把墙砸倒。"

卡奥仔细看着,终于在大理石窗花格上找到一个没有涂色的裂缝,这是一个薄弱点,他头部轻拍了两三次比试距离,接着把身子六英尺长的部分完全升离地面,鼻子在前,全力猛击了六次。屏风墙破碎了,倒在一团灰尘和垃圾堆中,莫格里跳出缺口,他把自己挂在巴鲁和巴希拉之间———一只手臂搂住一个大脖颈。

"你受伤没有?"巴鲁轻柔地抱着他问。

"我很疼,又饿,不过一点儿都没有擦伤。但是,噢,他们把你们打得可真重,我的兄弟们!你们流血了。"

"其余的也是。"巴希拉说着舔起嘴唇,看着平台上和水池边死去的猴子。

"不碍事,不碍事的,只要你没事就好。噢,最让我骄傲的小青蛙!"巴鲁低声说。

"这事我们晚点儿再评判。"巴希拉说,他声音干巴巴的,莫格里一点儿也不喜欢。"这是卡奥,我们多亏了他才赢了这一仗,你的命也多亏他才得以保全。按我们的规矩感谢他吧,莫格里。"

莫格里转身看见巨蟒的头在他头顶一英尺的地方摇晃。

"那么,这就是那个小男孩了。"卡奥说道,"他的皮肤真软,而且他也不像猴子。男孩,当某个黄昏我新换了皮,要当心我别把你错认成猴民了啊。"

"我们是同一血脉,你和我。"莫格里答道,"今天晚上,我的命是从你手里捡回来的。要是你饿了,我捕杀的猎物就是你的。噢,卡奥。"

"非常感谢，小兄弟。"卡奥说着眼睛开始闪烁，"那么，一个如此英勇的猎手会捕杀什么呢？我问问，下次等他出动时，我就跟着。"

"我什么也不杀——我太小了——但是我会把山羊撵到那些用得上的兽民那里去。等你饿了，就来找我，看看我说的是不是真的。我这里（他伸出双手）还有些技能，什么时候你要是掉进陷阱，我就会偿还我在这里欠你、欠巴希拉、欠巴鲁的恩情。祝你们都捕猎顺利，我的老师们。"

"说得好！"巴鲁大声说。莫格里已经漂亮地表达了感谢。蟒蛇低下头在莫格里的肩头轻轻靠了一分钟。

"你有一颗勇敢的心和一口谦恭的语言，"他说道，"他们应该带你远远穿过丛林，小男孩。但现在还是跟着你的朋友们快走吧。去睡觉吧，因为月亮落了，随后而来的你不该看。"

月亮落到山后，颤抖的猴群在房屋墙壁和城墙上头挤作一团，看起来就像什么东西上参差摇晃的穗子。巴鲁走下水池喝水，巴希拉开始理顺自己的皮毛，而卡奥则滑到平台中央，他咯嗒一声合上下巴，把所有猴子的目光都吸引到他身上。

"月亮落了，"他说道，"光线还充足，能看得见吗？"

从墙头传来一声类似风吹过树梢的呻吟："我们看得见，噢，卡奥。"

"很好。现在开始舞吧——卡奥的狩猎之舞。坐下来静静看吧。"

他转了两三圈，头从左舞到右。接着又用身子绕成环形和数字八的形状，和一些柔软的、软泥一样的三角形，融成四边形、五边形，又盘绕成堆，从不停歇，也永远不紧不慢，还一直不停低唱着嗡嗡的歌谣。天越来越黑，最后，一直拖动，不停变换的圈卷消失了，但他们还能听见鳞屑脱落的沙沙声。

莫格里看见巴鲁和巴希拉如石块般静立，喉咙隆隆作响，脖颈毛发倒竖，十分讶异。

"猴民们，"最后卡奥说，"没有我的命令，你们敢动脚或是动手吗？说话！"

"没有你的命令，我们不敢动脚和动手，噢，卡奥！"

"很好！都往我跟前走近一步。"

猴子们无望地向前移动，而巴鲁和巴希拉也跟着他们往前僵硬地移了一步。

"近一点儿！"卡奥咝咝叫，于是他们又都动了一下。

莫格里双手搭在巴鲁和巴希拉身上要他们离开，这两只巨兽才如梦初醒般开始动起来。

"把手就放在我肩上。"巴希拉小声说道，"就放在那儿，不然我肯定会回去——肯定会走回卡奥那里去。啊！"

"只有老卡奥才能在尘土上转圈。"莫格里说道，"我们走吧。"然后他们三个就从墙壁的一个缺口溜出去进了丛林。

"呜！"巴鲁说着又站在静止的树林下方，"我再也不会和卡奥结盟了。"他全身摇晃。

"他比我们懂得多。"巴希拉浑身战栗，"再多待一会儿，我就可能走进他的喉咙去了。"

"月亮再次升起来以前，很多兽类都会走上那条路。"巴鲁说道，"他会捕猎顺利的——循着他自己的方式。"

"可那到底是什么意思？"莫格里问，他对蟒蛇的魔力丝毫不知，"我看不过就是一条大蛇在傻气地转圈，直转到黑夜降临，别的也没什么。而且他的鼻子全破了。嗬！嗬！"

"莫格里，"巴希拉生气地说，"他的鼻子破了都是因为你，我的耳朵、腰，还有爪子，巴鲁的脖子和肩膀都是因为你才被咬伤的。巴鲁和我好长一段时间都不能再轻松捕猎了。"

"这没什么，"巴鲁说，"人娃娃又回来了啊。"

"这倒是真的，可他花了我们大量的时间，我们本可以用来大猎一场的，我们受了这么多伤，掉了这么多毛——我背上一半的毛都被揪掉了——最重要的是，还失去了荣誉。因为，你记着，莫格里，我可是黑豹，我是被迫向卡奥呼救的，在他的狩猎之舞面前，我和巴鲁都蠢得像小鸟。这一切，人娃娃，都是因为你和猴民玩闹。"

"确实如此，你说得对，"莫格里懊悔地说，"我是个坏人崽，我心里很难受。"

"哎！丛林法则是怎么说的呢，巴鲁？"

巴鲁本不想再给莫格里任何惩罚，但他也不能篡改法则，所以他含糊地说："懊悔从不能延迟惩罚。可巴希拉，你要记得，他还很小。"

"我记得。但他做了错事，现在必须挨打。莫格里，你还有什么要说吗？"

"没有。是我做错了。巴鲁和你都受了伤。这很公平。"

巴希拉爱抚般地轻轻拍了他六下，在一只豹子看来，那样几乎连自己的幼崽都拍不醒，但对一个七岁的男孩来说，那却是你想要躲开的一顿痛打。打完之后，莫格里打了个喷嚏，一言不发地站起身。

"现在，"巴希拉说道，"跳到我背上来，小兄弟，我们回家了。"

丛林法则精妙的一点就在于惩罚解决了一切仇怨，之后就不再唠叨不休了。

莫格里头靠在巴希拉的背上，沉沉睡着了，就连被放进他洞穴中的家里时，他也没有醒来。

猴民的行路歌

往这边，我们走进一片摇晃的垂穗，
半途中，荡上嫉妒的明月！
难道你不羡慕我们欢悦的队伍？
难道你不希望能多一双手？
难道你不高兴如果你的尾巴是——这样——
曲成丘比特之弓？
现在你生了气，但是——别介意，
兄弟，你的尾巴下垂在身后！

往这边，我们坐在分叉的树枝上，
思忖着我们知道的漂亮东西；
幻想着我们打算去做的事情，
全做完了，一两分钟之后——
某件事又宏伟、又明智、又愉快，
只要祝愿我们就能完成，
我们已经忘了是什么，但是——别介意，
兄弟，你的尾巴下垂在身后！

我们曾听到的所有话语，
都是蝙蝠或野兽或飞鸟所说——
兽皮还是鱼翅还是鳞片还是羽毛——
叽叽喳喳快点儿说，一起说！

好极！妙极！再来一遍！
现在我们说话就像人！
让我们假扮我们是……别介意，
兄弟，你的尾巴下垂在身后！

这是猴民走的路。
那么跟上我们跳跃的队伍吧，鱼贯穿过松林，
那些野葡萄摇摆着，惊飞到哪里，又轻快又高，
听我们醒着时的胡言乱语，
还有我们发出的美妙歌声，
肯定是，肯定是，我们要去做些辉煌事业了！

◎恐惧如何而来

溪流瘦了，池塘干了，
而我们是伙伴，你和我；
下巴发烫，侧腹蒙尘，
沿着河岸，一个挤一个，
因一场干旱，吓得不敢动弹。
而今，在那河坝之下看见小鹿，
还有像他一样恐惧的精瘦狼群，
而高高的雄鹿，畏畏缩缩地注视着，
那撕裂他父亲咽喉的尖牙。
池塘瘦了，溪流干了，
而我们是玩伴，你和我，
直到那边的阴云飘散了——祝捕猎顺利！
雨水终止了我们的饮水停战令。

丛林法则——迄今为止是世界上最古老的律法——对可能发生在丛林居民身上的几乎所有事件都做了规定，它的法典到目前已经经过时间和习俗的打磨而臻完美。你会记得莫格里生命的一大部分时间都是在习欧尼狼族中度过的，他从棕熊巴鲁那里学习丛林法则，当他对亘古不变的规定变得不耐烦时，也是巴鲁告诉他法则就像是巨大的藤蔓植物，因为它横落在每个居民背上，谁也不能逃脱。"等你活得像我一样长了，小兄弟，你就会发现所有的丛林居民都至少遵从着丛林法则的一项。而那可不是令人愉快的场景。"巴鲁说。

这番话从莫格里的一只耳朵进，另一只耳朵出，因为对一个将所有时间都拿来吃和睡的男孩来说，除非事情摆在眼前，不然他是不会有任何烦恼的。但是，有一年，巴鲁的话成了现实，莫格里见识到所有丛林居民都遵从的法则活动。

那一年，几乎整个冬天都没有下雨，豪猪伊奇在一片竹林里碰见了莫格里，他告诉莫格里说野甘薯都干死了。大家都知道伊奇在食物挑选上挑剔到近乎荒谬，除了最好的和最成熟的，别的他什么都不吃。所以莫格里大笑着说："这和我有什么关系？"

"现在没什么关系，"伊奇说，他的鬃毛发出了呆板而令人不悦的声响，"但之后我们就会看到了。你还能在蜜蜂岩下面的深潭里潜水吗，小兄弟？"

"没有。那傻气的水全流走了，我可不想撞破头。"莫格里说。那段日子，他可是相当肯定自己懂得的东西和丛林里任何五个居民知道的合起来一样多。

"那就是你的损失了。一个小裂痕也会漏进一些智慧的呀。"伊奇快速躲到一边，避开莫格里来拔他鼻子上的鬃毛，然后莫格里把伊奇说过的话都告诉了巴鲁。巴鲁看上去非常严肃，自言自语道："要我还是独身，我现在就会换地方捕猎，赶在其他居民开始想到这点之前。但——在陌生者之中捕猎总以打架终结，况且他们还可能伤到人娃娃。我们必须等着看看莫瓦树会怎么开花。"

那个春天，巴鲁如此喜爱的莫瓦树一直没有开花。绿色、奶酪色、蜡白色的花在还没有开放之前就被炎热烤死了，当他用后腿站起身摇晃树干时只有一些难闻的花瓣落了下来。接着，丝毫没有缓和的热浪一英尺一英尺地潜进了丛林的中心，把花朵变成黄色、棕色，最终变成了黑色。峡谷两边的绿色植物烤成了破碎的藤蔓，隐蔽的池塘沉陷见了底，结成块，边上留着的几个足印，好似是铸在铁上一样；多汁的藤蔓从攀爬的树上脱落下来，死在树脚；竹林也枯萎了，热风刮过就沙沙响，丛林深处岩石上的苔藓也都剥落了，直至石块变得和河床上颤抖的蓝色卵石一样赤裸裸的，浑身滚烫。

这年，鸟群和猴民早早就去了北方，因为他们知道即将到来的是什么；鹿群和野猪远远逃至村庄干枯的田地里，有时就死在太无力而无法猎杀他们的村民眼前。鸢鹰吉尔待了下来，还长肥了，因为有大堆腐肉可食。夜复一夜的，他为太虚弱而无法赶去新猎场的兽民带来了消息，太阳还有三天就要把丛林彻底毁掉了。

莫格里还从不知道真正的饥饿意味着什么，他靠着从岩石蜂巢里刮下来的三年老的陈年蜂蜜度日——那蜂蜜像黑刺李一样黑，满是析干的糖霜。他也捕猎，在树皮深处刨那些蛆虫，抢掠黄蜂新筑的蜂巢。所有的丛林捕猎不过都是皮毛与骨肉的事，巴希拉一夜能捕猎三次，却还是很难饱食一顿。但对水的渴望还是最强烈的，因为尽管丛林居民很少饮水，但他们喝起水来就必须喝个饱。

热浪持续又持续，吸光了所有的湿气，直到最后只剩威冈加河的主河道还有股涓涓细流流淌在干涸的河岸之间。当活了一百多年的野象海瑟看见一道长长的倾斜的蓝色岩石山脊显露在干涸的河流中央时，他知道那就是和平岩。他就在那里伸起了他的鼻子宣布了饮水停战令，就和五十年前他的父亲宣布的一样。鹿群、野猪、水牛继续哑着嗓子嚎叫，而鸢鹰吉尔远远地绕着大圈子飞翔，一边尖叫着传播这一消息。

根据丛林法则，一旦宣布了饮水停战令，再在饮水处捕猎就要处死。这样做的原因是因为饮水比进食更重要。如果只是猎物稀缺，丛林里每一个兽民都还能想方设法抢夺到一些。但水就是水，当水源供给地只剩下一个时，丛林居民就要到那里解决饮水需求，一切捕猎都得停止。在气候良好、水源充足时，那些来威冈加——或是其他任何地方——饮水的兽民，这样做可是冒着性命的危险，而这样的冒险可是占了夜间活动趣味不小的部分。巧妙地低下头而不卷起一片树叶；涉过及膝深淹没了一切声音的轰鸣的水湾；饮水的时候从一只肩头朝后看，每一块肌肉都准备好极度恐惧时不顾一切地跃出第一步；转到沙滩边缘，喝得鼻口沾湿、肚子鼓起再返回鹿群——这曾是所有长着高高鹿角的雄鹿都乐于做的事，因为他们知道巴希拉或希尔汗随时都可能跃到他们身上把他们咬趴下。但现在，所有这些生死较量之乐都结束了，丛林居民饥肠辘辘、精疲力竭地来到缩拢的河里——老虎、熊、鹿、水牛还有猪，全都一起——喝着污秽的河水，然后停在水上，太累而无法离开。

鹿群和野猪一整天都迈着沉重的步子寻找些比干树皮和枯叶子更好的食物。水牛找不到可以待在里面降温的泥塘，也没有绿色庄稼来偷吃。蛇们都离开了丛林，来到河边期望能找到迷途的青蛙。他们围着湿润的石头盘起身子，当拱食的野猪把他们拱起来时，他们也没有发起攻击。河龟很早就被最聪明的猎手巴希拉猎杀了，鱼也将自身埋在干泥的深处。只有和平岩横卧在浅湾里，就像一条长长的蛇，细小无力的波纹在岩石滚烫的表面蒸干时发出咝咝的响声。

莫格里和他的同伴晚间来这里纳凉。他最饥饿的敌人那时也几乎不会在意他。他赤裸的皮肤让他看上去比任何同伴都要瘦弱和可怜。他的头发给日光漂成了麻绳的颜色，肋骨戳出来就像是篮子的藤条，他惯用四肢行走，所以膝盖和肘部的结块让他的四肢看起来就像结在一起的草茎。但他纠结的额发之下的眼睛却冷酷又沉静，因为他的老师巴希拉告诉他要静静地前去，慢慢地捕猎，不管出于什么理由，都不要脾气暴躁。

"这可是个灾难时刻，"一个熔炉般炎热的夜间，黑豹说道，"但只要我们坚持到最后，灾难也会过去。你肚子饱了吗，人娃娃？"

"我肚子里有东西，但我一点儿都不舒服。巴希拉，你觉得，雨已经忘了我们，永远都不会再下了吗？"

"我觉得不会这样！我们还将看见莫瓦树开花，小鹿们会吃着新发的草，全都长得肥溜溜的。到和平岩去听听消息吧。到我背上来，小兄弟。"

"这可不是负重的时候。我自己还能站起来，但——我们，我们俩确实都不是肥壮的水牛。"

巴希拉看着他参差不齐、灰蒙蒙的侧腹，边看边低声说道："昨天晚上，我在牛轭下杀了一头小公牛。我被压得如此低，以至于我觉得他如果挣脱了，我都不敢跳起来了。"

莫格里笑了。"对，我们现在都是了不起的猎手。"他说道，"我是很胆大的——连虫都敢吃。"他们俩一起向下穿过噼啪作响的矮灌木丛到了河岸，浅浅的河道伸向林子里的每个方向。

"这水流不了多久了。"巴鲁加入了他们，说道，"看那边，那边的脚印像是人走的路。"

在远处与河岸齐平的平地上，僵直的草丛都呆立着枯死了，全是干枯的样子。鹿群和野猪踩出的小路都朝着河流的方向，落满灰尘的小路穿过十英尺高的草丛将毫无色彩的平地分出纹路。之前，每一条小路上都满是急匆匆赶往水源的初到者，还能听见母鹿和小鹿在烟尘中咳嗽喘气的声音。

河流上游，在细瘦的河面弯折的地方，围绕着和平岩，站着饮水停战令的监视者野象海瑟和他的儿子们，他们在月光下形容枯瘦、浑身灰白，他们来回摇晃着———直摇。在他下面一点儿，是鹿群的头阵，再下面，是野猪和野水牛，在河的对岸，高高的树林向下伸展到河边，那里划分给老虎、狼、豹子、熊和其他肉食动物。

"我们都遵从同一法则，确实如此。"巴希拉说着走下河水看着那边犄角碰撞的队伍，注视着鹿群和野猪彼此推挤。"祝捕猎顺利啊，我所有的血亲们。"他又补了句。伸展全身躺下来，一面的腹部伸进了浅水。然后，他牙缝中吐出声音："若不是因为这法则，我们可以在这里大猎一场。"

鹿群迅速展开的耳朵捕捉到了最后这句，于是一阵惊恐的低语顺着队伍传来："停战令！记住停战令！"

"那里很安全，无事！"野象海瑟说道，"停战令规定，巴希拉，这不是说捕猎的时候。"

"谁比我更了解啊？"巴希拉答道，黄眼珠转向上游，"我是吃河龟的——吃鱼或青蛙的。嗯！难道我能从嚼树枝子中得到好处？"

"我们希望如此，非常好。"一头小鹿叫道，他是那年春天才出生的，他一点儿也不喜欢这样。

丛林居民如此苦恼，海瑟忍不住咯咯笑了；而莫格里支着肘部躺在暖和的水中，大声笑了出来，双脚溅起泡沫来。

"说得好，小犄角。"巴希拉咕噜道，"等停战令结束，你的支持会被铭记。"他渴望看透黑暗，确保认清那小鹿。

渐渐地，谈话声在饮水处起起伏伏。你能听见扭打在一起、喷着气的野猪要求有更多的空间；水牛群走出沙滩时发出低沉的咕噜声；鹿群讲述着他们为寻找食物走过漫长路途精疲力竭的辛酸故事。不时地，他们向河这边的肉食动物打听着消息，但所有的消息都是糟糕的消息，丛林呼啸的热风来来回回穿梭在岩石、咔嗒响的树枝、散乱的小枝和水面的灰尘间。

"还有人类，他们也死在了耕犁边。"一头小公鹿说道，"从日落到晚上，我经过了三次。他们静静躺着，他们的公牛和他们一起。我们也应该稍微静静躺一会儿。"

"河水和昨晚比又下降了。"巴鲁说道，"噢，海瑟，你曾见过和这次一样的干旱吗？"

"会过去的，会过去的。"海瑟说着把水喷洒在脊背和腹部。

"我们这里就有一个家伙，他可无法长期忍耐。"巴鲁说着看着他喜爱的男孩。

"我？"莫格里愤愤不平地在水里坐起来，"我没有长长的毛皮来遮挡骨头啊，但是——但是如果你的毛皮被剥掉，巴鲁——"

海瑟听到这主意使劲儿摇头，而巴鲁却严肃地说："人娃娃，跟法则老师说这样的话可不合适。我可从没有被剥光了毛皮。"

"不，我说的没有坏处，巴鲁。但是假设你是带壳的椰子肉，可我却是不带壳的椰子肉啊。既然你的棕色外壳——"莫格里盘腿坐着，按他一贯的方式用食指解释事情，巴希拉伸出他长着肉垫的爪子把他向后拉翻在水里。男孩气急败坏。

"越说越糟了，"黑豹说道，"先是巴鲁被剥了皮，现在他成了椰子肉了。小心他可不会像熟透的椰子肉那样做哦。"

"那会怎么做？"莫格里说着放松了警惕，尽管那是丛林里最古老的圈套之一。

"打破你的脑袋。"巴希拉悄声说着，又把他拉了下来。

"开老师的玩笑可不好。"当莫格里被第三次按到水中时，棕熊说。

"不好！你将拥有什么？那个光溜溜的东西跑来跑去，还拿那些曾经的好猎手开猴子般的玩笑，还拉扯我们之中最优秀的丛林居民的胡须取笑！"说话的是瘸腿虎希尔汗，他正一瘸一拐走下水里。他等了一会儿，好来享受他在对岸的鹿群中制造的轰动，鹿群挤在一起，他咆哮道："丛林现在都成了这光溜溜的人崽子的地盘了啊。看着我，人崽子！"

莫格里用他知道的无礼的方式看着——不如说是瞪着，然后不出一分钟，希尔汗就不自在地掉过了头："人崽子这样，人崽子那样，"他低声说着继续饮水，"这崽子既不是人，也不是幼兽，不然他就会恐惧了。下一季，我将不得不祈求他离开，我好来饮水。啊呜！"

"那也可能会发生，"巴希拉一直盯着他双眼说，"那也可能会发生，呔，希尔汗！你又带什么丢脸的事儿来这里了啊？"

瘸腿老虎把下巴浸在水里，而暗色、油腻的斑块就从那里流往了下游。

"人类！"希尔汗冷静地说，"我一个小时前猎杀人类了。"他接着对自己咕噜咆哮。

兽群来回摇晃骚动，低语声增大变成喊叫声。"人类！人类！他猎杀了人类！"接着他们全都看着野象海瑟，但他似乎没有听见希尔汗的话。时机未到之时，海瑟从不会有任何行动，这也是他为何活得如此之久的一个原因。

"在这样的季节，捕杀人类！难道路上就没有别的猎物了吗？"巴希拉轻蔑地说着从污秽的水里起来，他摇着爪子，他做起那动作就像猫一样。

"我是经过挑选才捕杀的——不是为了进食。"那惊恐的叫声又开始了，而海瑟白色的小眼睛警惕地瞪向希尔汗的方向。"挑选，"希尔汗慢吞吞地说，"现在我来饮水，令我自己重新洁净。有什么不能做的吗？"

巴希拉的脊背开始像狂风中的竹子一样蜷起来，而海瑟升起他的鼻子，静静地。

"你的捕猎是挑选的结果？"海瑟问道。当他问问题的时候，最好要回答他。

"即便如此。这是我的权利，这是属于我的夜晚。你是知道的，噢，海瑟啊。"希尔汗说的话几乎算得上彬彬有礼了。

"是的，我知道。"海瑟答道，然后他沉默了一阵子，"你饮过水了吗？"

"嗯，今晚饮过了。"

"那就走吧。河水是用来喝的，不是用来污染的。在这样的季节，当——当人类和丛林居民，当我们一起遭罪的时候，除了瘸腿老虎谁也不会吹嘘自己的权利。干净也好，污秽也好，滚回你的兽穴去吧，希尔汗！"

最后的那些话像是突然响起的银制喇叭声，尽管毫无必要，但海瑟的三个儿子还是向前迈了半步。希尔汗溜了，连叫都不敢叫一声，因为他知道——其余大家也都知道——归根结底，海瑟还是丛林之王。

"希尔汗所说的权利是什么东西？"莫格里凑在巴希拉耳朵旁小声问，"捕杀人类总是可耻的。法则是这么说的。还有海瑟说的——"

"去问他吧。我不知道，小兄弟。什么权利不权利的，要不是海瑟发话了，我就要去教训那瘸腿屠夫了。刚杀了人就来和平岩——还来吹嘘——那是胡狼的把戏。况且，他还污染了好好的河水。"

莫格里等了一会儿，因为谁都不敢直接和海瑟说话，最后莫格里鼓起勇气大喊道："希尔汗的权利是什么，噢，海瑟啊？"两边河岸都重复着他的问题，所有的丛林居民都非常好奇，他们对刚刚目睹的一幕都不能理解，只有巴鲁看起来一副若有所思的样子。

"那是个老故事了。"海瑟说道，"那个故事比丛林还要古老。都待在河岸上别出声，我来讲述那个故事。"

有一两分钟，野猪和水牛在群中互相推搡着，接着，兽群的头领一个接一个说："我们等着。"然后海瑟大步往前，一直到他膝盖几乎没入和平岩边的湖水里。他虽精瘦，皮肤满是褶皱，象牙也都发黄了，但对丛林来说，他看起来就是他们的王。

"你们是知道的，孩子们，"他开始讲了，"在一切事物之中，你们最怕的是人。"接着响起了一阵低低的赞同声。

"这个故事和你有关，小兄弟。"巴希拉对莫格里说。

"和我有关？我是狼族——是自由狼族的猎手啊。"莫格里答道，"我和人类有什么关系？"

"但你们却不知道为什么自己害怕人类。"海瑟继续说道，"这就是原因所在。在丛林的最初，谁也不知道那是什么时候，我们丛林居民一起行走，并不彼此畏惧。那些日子里，没有干旱，叶子、花朵和果实也长在同样的树上，除了树叶、鲜花、嫩草、果实和树皮以外，我们不吃别的。"

"我真庆幸自己没有生在那些日子。"巴希拉说道，"树皮用来磨爪子还比较好。"

"丛林之神是大象的祖先萨。他用鼻子把丛林从深深的水里拉了出来；又用象牙在地上凿出沟壑，河流就在那里奔涌；他的脚踩踏过的地方，就生出了清澈的池塘；他用鼻子吹气——因此啊——树木都倒下了。萨就是用这样的方法造出了丛林，故事也正是这样传给了我。"

"在流传过程中连废话都没丢失呢。"巴希拉小声说。莫格里手蒙着脸笑了。

"在那些日子里，没有玉米、瓜、辣椒、甘蔗，也没有任何我们都见过的小屋；丛林居民对人类一无所知，只是一起生活在丛林里，都是一族。但不久，他们开始对事物争论不休，尽管有足够全体居民食用的牧草。他们都很懒，大家都想在自己躺着的地方进食，就和现在当春雨悠然洒落时我们做的一样。萨，他是大象的始祖，他忙于创造新的丛林，引导河水在河床上流淌。他不可能走去所有的地方，因此他就让老虎的祖先当了丛林的法官，丛林居民的争端都要呈送给他。那时，老虎祖先和其他居民一样也吃水果和牧草。他的个子和我一样大，长得也十分潇洒，浑身的色彩就像黄色藤蔓上的鲜花。在那段美好的日子里，丛林才刚萌发，他的兽皮上也从来没有条纹斑块。所有的丛林居民来到他面前都毫不畏惧，而他说的话就是整个丛林的法则。那时，你们记好，都是一族。

"然而，一天晚上，两只雄鹿起了冲突——为了牧草而反目，就像你们现在一样用犄角和前蹄来解决——据说当他们俩一起到躺在花丛中的老虎始祖面前陈述时，一头鹿用角撞了他一下，于是老虎始祖就忘了他是丛林主人、丛林法官，他跳到那头公鹿身上，咬断了他的脖子。

"直到那晚之前，我们之中谁都没有伤亡过，而老虎始祖看见自己干的事后，被血的味道吓得傻了眼，他逃到了北方沼泽，我们丛林居民就没有了法官，陷入互相内斗之中，然后萨听到打斗之声就回来了。可我们之中有的这样说，有的那样说。萨看见了花丛中的死雄鹿，就问是谁杀的，而我们丛林居民却说不出，因为血的味道令我们变得愚蠢。我们绕着圈来回奔走，又是跳跃，又是大喊大叫，又是摇头摆脑。接着萨就对丛林里垂得低低的树枝和蔓延的藤蔓下达了一道命令，要他们标记出杀死公鹿的凶手，这样他就能知道凶手是谁，然后他问：'谁将成为丛林之王？'生活在树枝上的灰猿跳了起来，他说：'现在我将是丛林之王。'"

"听到这，萨笑了，他说：'那就这样吧。'接着他生气地走开了。

"孩子们，你们知道灰猿吧。当时的他就和现在一样。起初，他还为自己塑造一张智慧的嘴脸，但没过多久，他就开始到处抓挠，上下蹦跳。当萨返回的时候，他看见灰猿正头朝下倒挂在一个大树枝上，嘲弄站在树下的兽民，而兽民也嘲笑着他。因此丛林里没有了法则可言——只剩下愚蠢的说辞和没有意义的话语。

"然后萨就把我们叫到一起说：'你们的第一位大王把死亡带到了丛林，第二位带来了耻辱。现在，是制订法则的时候了，这个法则你们可不能违背。现在，你们应当知道恐惧了，当你们发现恐惧的时候，你们就会知道恐惧才是你们的主人，其余的都紧随其后。'然后我们丛林居民就说：'什么是恐惧？'萨说：'去寻找吧，直到你们找出为止。'所以我们就在丛林上下找寻'恐惧'，不久，水牛——"

"啊！"水牛头领梅沙站在他们的沙堤上吃惊地回应。

"是的，梅沙，就是水牛。他们带回消息说在丛林的一个山洞里坐着'恐惧'，他没有头发，靠后腿行走。所以我们丛林居民就跟着水牛群到了那个山洞，'恐惧'站在洞口，正如水牛们说过的那样，没有头发，靠后腿行走。他看见我们就大喊出来，他的声音令我们充满恐惧，直到现在我们听到那声音仍会恐惧，所以我们四处逃窜，互相践踏，彼此厮打，因为我们都很害怕。那一晚，我听到的就是这么说的，我们丛林居民就没有像以前的习俗一样睡在一起了，而是每个族群自己撤到一边——野猪和野猪一起，鹿群和鹿群在一处；犄角对犄角，蹄子对蹄子——同类和同类坚守一起，兽民们就这样在丛林里躺着瑟瑟发抖。

"只有老虎的祖先没有和我们一起，因为他还躲在北方的沼泽地，当他听到我们在山洞里看见的那东西之后，他说：'我倒要去看看那东西，然后咬断他的脖颈。'因此他整晚狂奔，最后到达了山洞。但是沿途的树枝和藤蔓记着萨下达的命令，于是他们就垂下枝条，趁他奔跑的时候在他身上做记号，他们把触角伸到他背上、他侧腹、他前额、他下颌。他们不管碰到他哪里，就在他黄色的虎皮上留下一个记号、一道斑纹，而那些斑纹直到今天这些孩子还穿着！等他到了山洞，没有头发的'恐惧'放下手称他是'夜里到来的带斑纹的家伙'，而老虎祖先也害怕没有头发的那个，于是他就嚎叫着逃回了沼泽。"

莫格里下巴没在水里，静静地笑了。

"他嚎叫的声音极大，萨听见了说：'是什么事这么悲伤啊？'老虎祖先鼻口朝着新创造出来的天空——那天空现在已经很老了，他说：'把我的力量还给我吧，噢，萨。我在整个丛林面前丢了脸，我从一个没有头发的家伙面前逃出来的，他给我取了个丢脸的名字。''为什么呢？'萨问。'因为我被沼泽地的泥巴弄得很脏。'老虎祖先说。'那就游泳吧，到湿草地上打滚，如果是沾了泥，那就能洗掉。'萨说。然后老虎祖先就去游泳，在草地上滚来滚去，丛林在他眼前转来转去，

但他身上的斑纹一条也没有变化，萨看着他大笑。老虎祖先就说：'我做了什么，会弄上这些斑纹？'萨说：'你杀了那雄鹿，你把死亡释放到了丛林，而"恐惧"随着死亡而来，所以丛林居民都害怕彼此，就像你也害怕没有头发的家伙一样。'老虎祖先说：'他们永远也不会害怕我，因为我打从一开始就认识他们。'萨说：'去试试看吧。'于是老虎祖先就来回奔走，大声呼喊鹿群、野猪、雄鹿、豪猪和整个丛林里所有的兽民，而他们都从他们曾经的法官面前逃开了，因为他们害怕。

"然后老虎祖先就回来了，他体内怀有的自豪感都破碎了，头贴在地上，爪子刨地说：'记住我曾是丛林之王。不要忘记我，噢，萨！让我的孩子们都记住我原来既不可耻也不害怕！'而萨说：'这些我会做到，因为你和我一起见证了丛林的创造过程。每年会有一个夜晚，这一晚会和那头雄鹿被杀之前一样——为了你和你的孩子们。在那仅有的一晚，如果你碰见了那个没有毛发的家伙——他的名字叫人——你不会害怕他，而是他将害怕你，就像你还是丛林法官以及万物之王一样。那一晚，对他的"恐惧"，你要心怀慈悲，因为你已经知晓了"恐惧"为何物。'

"接着老虎祖先答道：'我满足了。'但当下一次他喝水的时候，他看见自己的腹部和腰侧的黑斑纹，他就记起了没有毛发的那个家伙给他取的名字，他很生气。一整年，他都生活在沼泽地等待萨履行他的诺言。一天晚上，当月亮的爪牙（昏星）清晰地升起在丛林上空时，他感觉他的夜晚来了，然后他就去了山洞找那个没有毛发的家伙。当时事情也正如萨承诺的一样，没有毛发的家伙倒在他面前，躺在地上，老虎祖先袭击了他，咬断了他的脖子，因为他想着丛林里只有一个'恐惧'，而他杀死了'恐惧'。接着，萨嗅到了这场杀戮，老虎祖先听见萨从北边的丛林赶来了，不久，大象祖先的声音，就和我们现在听到的声音一样——"

雷声在干裂、满是疤癣的山上翻滚，但并没有带来雨——只有热浪——闪电沿着山脊摇曳——海瑟继续说："那就是他听见的声音，那个声音说：'这就是你的慈悲之心吗？'老虎祖先舔了舔嘴唇说：'有什么关系？我杀了"恐惧"啊。'萨说：'噢，你这瞎子，你这蠢徒！你解开了死神的步伐，他会追随你的足迹直到你死亡为止。你教会了人类屠杀！'

"老虎祖先呆呆站在自己杀死的'恐惧'旁边说：'他就和曾经的雄鹿一样，没有恐惧。现在我将再次成为丛林居民的法官。'

"然后萨说：'丛林居民再也不会到你这里来了。他们永远也不会走你走过的足迹，也不会在你附近睡觉，不会追随你，不会在你的窝边吃草。只有"恐惧"会追随你，"恐惧"会伴着你，如同无法看见的风一样等着你，直到他满意。"恐惧"会让大地在你脚下开裂，藤蔓缠住你的脖颈，让你前面的树都长得高到你跳不过去，最后他还要剥下你的虎皮，当他们的娃娃冷了时就给他们包裹。你对他没有慈悲之心，他也不会对你怜悯。'

"老虎祖先非常胆大，因为这一晚还是承诺给他的夜晚，他说：'萨的承诺既出，就无可改悔。"恐惧"不会夺走属于我的那一夜吧？'而萨说：'那一晚是属于你的，我曾说过，但得付出代价。你教会了人屠杀，他可是学得很快的。'

"老虎祖先说：'他就在我脚下呢，他的脊背都折断了。让丛林都知道我已经杀了"恐惧"。'

"然后萨笑了，他说：'你只是杀掉了许多中的一个，但是你得自己告诉丛林——因为你的夜晚结束了。'

"天亮了，山洞口走出了另一个没有毛发的家伙，他看见了路上的这场杀戮，老虎的祖先还站在上面，然后他抄起一根削尖的棍子——"

"现在他们扔了一个东西来砍。"伊奇在堤岸下面沙沙作响，因为伊奇被冈德人认为是非同寻常的美味——他们称他为霍伊古——而他也对那种能像蜻蜓一样回旋飞过空地的可怕的小冈德斧略知一二。

"那是一只削尖的棍子，就和他们布在陷阱之下的那些一样，"海瑟说道，"他把棍子刺出去，深深刺入老虎祖先的侧腹。因此，就和萨说过的一样，老虎祖先在丛林中嚎叫奔窜，直到将棍子拔出来，而整个丛林都得知没有毛发的家伙能从远处攻击，他们比以前更加害怕了。因此，是老虎祖先教会了没有毛发的家伙屠杀——你们也知道那给我们居民带来了什么——他们用绳套、陷阱、隐藏的圈套、飞舞的棍子、从白烟里飞出来的吓人东西（海瑟指的是来复枪），还有把我们赶到空地的红花……但每年有一个晚上，没有毛发的家伙会害怕老虎，就如同萨承诺过的一样，而老虎也从没表露慈悲之心好让他们不那么害怕。老虎在哪里发现他，就在哪里杀掉他，因为他们记得老虎祖先是为什么感到羞愧的。剩下的，就是'恐惧'在丛林里日夜游荡。"

"哎嗨！噢！"鹿群想到这一切对他们意味着什么。

"只有当一个极大的'恐惧'战胜一切'恐惧'，就和现在一样，我们丛林居民才会把我们的小'恐惧'都放在一边，像我们现在正做的一样一起聚在一个地方。"

"人只有那一夜害怕老虎吗？"莫格里说。

"只有一夜。"海瑟说。

"但是我——但是我们——但是整个丛林都知道希尔汗一个月里就杀人杀了两三次。"

"就算是这样，当老虎攻击的时候，他也是从后面跃起，并且把头扭在一边，因为他内心充满恐惧。如果人看着他，他就会逃跑。但在属于他的那一晚，他公开地跑进村子。他走在房屋之间，把头伸进人类的门口，人类都会大惊失色，他就在那里捕杀。那可是屠戮之夜。"

"噢！"莫格里在水里打了个滚，自言自语，"现在，我明白为什么希尔汗要命令我看着他了！那样他就没有优势，因为他无法牢牢保持视线，而——而我肯定不会倒在他的脚下。但那时，我并不是人，我是自由狼族。"

"嗯！"巴希拉低着头，声音好像是从他那毛茸茸的脖子里发出来的一样，"老虎知道自己有那一夜吗？"

"除非月亮的爪牙清晰出现在夜晚迷雾之中。那老虎的一夜有时候是在干燥的夏季，有时候是潮湿的雨季。但对老虎祖先来说，这从来不值得恐惧，而我们任何一个也不会知道恐惧。"

鹿群悲伤地哼着，而巴希拉撅着嘴露出一个顽皮的笑容。"人类知道这个——故事吗？"他问。

"谁都不知道，除了老虎和萨的子孙——我们象族之外。现在，水边的你们都听到了，我都说出来了。"

海瑟把鼻子浸入水里表示他不想说话了。

"但是——但是——但是啊，"莫格里转过身对着巴鲁说，"为什么老虎祖先不继续吃草、吃树叶、吃树呢？他只是咬断了雄鹿的脖颈，他又没有吃那肉。是什么引导他吃热乎乎的肉的呢？"

"树枝和藤蔓在他身上做了标记，小兄弟，把他变成了我们看见的这样带斑纹的东西。他再也不会吃他们的果实了。但从那天起，他就向鹿群和其他食草动物复仇了。"巴鲁说。

"那么说你也知道这故事的了，哈？为什么我从没听你讲过？"

"因为丛林里满是这样的故事啊。要是我开了个头，那就永远也停不下来了。松开我的耳朵，小兄弟。"

丛林法则

为了让你知道丛林法则的多样性，我把那些针对狼族的法则中的一些转化成了韵文（巴鲁经常用一种类似歌咏的方式背诵他们）。当然了，还有成千上万更多的法则，但是这些可算是简单版法则的样章。

现在，这就是丛林法则——和天空一样
古老而真实；
而坚守法则的狼族会繁盛，违背它的狼族
将会灭亡。

如同藤蔓缠绕着树干，法则伴随
前后——
因为族群的力量来自狼，而狼的力量
源自族群。

每日清洁鼻尖到尾巴尖；多喝水，但
别喝得太撑；
记住夜晚是用来捕猎的，也别忘了
白日是用来睡觉的。

胡狼也许会追随老虎，但，孩子，当你们
长出了胡须，
要记住狼族是猎手——出发吧，
去自己捕猎食物。

要和丛林之王——老虎、豹子、熊
保持和平；
别打扰沉默的海瑟，也别嘲弄窝里的
野猪。

当族群在丛林相遇，双方都不要
从小路走开，
躺下，直到头领们发话——那话语
应该公平，应该盛行。

当你和族群的一头狼打斗，必须
单独应战，且到远处去，
以免他人加入争斗，使得狼族
被打斗削弱。

狼窝是狼的庇护所，不管他
在哪里做窝，
就连狼族头领也不得进入，就连一会儿也
不得进入。

狼窝是狼的庇护所，但若他
挖得过于浅显，
议会要给他提醒，他因此
要再做出改变。

如果你在午夜前捕杀，别出声，别吵醒了
你旁边的丛林，
以免把鹿群从庄稼地惊起，兄弟们
空手离去。
你可以杀死你自己、你的同伴、你的孩子
当他们需要死的时候，你可以；
但别杀来取闹，说七次，
永远不要杀人。

如果你抢夺弱者的猎物，为了你的荣誉
不要全部吃完；
族群权利是最公平的，把头和兽皮
给他留下。

族群捕杀的猎物是整个族群的食物。你必须
就地进食；
谁也不能把食物拖到自己的窝里，否则
就处死他。

自己捕杀的猎物是自己的食物。他能
随心所欲，
而且，在得到许可之前，狼族不得来吃
那猎物。

一岁的狼有幼狼权。他要得到
整个狼族的承认

吞食猎物时就大口吃吧；谁也不能
拒绝他有同样权利。

巢穴权是狼妈妈的权利。她可以
享有一辈子
每只猎物的腰臀部都给她的幼崽，谁也不能
否认她的权利。

洞穴权是狼爸爸的权利——自己捕猎
为自己。
他可远离狼族所有诏令；他只受
议会裁决。

因为时间和巧妙，出于抱怨
和搜寻，
对这一切，法则保持开放，狼族头领
就是法则。

现在，这就是丛林法则，可有许多条，
强大有力；
但法则从头到脚，
从腰到背都是——服从！

◎老虎！老虎！

捕猎还顺利吗，英勇的猎手？

兄弟啊，守候猎物又久又冷。

你捕杀的是什么猎物？

兄弟啊，他仍待在丛林里。

那令你自豪的力量在哪里？

兄弟啊，它已从我的腹部和肋侧消逝。

你这么着急要到哪儿去？

兄弟啊，我回我的兽穴——去死。

现在，我们必须得回到第一个故事。在议会岩和狼族大战一场之后，莫格里离开了狼妈妈的山洞，他下山来到村民们居住的耕地，但他没有在那里停留，因为那儿离丛林太近了，而且他也知道自己在议会中至少树立了一个凶险仇敌。所以他继续匆匆前行，他沿着那条伸往谷底的坎坷小路一路小跑了近二十英里，直到抵达一个他不知道的乡村。山谷展开形成一块大平原，上面岩块星罗棋布，还横亘着一条条溪涧。

在平原的尽头，有一个小山村，另一端则是茂密的丛林，压下来直伸往牧场草地，然后就像用锄头斩断一样止步不前。整个平原上，到处都是牛群和水牛在啃草，照看畜群的小男孩们看见莫格里，都大叫着跑开了，而那些徘徊在每个印度村庄的黄毛土狗都吠叫起来。莫格里继续走，因为他觉得饿了，他来到村庄门口，看见夜间拖到大门口挡门的那棵大荆棘被推到了一边。

"哼！"他说，因为他夜晚捕猎食物时所碰到这样的路障可不止一次了，"所以说，这里的人们也害怕丛林生物啊。"他在门口坐下，当一个人走出来时，他就站起身，张开嘴巴，指指嘴巴，表示他想要吃的。那人盯着他，然后就跑回村里仅有的一条大路上呼叫祭司，那是一个大块头、很胖的人，穿着一身白衣服，额头上还有红色和黄色的记号。祭司来到门口，身后至少跟着一百个人，他们都盯着莫格里，谈论着什么，大叫着指向他。

"他们一点儿规矩都没有，这些人类。"莫格里自言自语，"只有灰猿才和他们一样。"因此，他把长发往后一甩，对着人群皱起眉头。

"那有什么可怕？"祭司说道，"看看他手臂和大腿上的痕迹，那都是狼咬出来的。他不过就是个打丛林里跑出来的狼孩而已。"

当然了，一起玩耍的时候，狼崽们经常不经意地啃莫格里，啃重了，所以他的手臂和大腿上到处都是白色疤痕。但他是这世上绝不会把这叫作咬的人，他知道真正的咬意味着什么。

"哎呀！哎呀！"两三个女人一齐说道，"被狼咬了，可怜的孩子！他真是个英俊的孩子。他的眼睛就像红彤彤的火焰。我堵上我的名誉，梅苏阿，他真像你那被老虎叼走的孩子。"

"让我看看，"一个手脚都戴着沉甸甸铜铃的女人说，她手掌搭在眼睛上凝视着莫格里，"确实不是。他瘦一些，但和我的孩子长得很像。"

祭司是个聪明人，他知道梅苏阿是此地最富有的村民之妻。所以，他抬头看了会儿天，严肃地说："丛林把曾经带走的东西给还回来了。把这个男孩带去你家吧，我的姐妹，还有，可别忘了向祭司表示敬意，他能深刻地洞悉人类的命运。"

"凭赎买我的公牛起誓，"莫格里对自己说道，"这所有的谈话真像是又一次被一个族群检视啊！好吧，如果说我是人类，那我就必须变成一个人。"

人群散开了，那女人招呼莫格里去了她的小屋，屋里有一张涂着红漆的床架，一个上面有可爱的凸出图案、装着粮食的陶制大箱子，六个铜制煮菜锅，一个供奉着一尊印度神像的小壁龛，墙上还有一面真正的镜子，就和他们在乡村集市上售卖的一样。

她给他一大杯牛奶和一些面包，然后，她把手放在他头上，看着他的眼睛，她想着也许他真有可能是她的儿子，他又从当初被老虎叼走的丛林里回来了。所以，她说："那苏，噢，那苏！"莫格里没有表现出知道这个名字的样子。"你不记得我给你新鞋子的那天吗？"她摸着他一只脚，那脚就像兽角一样坚硬。"不，"她悲伤地说道，"这双脚从没穿过鞋子，但你长得真和我的那苏一模一样，你应该当我的儿子。"

莫格里心神不宁，因为他以前还从没有在屋里待过。但他看着茅草屋顶，明白如果自己想要逃走随时都能将之扯碎，而且窗户也没有窗闩。"当人有什么好的，"最后他问自己道，"如果连人话都听不懂的话？现在，我就又蠢又哑，就和人在丛林里一样。我必须学会他们说的话。"

以前他和狼群在一起，他学着模仿雄鹿的挑战声，也学过小野猪的叫咕声，这并不是为了好玩。所以，梅苏阿一说出一个词，莫格里就惟妙惟肖地模仿下来，天黑以前，他已经学会了很多小屋里的物品名称。

睡觉的时候发生了点儿麻烦，因为莫格里不想在看着如此像豹笼子的屋里睡觉，他们关上门，就从窗口跳了出去。"就随他愿吧，"梅苏阿丈夫说道，"想想这以前他还从没在床上睡过觉呢。如果他确实是来当我们儿子的，那他就不会跑走的。"

因此，莫格里就在田地边缘一些长杆、洁净的草地上舒展开来，但他还没闭起眼睛，一只软软的灰鼻子就在下巴下面顶他。

"咳！"灰兄弟说（他是狼妈妈孩子中最大的）："跟着你跑了二十英里，这点儿回报真寒碜。你身上闻着有火烟味和牛群味——已经完全像个人了。醒醒，小兄弟，我捎了信儿给你。"

"丛林里的一切都还好吗？"莫格里说着抱住他。

"除了被红花烧焦的那些狼，其余的都好。现在你听着，希尔汗被烧得厉害，他已经离开这里，去远处捕猎了，毛皮不长出来是不会回来了。他发誓等他回来，他要把你的骨头摆在威冈加。"

"对于那儿，我只想说两个字。我也起了个誓。但有消息总是好的。今晚我累了——学习新东西学得太累了，灰兄弟——但你要时时给我送信啊。"

"你不会忘记自己是狼吧？人不会让你忘了吧？"灰兄弟担心地问。

"永远不会。我会永远记得我爱你，爱洞穴里的他们。但我也会永远记得我已经被狼族赶出来了。"

"但你也可能会被别的族群驱赶。人只是人，小兄弟，他们说的话就像池塘里的青蛙那样哇哩哇啦的。等我再来这里，我就在牧草边上的竹林里等你。"

那晚之后的三个月里，莫格里几乎都没有离开村庄大门，他学习人类的行为方式和风俗习惯，忙得不得了。首先，他得披一块布把身子裹起来，这令他非常烦恼；接着，他得学习用钱，这个他一点儿都闹不懂；然后是耕地，他也看不出有什么用。然后村里的小孩也让他很生气。幸运的是，丛林法则已经教会了他怎么收敛脾气，因为在丛林里，保全性命和获取食物都要靠保持冷静。但当孩子们取笑他不会玩游戏、放风筝，或是他某个字发错了音的时候，他只是出于"宰杀弱小光溜溜的人娃娃不算光明正大"这样的想法，才没有把他们举起来摔成两半。

他一点儿也不知道自己的力气有多大。在丛林里，他知道跟野兽们相比，自己很弱，但在村子里，人们说他就像公牛一样壮。

莫格里一点儿都不明白人与人之间的种姓区别。烧陶人的驴子滑到泥坑里，莫格里就拽着尾巴把他拖了出来，然后又帮他码好陶罐，好运到卡尼瓦拉集市上卖。这也令人震惊，因为烧陶人是种姓低贱的人，他的驴子就更不用说了。祭司斥责他，莫格里就威胁着要把他也放到驴子上，祭司就告诉梅苏阿的丈夫还是尽快让莫格里去干活儿；然后村长就告诉莫格里，他明天就得赶着水牛出去放牧。没有人比莫格里更高兴的了。当晚，因为被指派做村里的雇工，他就去参加村里的晚会，就和每天晚上一样，人们围成一圈，坐在一棵大无花果树下的石台上。这是村里的夜会，村长、巡夜人、知道村里一切小道消息的理发匠，拥有一支塔尔牌毛瑟枪的老比尔迪欧，他们碰面，然后抽烟。猴子们则坐在高处的树枝上叽叽喳喳，平台下的洞里住着一条眼镜蛇，他每晚都能得到一小盘牛奶，因为村民认为他是圣蛇；老人们围着大树坐下说话，抽着大大的水烟袋，直到夜深。他们讲着关于神、人、鬼的奇妙故事；比尔迪欧则会讲起更精彩的关于丛林野兽生活方式的故事，直到坐在圈子外面的小孩听得眼睛都从头上鼓了出来。大部分故事都是关于动物的，因为丛林一直就在他们家门口。鹿和野猪拱了他们的庄稼，黄昏时，老虎还不时公然从村口大门拖走一个人。

莫格里自然知道他们讲的一些事情，他盖着脸以免露出他在笑，比尔迪欧把毛瑟枪放在膝盖上，讲起一个接一个的精彩故事，莫格里的肩膀直抖。

比尔迪欧解释说叼走了梅苏阿儿子的那只老虎是只鬼老虎，他体内住着几年前就死去的狠毒的老放债人的亡魂。"我知道事实就是如此，"他说道，"因为有次暴动中，普兰·达斯挨了打，还被烧了账本，那以后他就瘸了腿，而我说起的这只老虎也是跛子，因为他的脚掌印都不平。"

"对，就是这样，事实一定就是这样的。"灰胡子的人们说着都一起点头。

"所有这些故事都陈旧不堪，都是瞎说的吧，"莫格里说道，"那只老虎跛脚是因为他生来就跛脚，每个人都知道。说什么借债人的鬼魂附在一个从来还不如胡狼胆大的野兽身上，真是傻气。"

比尔迪欧惊呆了，有一阵说不出话来，而村长则瞪大双眼。

"噢嗬！这是那个丛林来的小屁孩，是不是？"比尔迪欧说道，"你要是这么聪明，最好把他的皮毛送到卡尼瓦拉去，因为政府开价一百卢布要他的命呢。你最好安静点儿，长者说话，你就闭嘴。"

莫格里站起来要走："我躺在这儿听了整个晚上，"他回头说道，"可是，除了一两句话以外，比尔迪欧说的丛林故事没有一点儿是真的，而丛林就在他家门口那儿。那么，还要我怎么来相信他说他曾见过鬼魂啊、神啊还有精灵啊那些事呢？"

"是时候该让那男孩去放牧了。"村长说，而比尔迪欧则吐了一口烟，对莫格里的鲁莽嗤之以鼻。

印度大部分村庄的习惯都是清晨由几个男孩赶着牛群和水牛出去放牧，晚上再赶回来。就是这些牛，他们能踩死一个白人，却任由自己被这些还不及他们鼻子高的小孩吼叫欺负。只要和牛群待在一起，这些男孩就是安全的，因为就连老虎也不敢挑战一群牛。但只要这些男孩走开去摘野花或是捉蜥蜴，有时就会被老虎叼走。黎明时分，莫格里骑在领头大公牛拉玛背上走过村里的大街。那群灰蓝色的水牛长着向后弯压的牛角和凶猛的双眼，跟在他身后，一头接一头走出牛棚，莫格里对和他一起的孩子们明确表示自己是头儿。他拿一支长长的、磨亮的竹枝子打着水牛，又对一个男孩卡米亚说，让他们自己放牧，他骑着水牛继续走，要他们小心别偏离了牛群。

印度的牧场满是石块、矮树和小溪，牧群就分散消失其间。水牛群一般守在池塘和泥地附近，他们要在暖乎乎的泥巴里翻滚、晒太阳，待上几个小时。莫格里把他们赶到平原边上，威冈加河从那里流出丛林；然后他从拉玛背上下来，跑到竹林里，找到灰兄弟。"啊，"灰兄弟说道，"这些天来，我每天都在这儿等待。这放牛的活儿到底是什么意思？"

"这是命令，"莫格里说道，"我要给村里当一阵子牧人了。希尔汗有什么消息？"

"他已经回到这片乡村了，在这儿等你等了很久了。现在，他又离开了，因为这里猎物太少。但他一直准备要杀掉你。"

"很好，"莫格里说道，"只要他离开，你或者四兄弟中的一个就坐在那块石头上，那样我一出村子就能看见你们。要是他回来了，就在平原中央那棵达科树下的河边等我。我们无须走进老虎的嘴里去。"

然后莫格里就挑了个阴凉儿地，躺下休息，水牛就在他周围吃草。在印度，放牧可算世上最懒散的事情之一了。牛群走来走去，嘎吱嘎吱嚼草，吃饱了就会躺下来，过一会儿又起来接着走，连叫都不叫一声。他们只哼哼，水牛就更少言语，他们一头接一头走下泥塘，摸索着路径钻进泥浆，直至只剩鼻孔和瞪得大大的中国蓝的眼睛露在外面，然后他们就像原木一样躺下。阳光烤得岩块都蒸腾着热气，放牧的孩子们听见一只鸢鹰（从来不会更多）在头顶几乎看不见的地方鸣叫，他们知道如果他们死了，或是死了头牛，那只鸢鹰就会扑下来，几英里开外的另一只鸢鹰看见他降落也会跟来，下一只，再下一只，不等他们死去，就会有二十只鸢鹰不知从哪里飞出来。放牛的孩子们大部分时间在草地上睡着，醒来，又睡着，用枯草编几个小篮子，里面放上跳虫；要么抓两只挥着钳子的螳螂，要他们打架；要么用丛林里红色和黑色的坚果穿一条项链；或者是观看蜥蜴在石头上晒太阳；泥坑边，一条蛇捕住了一只青蛙，然后他们就用末尾有颤音的古怪本地语言唱长长的歌谣……这样的一天看起来比大多数人的一生还要漫长。他们也可能会造一座泥巴城堡，里面有泥塑的人物、马匹和水牛雕像，然后再把芦苇放进泥人的手里，假装自己是国王，这些泥人都是他们的军队，或者假装自己是值得尊敬的神。暮色降临，孩子们呼叫着，水牛们就从黏黏的泥浆里缓缓爬上来，发出的声音就像一声接一声的枪炮响，然后一头接一头全部穿过灰色平原走回闪着灯光的村子里去。

一天又一天，莫格里领着水牛群出来到泥塘去。每天，他都能在平原那边一英里半远的地方看见灰兄弟的背影（他因此知道希尔汗还没有回来）。一天接着一天，他都躺在草地上聆听环绕着他的声音，然后回忆着丛林里的旧日岁月。在那些漫长而静谧的早晨，要是希尔汗的瘸腿在威冈加河岸上的丛林里走错一步，莫格里就会听见。

最终这一天还是到来了，他看见灰兄弟没有在信号处现身，于是他大笑，然后领着水牛走往达科树边的小河，那里到处都盛开着金红色的花朵。灰兄弟坐在那里，背上所有鬃毛全部倒竖起来。

"他已经躲了一个月了，要把你的守卫都甩开。昨晚，他和塔巴奎穿过了山岭，紧紧追踪着你。"狼兄弟气喘吁吁地说。

莫格里皱着眉头："我倒不怕希尔汗，但塔巴奎很狡猾。"

"不用怕，"灰兄弟舔了舔嘴唇说，"黄昏时，我碰到塔巴奎了。现在，他正在向鸢鹰们卖弄他的聪明才智，不等我打断他的脊梁，他就告诉了我一切。希尔汗计划今晚在村门口等你——不为别人，就等你。现在他正昂头躺在威冈加那条干涸的大河里。"

"他今天吃过了吗？还是捕猎扑了个空？"莫格里问，因为这答案对他来说生死攸关。

"黄昏时他捕了猎——一头猪——他也喝过水了。记住，希尔汗从不会节食，即便是为了复仇。"

"噢！傻子，蠢货！真是个崽子的崽子！还又吃又喝的，他还以为我会一直等到他睡着！现在，他躺在哪里？要是我们有十个的话，我们就可以趁他躺着的时候把他按住。除非水牛们嗅到他的气味，不然，他们是不会挑战他的。我们能不能绕到他脚印背后，好让他们嗅出他的气息来？"

"他往威冈加河下游游了好远来切断气味。"灰兄弟说。

"塔巴奎告诉他的，我就知道。他自己是根本不可能想到的。"莫格里咬着手指思忖，"威冈加的大河谷，出口就在离这里不到半英里的平原。我可以带着牛群绕过丛林到河谷出口去，然后再扑过去——但是他可能从河谷另一头溜走。灰兄弟，你能帮我把牛群分成两半吗？"

"我不行，或许——但是我带了个聪明的帮手。"灰兄弟跑开了，然后跳进一个洞里。之后那里就冒出一个莫格里非常熟悉的大灰头，接着炎热的空气中就充满了整个丛林最孤寂的叫声——狼在正午的打猎嚎叫。

"阿凯拉！阿凯拉！"莫格里鼓掌叫道，"我早该知道你不会忘了我。我们手上可有个大任务，把牛群分成两半。阿凯拉，把母牛和小牛分到一起，公牛和耕田水牛单独列开。"

两只狼奔跑着，跳起像女子连手式四对舞一样的步子，在牛群里钻进钻出，牛群们哼着鼻子，甩着头，被分成了两堆。一堆是母水牛，她们把小牛围在中间，瞪大眼睛，抬起蹄子准备好，只要有一只狼静立下来，他们就会将他踩死；另一堆里，公牛们和小公牛哼气跺脚，虽然他们看上去更威风，危险性却更小，因为他们没有小牛要保护。就算是六个人也不可能把牛群分得如此齐整。

"有什么命令！"阿凯拉喘着气，"他们又要合到一起了。"

莫格里溜上拉玛的背："把公牛们赶到左边去，阿凯拉。灰兄弟，等他们走了，把母牛聚在一起，把他们赶到河谷另一端去。"

"多远？"灰兄弟喘着粗气说，一面猛咬起来。

"直赶到两边河岸很高、希尔汗根本跳不上去的地方，"莫格里喊道，"让他们待在那儿，直到我们下来。"阿凯拉吠叫着把公牛赶了出去，灰兄弟则挡在母牛前面。母牛们朝他冲去，他只跑在他们前面一点儿，带着他们到河谷底部去，而阿凯拉已经把公牛赶到左边很远的地方了。

"干得好！再冲一下他们简直就要跑起来了。小心啊，现在——该当心了，阿凯拉。公牛们冲得太猛了。呼啦！这可比驱赶黑雄鹿猛多了。你没想到这些家伙会跑得如此之快吗？"莫格里喊道。

"我年轻的时候也捕猎过这些家伙的，"阿凯拉在烟尘中气喘吁吁地说道，"我要把他们赶进丛林吗？"

"对！赶吧。赶快点儿！拉玛要狂怒了。噢，要是我能告诉他今天我要他做什么就好了。"

公牛们掉了头，现在是往右撞进了灌木丛。其他的放牧小孩在一英里远的地方看见这些牛，就急匆匆往村里跑，腿能跑多快，就跑多快，大喊着这些水牛都疯了，全跑了。

但莫格里的计划原本很简单。他想做的就是在山顶围个大圈，然后绕到河谷出口，接着再把公牛赶下山，在公牛和母牛阵里捉住希尔汗。因为他知道吃饱饮足之后，希尔汗是没有任何精力再战斗或爬上两边的河谷的。现在，他用声音安抚着水牛，而阿凯拉已经换到了牛群后面，只哼过一两声来催促后面的公牛赶快。这是一个大大的圈子，因为他们可不想靠河谷太近，而惊动了希尔汗。最后，莫格里把晕了头的牛群带到河谷出口，在一片陡直伸入河谷的草地上连了起来。从那个高度上，你可以看见下面平原树林的顶端，但莫格里看的却是两边的河谷，他心满意足地看见河谷几乎是直上直下，上面还爬满藤蔓植物，这将使得想要逃出去的老虎没有地方下脚。

"让他们喘口气吧，阿凯拉。"他举起手喊道，"他们还没有嗅到他的气味。让他们先喘口气。我必须告诉希尔汗谁来了，我们把他围进陷阱了。"

他把手拢在嘴边，朝山谷下面喊——那几乎就像是在一条隧道里喊——回声从一块岩石蹦到另一块岩石。

过了很长一段时间，才传回慢吞吞困倦的吼叫，老虎吃饱了肚子刚醒来。

"是谁在喊？"希尔汗问，同时，一只华丽的孔雀从河谷振翅唳叫着飞出来。

"是我，莫格里。你这偷牛贼，是时候来议会岩了！下去——快把他们赶下去，阿凯拉！下去，拉玛，快下去！"

牛群在斜坡边上停了半刻，但阿凯拉放声大喊捕猎号子，他们于是一头接一头像轮船穿破急流一样向下冲去，沙石在周围高高溅起。一旦跑起来，就没有机会停下，在他们还没有完全下到谷底河床前，拉玛就闻到希尔汗的气息，于是怒吼。

"哈！哈！"莫格里骑在他背上喊道，"现在，你知道了吧！"而牛群——那些带着黑色的牛角，吐着白沫的嘴和瞪大的眼睛，像洪流一样冲下河谷，就像发洪水时，大圆石冲下山坡；弱一点的水牛被顶到河谷边上，他们就冲破了那些爬藤。他们知道前面要干什么——水牛群要疯狂冲锋了，任何老虎都别指望能抵挡得住。希尔汗听见了他们惊雷一般的脚步声，站起身，笨重地往谷底走，打量两边想寻找逃生之路。但河谷的崖壁几近垂直，他只得继续走，因为进食晚餐和饮了水，他步伐沉重。这会儿，他愿意做任何事，就是不愿打斗。牛群踏过了他刚离开的水塘，一路吼叫，直到狭窄的河谷发出轰鸣。莫格里听见从谷底传来回音，他看见希尔汗掉了个头（这老虎知道如果事情发展到最糟，宁愿迎战公牛也别面对带着小牛的母牛），接着拉玛绊了一下，失了足，接着又继续跑，踩过软绵绵的什么东西，公牛跟在他身后，全部冲进了另一群牛中，那些较弱的水牛被相撞的冲击力掀得四脚离地。两群牛都出了河谷冲到了平原上，他们又是顶，又是踩脚，又是喷鼻息。莫格里看准时机，从拉玛脖子上滑下，左右挥舞他的棍子。

"快啊！阿凯拉！把他们分开，驱散他们，不然他们就要互相打起来了。把他们赶走，阿凯拉。嘿！拉玛！嘿，嘿，嘿！我的孩子。现在，慢慢地，慢慢地！都结束了。"

阿凯拉和灰兄弟来回奔跑捏着水牛们的腿，尽管牛群转了个身准备再冲上河谷崖壁，但莫格里设法让拉玛掉了个头，然后其他的也都跟着他到了泥塘。

无须再多践踏希尔汗了。他死了，鸢鹰已经朝他飞了过来。

"兄弟们，他死得像条狗，"莫格里说着摸出刀来，既然他和人类一起生活，他就总是在脖子上的刀鞘里带把刀，"不过，他反正从来也不想打斗。他的皮要是铺在议会岩上肯定很好。我们必须赶紧忙起来。"

一个人类中教养出来的小孩可能从来也没有想过独自剥掉一头十英尺长的老虎的皮，但莫格里比谁都清楚野兽的皮是怎么长在身上的，也知道怎么剥下来。但这可是项艰苦活儿，莫格里又砍又撕，咕哝了一个小时，那两头狼就懒洋洋地伸着舌头，莫格里命令他们的时候，他们就走过来帮忙拖拽。这时，一只手搭在他的肩膀上，他抬头看见比尔迪欧正扛着塔尔毛瑟枪。孩子们告诉了村民们水牛疯跑的事，比尔迪欧就怒冲冲地出来了，他只是急着要教训莫格里，因为莫格里没有把牛群照看好。两头狼一看见有人走来就消失在比尔迪欧的视野之中。

"你都干了些什么蠢事？"比尔迪欧发怒道，"你以为自己能剥掉一头老虎的皮！水牛是在哪里踩死他的？这是那只瘸腿老虎，他头上可是悬赏了一百卢布呢。好啊，好得很，我们就不追究你放跑了水牛，等我把虎皮拿到卡尼瓦拉之后，说不定我会把奖励的钱给你一个卢布。"他从腰上缠着的布带里摸出打火石和火镰，然后弯腰去烧希尔汗的胡须。当地大部分猎人都会烧掉老虎的胡须以防他的鬼魂纠缠他们。

"哼！"莫格里仿佛是对自己说，他撕下了老虎前爪的皮。"这么说，你要把虎皮带去卡尼瓦拉领赏喽，还可能给我一个卢布？可现在我想我拿这虎皮自有用处。嘿！老家伙，把那火拿远点儿！"

"你怎么能这样跟村里的猎人首领说话呢？你不过是靠运气，是这些水牛的愚蠢帮你杀死了这头老虎。这老虎刚吃饱，否则，他现在就该逃出二十英里外了。你连该怎么正确剥皮都不知道，你这个要饭的小屁孩。你确实应该教训我不该烧了他的胡须。莫格里，我一个安那的赏钱都不会给你了，还要狠狠揍你一顿。离开那老虎！"

"凭赎买我的公牛发誓，"莫格里说，他正在想法子剥肩部的皮，"难道一整个中午，我都要和一个老猿人喋喋不休吗？这里来，阿凯拉，这个人烦死我了。"

比尔迪欧本来还弯腰朝着老虎头，但突然发现自己四脚朝天躺在草地上，一只灰狼站在他身边，同时，莫格里继续剥皮，仿佛整个印度只有他一个人一样。

"是的，"莫格里从牙齿吐出声音，"你说得完全正确，比尔迪欧。你永远也不会给我一个安那的赏钱。这只瘸腿老虎和我之前有笔旧账——一笔非常旧的账，可是——我赢了。"

老实说，如果比尔迪欧年轻十岁，在森林里遇见阿凯拉，他还可以搏斗一番，但一只听令这个男孩的狼可不是一只普通动物，况且这男孩曾和吃人老虎有过个人恩怨。那是巫术，最可怕的魔法，比尔迪欧想知道，他脖子上围的护身符能不能保护他。他静静地躺着，静静地躺着，一直期待着莫格里也变成一只老虎。

"王啊！伟大的王。"最后他用沙哑的嗓子小声说。

"是。"莫格里没有回头，咯咯笑了几声说。

"我是个老头子。我之前只知道你是个放牧小子。我可以站起来走了吗？还是你的仆人要把我撕成碎片？"

"走吧，祝你平安。只是，下次别再打我猎物的主意。让他走吧，阿凯拉。"

比尔迪欧以他最快的速度一瘸一拐地逃回村子，还不停回头以免莫格里变成了什么可怕的东西。等他到了村子，他就讲了这个魔法巫术的故事，这让祭司的表情看起来非常严肃。

莫格里继续干活儿，快黄昏的时候，他和狼才把那张绚丽的大皮从老虎身上剥下来。

"现在，我们必须把这虎皮藏起来，再把水牛赶回家！帮我把他们聚拢，阿凯拉。"

牛群在夕雾中集拢，等他们走近村子，莫格里看见了灯光，然后听见寺庙里海螺号角吹起来了，钟声也撞响了。似乎半个村子的人都在村门口等他。"那是因为我杀掉了希尔汗。"他对自己说道。但是石块像阵雨般在他耳边呼啸而过，村民们吼道："你这个巫师！你这个狼崽子！丛林恶魔！滚开！现在赶紧滚吧，要不然祭司就要把你再变回狼。开枪打他，比尔迪欧，打他！"

那塔尔牌毛瑟枪"砰"的一声射击，一头小水牛痛苦地大叫。

"他又使巫术了！"村民们吼道，"他能掉转子弹，比尔迪欧，打中的是你的水牛。"

"现在这样算什么？"莫格里不解地问。石块砸得更多了。

"他们与兽民没有不同，你的这些人兄弟。"阿凯拉镇定地坐下来说道，"我还记得，如果说子弹有什么含义，那就是他们要把你驱逐出去。"

"你这头狼！你这狼崽子！滚蛋！"祭司挥舞着一支神圣零陵香树枝喊道。

"又来这套？上次因为我是个人，这次又因为我是头狼。我们走吧，阿凯拉。"

有个女人——是梅苏阿——跑到牛群位置喊道："噢，我的儿子，我的儿啊！他们说你是个巫师，能遂心愿把自己变成野兽。我不信，但你还是走吧，不然他们可要杀死你。比尔迪欧说你是个男巫，但我知道你已为那苏的死报仇了。"

"回来，梅苏阿！"人群喊叫着，"快回来，不然我们就拿石头砸你了。"

莫格里恶狠狠地笑了，却只是短短的几声奇怪的声音，因为一块石头打在了他的嘴巴上。"快回去，梅苏阿。这只是薄雾时他们在树下讲的一个烂故事。至少，我已经偿还了你儿子的性命。永别了。跑快些，因为我要把牛群赶得比他们的石块还要快，我不是男巫，梅苏阿。永别了！"

"现在再来一次，阿凯拉，"他大喊道，"把牛群赶进去！"

水牛都很急着要进村子里去。他们几乎不需要阿凯拉的吼叫，就像旋风般冲进了大门，把人群冲得东奔西逃。

"数清楚啊！"莫格里轻蔑地喊道，"说不定我偷了一头呢。数吧，我再也不会给你们放牧了。孩子们，永别了，我没带着狼群进来，没有把你们赶到街上挤成一团，这都要感谢梅苏阿。"

他转身和独身狼王走开了，他抬头看了看星星，感到很快乐："我再也不用在陷阱里睡觉了，阿凯拉。让我们拿上希尔汗的虎皮走吧。

世界优秀动物小说选

（导读手册）

嗜书郎

所幸，我们的相遇还不算太晚

◎ 儿童阅读推广人　肖静娟

遇见吉卜林

也许，你不知道吉卜林是何方人士，但你一定听过狼孩的故事，或者被那部危机重重但又充满温情的电影感动过。吉卜林，就是那位创作奇幻丛林故事的"狼爸爸"！

当年，吉卜林作为英国第一个获得"诺贝尔文学奖"的作家去瑞典首都斯德哥尔摩领奖时，有记者这样报道："当人们发现吉卜林和其他人一样，穿着黑西装，打着白领带时，立即就引起了阵阵的窃窃私语。瑞典人以为，他们翘首企盼的这位作家会和狼孩莫格里一样，也许还应该带着棕熊巴鲁、黑豹巴希拉，或者还有四个狼兄狼弟陪他一起出席颁奖典礼。"甚至还有人为他设计了出场形象："也许，他的手里应该拿着一条蛇……"

以及那段幸福快乐的幼年生活，都是他无法割舍的一部分。更让人难以接受的是，在那个特定的时代，吉卜林亲身体验了欧洲文明向全世界的凶猛扩张，也不可避免地经历了随之而来的第一次世界大战。在此期间，他遭受了人生中最大的痛苦，他的大儿子约翰在1915年的一场战役中牺牲了。

因此，在《丛林之书》中，有他对孩子的爱，有他对印度遭遇的同情，他用动物小说的写作方式为读者营造了一个理想的"丛林世界"，通过半自传的形式为人们揭露了现实世界的虚伪与丑陋。

但是，吉卜林身为英国人，深受英国思想教育的影响，在政策上，他认同英国政府的决策，他作品中流露出的"法则"思想也是和当时的帝国主义规则相吻合的。在吉卜林看来，人类社会与丛林动物世界显然是相同的。人与人、人与社会、人与自然，都是相互依赖、相互制约的。因此，他认为印度应该屈服、听命于优等文明的英国。

关于爱和感恩

在这部作品中，从头到尾贯彻着一个主题——爱！

今天，我们重读《丛林之书》时，应该抛开作者所处特殊时期的帝国主义思想，去领悟并学习丛林法则中积极的一面——奋斗、责任、纪律、秩序，以及爱和感恩！比如，狼妈妈为了保护莫格里，甚至做好了与老虎以命相博的准备。因为，在她眼里，莫格里是她的孩子。而当莫格里被年轻的狼群要求离开丛林时，他没有责怪，没有埋怨，而是大哭一场，然后向狼爸狼妈告别。

正是这种爱的力量，才使莫格里走向了积极、正直的道路。这也正是人们喜欢莫格里，喜欢丛林系列故事的根源所在。

美国著名作家马克·吐温曾经说："我了解吉卜林的书……它们对于我从来不会变得苍白，它们保持着缤纷的色彩，它们永远是新鲜的。"

因此，相遇吉卜林，永远值得期待！

除了沈石溪，为什么不给孩子读这些更好的世界级优秀动物小说？

　　动物能给人类什么？食物，玩乐，等等。这是一个很简单的命题，也是一个复杂命题。说它简单，是因为更多的人已然忘记了我们人类曾是动物家族的一员。如果回溯到几万年以前，其实人类的祖先和所有动物一样，都是平等地生活在地球上。直到有一天，人类主宰了这个世界，一种奇特的关系诞生了。与此同时，人类似乎高贵起来，而动物呢？

　　其实，动物应该是人类最亲密的伙伴。它们和人一样也有爱憎，有自己的智慧、情怀。有了它们，我们的世界才变得丰富多彩、生趣盎然，所以请善待你的动物朋友。

为什么要读动物小说？

　　1898 年，加拿大作家西顿发表《我所知道的野生动物》，由此开创了动物小说时代，西顿更是被誉为"动物小说之父"。受西顿影响，英国作家吉卜林写出了成名作品《丛林之书》。美国杰克·伦敦的《野性的呼唤》《白牙》成为动物小说的名作。

　　为什么要读动物小说？"动物"是最受孩子喜欢的，也是儿童文学作品中永恒的主题之一，借助这些动物，我们能从中学会爱与分享、学会团结与合作、学会适应与生存……

被誉为中国动物小说大王的沈石溪在《从动物角度审视人类》中说:"动物小说之所以比其他类型的小说更有吸引力,是因为这个题材最容易刺破人类文化的外壳、礼仪的粉饰、道德的束缚和文明社会种种虚伪的表象,可以毫无掩饰地直接表现丑陋与美丽融于一体的原生态的生命。"以动物为主角的动物小说,虽然描写的是我们完全陌生的动物世界,但却是从观照世界的视角来观察动物,从而改造人类的丑恶,颂扬动物世界的真善美。因此,动物小说是折射人类社会的一面镜子。

什么才是好的动物小说?

以动物为主角的作品除了小说,还包括动物童话和动物故事。可是,什么才是好的动物小说呢?沈石溪比较后认为:"比起动物童话来,动物小说受物种自然属性的严格限制,不能随意违反常规,改变描写对象的行为特征,要讲究科学性和真实感。比起动物故事来,动物小说的笔触由动物的行为层面进入到心理层面,形象由类型化上升到个性化,并注入哲理的深化意蕴。"(沈石溪:《老鹿王哈克·序》,台北国际少年村,1993 年)

归纳起来,动物小说必须具有两个基本特征:一,动物拟人化,动物具有智慧;二,动物的基本特征是写实的,而非虚构。也就是说,动物小说必须具有真实性与科学性,而不能随意编造。

此次,由陕西人民教育出版社编辑出版的这套《世界优秀动物小说选》共有四部,除英国作家吉卜林的《丛林之书》之外,其他三部分别是:有着"动物小说之父"之称的加拿大作家西顿的《红脖子 小战马》,美国作家杰克·伦敦的《白牙》,以及英国女作家安娜·西韦尔写的第一部真正的英国动物小说开山之作《黑骏马》。可谓部部是经典,篇篇是永恒,是儿童文学领域里真正的最纯正、最动人、最温情的文学作品,是真正站在动物的角度去写动物的优秀动物小说!

他无法真正融入英国社会，又一次感到被自己的母语文化抛弃。

而在《丛林之书》中，莫格里出生在人类的村庄，却成长于丛林。他是人类的孩子，最终却在丛林中领导着百兽。他无法在人类和丛林这"两个世界"中作出选择，他厌倦了人类世界中人们的贪婪、猥琐、吵闹和懦弱，而眷恋丛林世界中那份淳朴、善良、和谐与宁静。

莫格里在丛林和人类"两个世界"之间的无奈经历折射出了吉卜林徘徊于印度和英国文化之间的尴尬身份。

在这部作品中，有描写莫格里躺在蟒蛇卡奥身上玩耍的情景，也许，吉卜林通过这样柔情的描写，是想填补他心中对童年那段痛苦回忆的裂缝，幼年的他，肯定也想躺在父母的怀里撒个娇，这充分体现了他对亲情的无限渴望和没有归属感的深深无奈。

吉卜林和丛林法则

在《丛林之书》中，兽民是有不同阶层的：有的高贵，有的低贱。他们必须遵守"丛林法律"，严格遵守的，就会受到丛林百兽的尊重与爱戴，否则将会招来鄙视。

比如莫里格，他之所以能成为丛林之主，就是他严守法则的结果。而猿猴，他们散漫、不遵守法则，就遭到了所有动物的鄙夷。同时，在丛林世界里，动物们也讲究自尊自强，凭借自己的本事获取食物，而不是去摇尾乞怜。"弱肉强食、适者生存"更是丛林法则的最基本条例。

19世纪末的英国，正实行殖民地扩张政策，印度不幸沦为英国的殖民地。印度被吉卜林视为第二故乡，他对印度十分眷恋，印度的风土人情、文化内涵这些足以说明人们对吉卜林以及《丛林之书》系列故事的喜爱。当然，吉卜林最为感动的还是他的作品受到小朋友们的喜爱。他在斯德哥尔摩的那段时间，附近各小学的孩子们组成了一个代表队，到他所住的酒店向他致敬。有个小朋友向他要一本《丛林之书》，回到英国后，他第一时间满足小朋友的愿望寄出了这本书，并在书上写道：向小朋友作的许诺必须兑现！

还有个非常喜欢吉卜林的美国小朋友，吉卜林在纽约生病时，他特意把家里做的汤送到宾馆给吉卜林喝。后来，这个小朋友和吉卜林成了很好的朋友，他们经常相约一起钓鱼、打猎，有时仅仅是和吉卜林在田野上一起散散步，他都觉得是幸福的。

我们没有福气也不可能和吉卜林成为朋友，但所幸的是，我们可以在作品中和他相遇，从字面上去了解他。

吉卜林与莫格里

吉卜林是英国人，他于 1865 年出生于印度，当时他的父亲在印度孟买一所艺术学校担任建筑雕塑学教授。因此，吉卜林在印度度过了美好的幼年时光。

六岁的时候，他和妹妹一起被送回英国寄养在一个退伍海军军官家里，接受正统英国教育。

这段时间，他受到退伍军官的虐待，过了五年很不愉快的日子，直到中学毕业，吉卜林才离开英国，重回印度，逐渐开始了文学创作。

但那段寄养的生活在他心灵上留下了深深的伤痕和阴影，令常人无法想象，也让他有了一种被抛弃的感觉，这种被抛弃感并没有随着他的年龄增长而消失，在《丛林之书》中，完全体现在了莫格里的身上，是那么荒凉那么孤寂。

成年之后，吉卜林的生活比较坎坷，辗转多个国家，几经波折，他又回到了英国。由于他的幼年是在印度度过的，受气候和环境的影响，他的皮肤颜色比较深，有些接近印度人，加上特殊的语言，使他与周围的环境产生了隔阂，

◎本套世界动物小说封面展示◎

黑骏马

白牙

红脖子 小战马

丛林之书

推 荐 语

西顿的动物小说不亚于任何一部描写人类社会与人类情感的世界名著。

——《纽约时报》

《黑骏马》强烈震撼着年轻爱马人士的心。 ——《波士顿环球报》

杰克·伦敦是我童年最喜欢的一个作家，因为他对于狼有那么公正的见解。

——严歌苓

丛林法则是吉卜林贡献出来的治世良方。 ——文美惠

○嗜书郎童书阅读推广人计划

遇 见

你不一定是一位专家，
但你一定爱书，
比如作家、老师、阅读推广人…
或者钟情于一个作家，
又或者是某部作品的骨粉…

遇见你，
是为了遇见一本书；
遇见你，
才知道一本书的打开方式。

详情关注官方订阅号（扫描右边二维码）

给孩子
最懂孩子的书

嗜书郎

我们很有趣，
期待你关注哦！

不行，我们不能伤害村民，因为梅苏阿对我很好。"

月亮升起来了，照得整个平原呈奶白色，吓坏的村民看着莫格里身后跟着两匹狼，头顶一张虎皮，他以狼的样子平稳小跑，步子就像火焰一样吞没了好几英里。村民们就把寺庙的钟撞得比以前更响了，把海螺号角吹得比以前更嘹亮了。梅苏阿哭喊着，而比尔迪欧又给他的丛林冒险添了些细节，最后他说阿凯拉后腿直立，像人一样说起了话。

莫格里和两匹狼来到议会岩的山上时，月亮刚刚落下，他们停在狼妈妈的洞穴。

"他们把我从人族赶出来了，妈妈。"莫格里喊道，"但我遵守了诺言，我把希尔汗的皮带回来了。"

狼妈妈呆呆地走出山洞，身后跟着狼崽，她看着虎皮，眼神充满喜悦。

"那天他的头和肩膀拱进山洞要你命的时候，我就告诉他了，小青蛙——我告诉他说捕猎者会被捕杀。干得真好。"

"小兄弟，干得真棒！"树丛里一个低沉的声音说道，"你不在丛林，我们可寂寞了啊！"巴希拉跑到莫格里光溜溜的脚前。他们一起登上议会岩，莫格里把虎皮平铺在阿凯拉以前坐着的平坦石块上，然后用四个竹片钉好，阿凯拉躺在上面，对议会成员喊起了旧日的号子："看吧——看仔细了，狼族成员们！"就和莫格里第一次被带到这里时喊得一模一样。

自从阿凯拉被废黜之后，狼族就一直没有头领，都是随心所欲地捕猎打斗。但他们出于习惯，回答了号子，有些狼因为掉下陷阱腿瘸了，有些因为枪伤跛了脚，有些因为吃了糟糕的食物浑身长满疥癣，还有的失踪了。但剩下的狼全来到了议会岩，他们看见希尔汗剥掉的毛皮铺在岩石上，巨大的爪子连在空荡荡的虎脚上摇摇晃晃。就是那时，莫格里编了一首歌，完全是自行涌上喉咙的，于是他就大声唱出来，一边在那咔嗒咔嗒作响的虎皮上上蹦下跳，一边拿脚后跟打着拍子，直到再也喘不过气来，而灰兄弟和阿凯拉就伴着歌词嚎叫着。

"看仔细了，狼族成员们。我是不是遵守了诺言？"莫格里说。狼群于是就大叫"是"，一头毛皮凌乱的狼嚎叫着。

"重新带领我们吧，噢，阿凯拉啊。重新带领我们吧，噢，人娃娃，因为我们已经厌倦了没有法则的生活，我们想再一次成为自由狼族。"

"不行，"巴希拉咕哝道，"那可行不通。你们一吃饱肚子，就又会重新发疯病。并不是无缘无故要叫你们自由狼族的。你们为自由战斗过了，你们得到了自由。好好享用吧，噢，狼族们。"

"人类和狼族都已经把我赶出来了，"莫格里说道，"现在，我要在丛林里独自捕猎。"

"那么，我们就跟你一起捕猎。"四头狼崽说。

那天以后，莫格里就走了，他和四头狼崽在丛林里一起捕猎。但他并不是一直都一个人，因为几年之后，他长大成人，还结了婚。

不过，那就是讲给大人听的故事了。

莫格里之歌

这是他在议会岩、在希尔汗的虎皮上跳舞时唱的歌。

　　这首莫格里之歌——我，莫格里在歌唱。让丛林听听我干的事。

　　希尔汗说他要杀了——要杀！在黄昏的村门口他要杀

了小青蛙莫格里！

他又吃又喝。喝了好多，希尔汗，你什么时候才能再
喝呢？睡着了就梦见被捕杀。

我一个人待在牧场上。灰兄弟，到我这里来！

到我这里来。单身狼王，因为这里正有一个大猎物！

把那一大群公水牛带上来，蓝眼睛的公牛群眼里怒冲
冲。随我的命令把他们来回赶。

你还在睡啊，希尔汗？醒醒，噢，醒醒！我来了，
后面跟着公牛群。

拉玛，水牛头领，跺着脚。

威冈加的河水，希尔汗去哪里啦？

他不是刨坑的伊奇，也不是孔雀马奥，
会飞。他不是蝙蝠蒙，会挂在树枝上。
细竹子一起嘎吱嘎吱，告诉我，他逃到哪儿去啦？

噢！他在那儿。啊哈！他在那儿。在拉玛的脚下躺着
那瘸腿老虎！起来，希尔汗！

起来杀啊！肉在这儿，咬断公牛的脖颈啊！

嘘！他睡着了。我们别吵醒他，因为他的力气是很大的。

鸢鹰已经飞下来，看到了，黑色的。

蚂蚁已经爬上来，知道了。他的荣誉累积得很高。

啊啦啦！我没有衣服裹身。鸢鹰会看见我赤身裸体。
我羞于见到所有这些人。

借我你的外套吧，希尔汗。
借我你那有着艳丽条纹的外套，我就可以去议会岩了。

凭赎我的公牛起誓——一个小小的誓
我遵守诺言之前只要你褪下外套。

用小刀，用人类使用的小刀，用猎人的小刀，我要为
我的礼物而弯腰。

威冈加的河水啊，希尔汗把他的皮给了我，因为
他对我怀有爱。
扯啊，灰兄弟！扯啊，阿凯拉！
真重啊！希尔汗的皮。

人类发怒了。他们用石头砸，讲小孩的幼稚话语。
我的嘴在流血。就让我跑开吧。

穿过黑夜，穿过炎热的夜晚，和我一起快跑，
我的兄弟们。我们将离开村子里的灯火，然后走进黯
淡的月光中。

威冈加的河水啊，人类已经将我驱逐出来。我对他们无害啊，但他们却怕我。为什么？

狼族啊，你们也将我驱逐了。丛林对我关闭了，村庄的大门也对我关闭了。为什么？

就像蒙介于野兽和鸟儿之间，所以我也徘徊在村庄和丛林之间。为什么？
我在希尔汗的虎皮上舞蹈，但我的心非常沉重。
我的嘴巴让村民砸来的石头割裂了，受伤了，
但我的心很轻盈，因为我已经回到了丛林。
为什么？

这两种东西在我体内纠缠在一起，就像两条蛇在春天打架。泪水从我眼里掉下来，然而它掉落时，我笑了。
为什么？

我有两个莫格里，但希尔汗的虎皮正在我脚下。

所有丛林居民都知道我杀了希尔汗。瞧啊——
瞧仔细了，噢，狼族成员们！

啊哈！我的心很沉重，充满了那些我不懂的事情。

◎让丛林进入

遮住他们，盖住他们，让墙围住他们——
花朵、藤蔓、种子——
让我们忘记那些生物的目光和声音，
气味和触摸！

祭坛旁厚厚的黑色的灰烬，
笼罩在白亮亮的雨中，
母鹿在未耕种的田地里产崽，
不再会有人惊吓他们；
装饰着百叶窗的墙倒塌了、碎裂了、遗忘了，
谁也不会再来居住！

　　你还记得当莫格里把希尔汗的虎皮钉在议会岩上之后，他告诉所有留在习欧尼族群的兽民，说他从此以后将独自在丛林里捕猎了；狼爸爸和狼妈妈的四个狼崽表示他们将和他一起捕猎。但是一个人的生

活不可能短时间内完全改变——尤其是在丛林里。当杂乱无章的兽群离开之后，莫格里做的第一件事就是回到山洞的家里，睡了一天一夜。然后他把自己在人类中的历险故事，凡是狼妈妈和狼爸爸能理解的都告诉了他们；朝阳在他的剥皮刀的刀刃上闪烁——他就是用那把刀剥了希尔汗的皮——狼爸爸和狼妈妈说他真是学会了些东西。然后阿凯拉和灰兄弟也不得不解释自己在水牛大战中发挥的作用——把他们赶进峡谷，巴鲁费劲地爬上山，来听了所有过程，巴希拉高兴地到处抓挠，为莫格里安排的打斗方法而心花怒放。

太阳升起很久了，但谁也不想休息，在谈话中途，狼妈妈不时地抬起头，深深吸一口气，闻到了风吹来议会岩上虎皮的气味，她感到很满足。

"要不是有阿凯拉和灰兄弟，"莫格里最后说，"我什么事也做不了。啊；妈妈！如果你看到黑压压的公牛向山谷奔泻的情景就好了，要么看到当人类朝我砸石头时，他们飞奔过村庄大门的情景也行！"

"真庆幸我没看到最后那一幕，"狼妈妈强硬地说道，"我才不能容忍我的孩子像胡狼一样被赶来赶去呢。我是会让人类付出代价的，但我会放过给你牛奶喝的那个女人。是的，我只会放过她一个人。"

"冷静，冷静，拉卡莎！"狼爸爸懒懒地说道，"我们的小青蛙又回来了——他这么聪明，他的父亲必须舔舔他的脚。不过，头上的那道伤是怎么回事啊？"巴鲁和巴希拉都重复道："别管人类了。"

莫格里头朝着狼爸爸，满足地笑着说，他自己再也不想见到人类的身影、听到人类的声音、闻到人类的气味了。

"但是如果，"阿凯拉竖起一只耳朵说道，"但是如果人类不肯放过你，那可怎么办呢，小兄弟？"

"我们有五个。"灰兄弟环视周围同伴，猛咬着下巴，拖长最后一个字音。

"我们也可能参加那次捕猎的，"巴希拉轻轻拍打尾巴，看着巴鲁，"可是，你怎么现在想起人类了，阿凯拉？"

"原因是这样的，"单身狼王答道，"当那老虎的黄皮挂在岩石上之后，我沿着我们的足迹回了村子里，踩着自己的脚印，又闪到一边，再躺下来，好制造出混合的印记，以免有人来跟着我们。但是，我把脚印混淆得连我自己也几乎认不出来了，蝙蝠蒙开始在树丛之间翱翔，他悬在我头顶上。"蒙说："把人娃娃赶出来的那个人类村庄，乱得像是黄蜂窝了。"

"我扔的是块大石头啊。"莫格里咯咯地笑，他经常把熟透的番木瓜砸进黄蜂窝里取乐，在黄蜂赶上他之前，就飞奔逃进最近的池塘。

"我问蒙看见了什么。他说村口盛开着红花，人类扛着枪坐在旁边。现在我知道了，我有充分的理由，"——阿凯拉看着他侧腹和腰部过去留下的干裂的伤疤——"人类不会因为取乐而扛起枪。不久，小兄弟，一个扛枪的人会跟上我们的足迹——说真的，他不会已经跟上了吧。"

"可他为什么要跟着呢？人类已经把我赶出来了。他们还想要什么？"莫格里愤怒地说。

"你是一个人啊，小兄弟，"阿凯拉回答道，"这并不是为了我们，为了自由猎手们，讲讲你的兄弟们的所作所为吧，还有他们为什么要那么做。"

莫格里才刚刚抬起手掌，剥皮刀就深深扎进了下面的地里，此时，阿凯拉刚好及时地抽回了自己的爪子。莫格里的攻击比普通人类视线的移动还要快，但阿凯拉可是一只狼；就连一只已经和野狼祖先相距甚远的狗在被马车轮子碰到侧腹时也会从熟睡中惊醒，然后不等车轮轧上来就能跳到远离伤害的地方。

"下次，"莫格里说着静静地把刀收回刀鞘，"再说起人类和莫格里的时候，他们是两个族群——不是一个。"

"噗！那个尖齿儿还挺锋利呢。"阿凯拉说着闻了闻刀锋在地上割开的裂缝，"人类的生活骄纵了你的眼睛，小兄弟。你在攻击的时候，我都可以咬死一头公牛了。"

巴希拉跳了起来，尽最大力气冲到最远，闻了闻，身体的每道曲线都挺得直直的。灰兄弟也快速学着他的样子，往左侧靠，迎着从右边吹来的风，同时，阿凯拉也迎着风在空中跃起五十码高，半弓着身体，绷得硬硬的。莫格里羡慕地看着。他能够闻到极少数人类才能闻到的气味，可他的鼻子永远也不可能像一只丛林兽民那样有一触即发的敏感；不幸的是，在烟熏火燎的村子里生活了三个月，他倒退了。但是，他沾湿手指，在鼻子上摩擦，站起来捕捉高处的气息，尽管那气息最微弱，但也最真实。

"是人！"阿凯拉吼道，蹲下来。

"是比尔迪欧！"莫格里坐下来说道，"他跟上了我们的足迹，那边就是他枪上的闪光。瞧！"

那不过是一缕阳光，顷刻间，在那把老塔尔毛瑟枪的黄铜夹具上闪了一下，但丛林里没有东西能闪出这种光来，除非是当云彩在空中竞逐的时候。然后是一块云母，或一小片池塘，甚至是一片极度光亮的树叶，像日光仪那样闪亮。但那一天晴朗无云，一片寂静。

"我就知道人类会追上来，"阿凯拉得意扬扬地说，"我能统领狼族，可不是毫无缘由的。"

四只狼崽一语不发，只是匍匐着下了山，融进荆棘和矮灌木丛中，就像鼹鼠钻进草丛里一个样。

"你们去哪儿啊，一句话都不说啊？"莫格里喊道。

"嘘！我们赶在中午之前，在这里把他的脑壳敲掉吧！"灰兄弟答道。

"回来！回来等着！人是不会吃人的！"莫格里尖声叫喊着。

"是谁刚刚还是狼来着？是谁因为我把他当人拿刀逼着我来着？"阿凯拉说道。四只狼缓慢地转身回来，坐在莫格里的脚跟前。

"我每一个选择都要交代原因，是吗？"莫格里狂暴地说。

"那才是人！那才是人说话！"巴希拉从胡须之下低声咕哝，"就连乌代浦国王牢笼周围的人都这么说话。我们丛林居民都知道人是万物中最聪明的。但如果我们相信自己的耳朵，我们就当知道他是万物中最愚蠢的。"他提高了嗓门又说："人娃娃在这一点上是对的。人类结队打猎。要猎杀一个人可是糟糕的捕猎，除非我们知道其他人会做什么。来吧，让我们瞧瞧这个人打算对我们做什么。"

"我们不来，"灰兄弟吼道，"自己捕猎吧，小兄弟。我们了解自己的想法。那脑壳现在就该准备好去敲掉了。"

莫格里一个接一个地看着他的朋友们，他的胸膛挺起，眼中噙满泪水。他向前大步走到狼崽们那里，单膝跪地说："难道我不了解自己的想法？看着我！"

他们不安地看着莫格里，当他们眼神游移时，莫格里就一次又一次让他们看回来，直到他们浑身毛发都竖直起来，四肢都开始颤抖，而莫格里一直盯着他们。

"现在，"他说道，"我们五个中，谁是头儿？"

"你是头儿，小兄弟。"灰兄弟说着舔了舔莫格里的脚。

"那就跟随我吧。"莫格里说，四只狼崽就夹着尾巴跟在他身后。

"这也是跟人类生活学会的，"巴希拉说着跟在他们后面往下滑，"丛林里现在可不止只有丛林法则了，巴鲁。"

老棕熊没有说话，但他思忖良久。

莫格里悄无声息地穿过丛林，与比尔迪欧的路径呈直角，最后离开了矮灌木丛，他看见了那个老家伙，肩扛着毛瑟枪，沿着昨夜的脚印一路从容小跑。

你还记得莫格里肩扛着希尔汗刚剥下的沉重虎皮离开村庄的情景吗？阿凯拉和灰兄弟也慢跑着跟在他身后，所以他们三个的脚印非常明显。现在，正如你所知，比尔迪欧来到了阿凯拉返回去混淆脚印的地方了。他接着坐了下来，咳嗽两声，咕哝着，他向四周的丛林里打量，想重新找到那足迹；而莫格里呢，尽管狼群认为他移动得非常笨拙，但他还是可以像影子一样来去自如。他们把老家伙围起来了，就像海豚围住一艘全速航行的蒸汽船，在包围的时候，他们还满不在乎地说着话，因为他们的声音比最低频率还要低，未经训练的人类听不见（最高频率则是蝙蝠蒙的叫声，那声音很多人根本听不见。所有的鸟类、蝙蝠和昆虫就是以那个调子讲话的）。

"这可比任何捕杀还要好。"灰兄弟说。比尔迪欧弯下腰，四处打量，呼出一口气。

"他看上去就像是丛林里一只在河边迷路的野猪。他在说什么？"此时，比尔迪欧正在粗鲁地嘀咕。

莫格里翻译了一下："他说那群狼一定在我周围跳跃呢。他说他这辈子还从没见过这样的脚印。他说他累了。"

"他要休息一下再去寻找脚印了。"巴希拉绕着一棵树干打滑，他们现在就像在玩盲人捉迷藏的把戏，他沉着地说，"现在，那个瘦家伙要做什么？"

"吃，要么就是用嘴吹出烟。人类总是喜欢玩他们的嘴巴。"莫格里说道。脚印制造者们静静看着老头儿填满一只水烟斗，点燃，抽了起来，他们牢牢记忆着烟草的味道，以便于需要的时候，就算在最黑暗的夜里，也能确认出比尔迪欧。

然后，几个烧炭人走下了小路，他们停下来和比尔迪欧说起了话，因为比尔迪欧作为一个猎手，名声至少传遍了方圆二十英里。他们都坐下抽起了烟，巴希拉和其余动物则走近来观察，比尔迪欧开始讲起了邪恶狼孩莫格里的故事，从头到尾都是他的胡编乱造。说他自己才是真正杀掉希尔汗的人；说莫格里把自己变成了一头狼，与他搏斗了整整一下午，又变回男孩蛊惑了他的枪，因此当他拿枪瞄准莫格里时，子弹才转变了角度，射死了比尔迪欧的一头水牛；说村子里的人都知道他是习欧尼最勇猛的猎手，所以派他出来杀死这个邪恶的狼孩。但同时，村庄也抓住了梅苏阿和她的丈夫，因为他们确实是那狼孩的父母亲，把他们堵在自己的小屋内，现在可能正在折磨他们，逼他们承认自己是男巫和女巫，然后烧死他们。

"什么时候？"烧炭人说，因为这种仪式，他们是肯定要参加的。

比尔迪欧说在他返回之前，他们是不会做任何事的，因为村庄希望他能先杀掉丛林里的那个狼孩。那之后，他们才会处置梅苏阿和她的丈夫，瓜分他们的田产和水牛。梅苏阿的丈夫有几头水牛非常出色。在比尔迪欧看来，除掉巫师是件绝妙的事，而款待丛林狼孩的人显然是最邪恶的巫师。

但烧炭人说，如果英国人听说了此事，那可怎么办呢？他们曾听说英国人是些彻头彻脑的疯子，他们才不会让诚实的农民老老实实地杀了巫师。

"那又如何，"比尔迪欧说，"村子里的头领会上报说梅苏阿和她丈夫是让蛇咬死的。一切都安排妥当了，现在唯一要做的就是杀掉狼孩。你们不会那么巧，刚好见过这么个怪物吧？"

那几个烧炭人警惕地环顾四周，庆幸他们没有碰到过那怪物；但他们毫不怀疑，如果有谁能找到那怪物，那一定是比尔迪欧这么勇猛的人。太阳西沉了，烧炭人有了一个想法，他们想赶到比尔迪欧的村庄去看看那邪恶的巫师。比尔迪欧却说尽管杀死狼孩是他的职责所在，但他难以想象让一群手无寸铁的人穿过丛林，没有他的护送，狼孩随时可能在丛林出现。因此，他将护送他们，如果那巫师的孩子现身了——很好，他就可以向他们展示习欧尼最优秀的猎手是如何与此类妖怪过招的。他说，婆罗门曾教过他一个咒语，来抵御妖怪，保护一切平安。

"他说了什么？他在说什么？他是怎么说的啊？"那几头狼每隔几分钟就问一遍；莫格里翻译着，直到他听见故事讲到巫师的那一部分，他有点儿不能理解，所以他就说曾善待过他的那个男人和女人被抓起来了。

"人还抓人？"巴希拉问。

"他是这么说的。我听不懂那话。他们全部都疯了。梅苏阿和她丈夫对我做了什么，要被抓起来啊；不知道说的这些话和红花有什么关系，我得弄清楚。不管他们要对梅苏阿做什么，比尔迪欧不回去，他们还不会动手。所以——"莫格里使劲想，手指玩弄着剥皮刀的刀把，而比尔迪欧和那些烧炭人则排成一列，趾高气扬地走了。

"我得赶紧赶回人类中去。"莫格里最后说。

"那这些人呢？"灰兄弟说着用饥饿的目光盯着那些烧炭人棕色的脊背。

"用歌声伴着他们回家，"莫格里说着咧嘴笑了，"天黑前，我不希望他们赶到村门口。你们能拖住他们吗？"

灰兄弟蔑视地龇出满口白牙："我们能引着他们像拴住的山羊一样绕着圈子打转——如果我还算了解人类的话。"

"那倒不需要。稍微对他们唱两声，免得他们在路上孤单；还有，灰兄弟，也别唱得太好听。和他们一起去吧，巴希拉，帮着唱歌。等夜幕降临的时候，到村子附近和我会合——灰兄弟知道地点。"

"要帮人娃娃捕猎，可不是件轻松活儿。我什么时候才能睡觉啊？"巴希拉打着哈欠说，尽管他的双眼流露出他很乐意干这事的神态，"让我对赤身裸体的人唱歌！不过，我们来试试吧。"

他低下头好让声音传出去，他叫了长长的一声，"祝捕猎顺利"——

傍晚时分响起了深夜的野兽吼声，一开始就显得相当古怪。莫格里听着那声音隆隆作响，升起来，又低下去，消失以后仍在身后呜呜萦绕，令人毛骨悚然，于是莫格里在穿过丛林时，自己笑了起来。他看见那些烧炭人吓得挤作一团；老比尔迪欧的枪管立刻像香蕉树叶子一样乱晃，朝每个方向乱指。然后灰兄弟叫起了赶雄鹿的号子"呀——啦——嘿！呀啦哈"！狼群追赶蓝牛羚、蓝色的大母牛时会发出这样的叫声，听起来就像是从四面八方传来，近了，越来越近，越来越近，最终以一声尖利急促的撕裂声中断。另外的三头狼回应起来，就连莫格里都能断定那是整个狼群在扯着嗓子嚎叫，这时，丛林里最雄壮的晨歌插了进来，伴随着变调、花腔和装饰音，那洪亮深沉的嗓音，狼群里谁都熟谙于心。这里是那歌声粗略的记录，不过你必须想象一下，当这歌声打破丛林傍晚的宁静时，会是什么样子：

> 这一刻，我们的身体通过平原
> 没有投下影子；
> 现在，我们的足迹清晰又显眼，
> 我们又奔回了家。
> 在清晨的沉寂里，每一块岩石，每一丛灌木
> 都站得笔挺，又高又野，
> 接着呼喊号子："都好好休息
> 遵守丛林的法则！"
> 现在，我们兽民将犄角和兽皮
> 跟藏身处融为一体；
> 现在，静静蹲下吧，
> 丛林霸王正悄悄滑进洞穴和山林。
> 现在，人驯服的牛拉着新套上的犁，

在荒凉的土地上出力；

现在，黎明的红光点亮了庙宇，

留下道道绚丽的霞光。

嗬！回巢穴去！日光正闪耀着，

从拂动的草丛后面升起；

警告的低语，

正穿过沙沙响的嫩竹林。

我们眨眼细看，

游荡过的树林，在白日变得陌生。

野鸭从天空飞下，嘎嘎大叫：

"白天——白天属于人类！"

打湿我们兽皮和小路的露珠，

被阳光晒干了，

我们饮水的地方，岸边的泥泞，

也正晒成翻卷的泥巴。

黑夜叛变了，将爪子刨出和踩出的每一条印记

都出卖了；

这时听见了那号子声："都好好休息吧！

遵守丛林的法则！"

　　任何翻译，都无法达到这首歌的效果，四兄弟轻蔑地嚎出每句歌词，他们听见那几个人急急忙忙爬到树上去，树枝子噼啪作响，比尔迪欧也开始反复念诵咒语。然后，四兄弟就躺下休息了，那些靠自己捕猎过活的兽民都希望生活有条有理；再说，休息不好，谁也不能干好活。

　　同时，莫格里以每小时九英里的速度前进，他高兴地发现在和人类生活过好几个月之后，自己还是很擅长奔跑。他脑海中的唯一的念

头就是把梅苏阿和她丈夫从陷阱中救出来，不管是什么陷阱，因为他天生讨厌陷阱。稍后，他对自己承诺，他要跟村民好好算账。

黄昏时，他看见了记忆深刻的牧场和那棵达科树，明天清晨时灰兄弟会在那棵树下等他，他也是在那里杀死了希尔汗。他对整个村子里的居民都非常生气，他看着村子的屋顶，嗓子里有什么东西跳了出来，他连气都喘不过来了。他注意到所有人都从田地回来了，这比平时要早，而且他们也没有去做晚饭，而是挤在村子的那棵树下，聚在一起说着话，大喊大叫。

"人类总是为同类设下圈套，不然他们就不得满足，"莫格里说道，"昨天晚上，是关着莫格里——但那个晚上好像是很多场雨之前的事了。今晚轮到梅苏阿和她丈夫了。明天，还有以后的许多夜晚，又会轮到莫格里了。"

他沿着墙壁外围爬行，来到了梅苏阿的小屋，透过窗子往屋里看。梅苏阿躺着，嘴被塞住了，手脚也绑住了，艰难地呻吟着。她的丈夫被绑在装饰华丽的床架上。小屋通往街道的门紧紧地锁着，三四个人背靠在上面坐着。

莫格里非常了解村民的风俗习惯。他有根有据，只要那些村民还能吃、能说、能抽烟，他们别的什么事都不会做；可是一旦吃饱，他们就要开始制造麻烦了。比尔迪欧不久就要来了，如果他的"陪同者"履行了职责，那比尔迪欧势必有一个精彩的故事要讲了。因此，莫格里从窗户钻了进去，俯在他们身上，割断了皮绳，拔出了他们嘴里塞的东西，在小屋里四处寻找牛奶。

梅苏阿已经半疯了，她又疼又怕（整个上午，她不是挨打就是被石头砸），莫格里用手及时捂住她的嘴，阻止了她的尖叫。她的丈夫气糊涂了，他坐着将掉胡须上的灰尘和杂物，胡子被扯得一缕一缕的。

"我就知道——我就知道他会来的。"梅苏阿终于还是呜咽起来，

"现在我确实知道他是我的儿子了！"她把莫格里搂在胸口。此前，莫格里一直都很镇定，但现在他却开始浑身颤抖，这令他极度震惊。

"为什么要用这些皮绳？他们为什么绑住你们？"他停了一会儿问。

"因为生了个你这样的儿子，要把我们处死——还能有什么别的原因？"那男人闷闷不乐地说道，"瞧！我都流血了。"

梅苏阿一言不发，莫格里检查她的伤口，当他看见血的时候，他们听见他咬牙切齿。

"这是谁干的？"他说，"他要为此付出代价！"

"全村的人干的。我太富有了。我的牲口太多。因此，她和我都成了巫师，因为我们收留了你。"

"我不懂啊，让梅苏阿来讲。"

"我给你喂牛奶，那苏，你还记得吗？"梅苏阿小声地说道，"因为你是我的儿子，老虎把你叼走了，因为我非常爱你。他们说我就是你的母亲，我是恶魔的母亲，因此要处死我。"

"那什么是恶魔？"莫格里说道，"我倒是见过死。"

那男人阴郁地抬起头，但梅苏阿笑了，"看！"她对自己丈夫说道，"我就知道——我说过他不是男巫。他是我儿子——我的儿子啊！"

"不管是儿子还是巫师，那对我们又有什么用？"男人答道，"我们已经要死了。"

"那边是通往丛林的路。"莫格里指着窗外说道，"你们手脚都解开了。现在就走吧。"

"我们不熟悉丛林，我的儿，就——就像你知道的那样。"梅苏阿说道，"我觉得自己走不了多远。"

"那些男人和女人会骑在我们背上，再把我们拖回来的。"丈夫说。

"哼！"莫格里说着用剥皮刀的刀尖挠自己的手掌，"我不想伤害村子里的任何人——然而，然而我觉得他们拦不住你们。不一会儿，他们就有很多别的事要考虑了。啊！"他抬起头，倾听外面的叫喊声和脚步声，"所以说，他们最后还是让比尔迪欧回到家了？"

"今天早上，他被派出去杀死你，"梅苏阿哭道，"你碰到他了吗？"

"是的——我们——我碰到他了。他又有故事要讲了，趁他讲故事的时候，我们有时间干很多事。但首先，我要打听一下他们的计划。你们想想该去哪儿，等我回来就告诉我。"

他从窗户跳了出去，沿着村子的外墙，跑到能听见菩提树下围着的人们说话的地方。比尔迪欧躺在地上，又是咳又是哼哼，每个人都在问他问题。他头发散落在肩上，手脚都因为爬树蹭破了皮，他几乎连话都说不出来，不过却强烈感受到自己的地位。他不时说起什么妖怪的事情，妖怪唱歌，施展妖法，只是为了要人们感受到即将来临的是什么。然后，他就要水喝。

"呸！"莫格里说道，"叽叽喳喳——叽叽喳喳！说来说去，说来说去！人类就是猴民的亲兄弟。现在，他必须喝水润润嘴皮，他要抽上几口烟，等这些都停当了，他还要讲故事。他们人类都很聪明，却没有一个人去看管梅苏阿，他们听到的都是比尔迪欧的胡扯。而我怎么变得跟他们一样懒散了！"

他抖了一下身子，溜回了小屋。当他到达窗户的时候，他感到什么东西摸了他的脚。

"妈妈，"他说，因为他非常了解那舔他脚的舌头，"你怎么在这里？"

"我听见我的孩子们唱着歌穿过了丛林，我跟着我最爱的那个孩子来了。小青蛙，我想看看那个给你牛奶喝的女人。"狼妈妈说。她浑身都被露水沾湿了。

"他们把她绑起来了，想杀死她。我已经切断了绳子，她和她丈夫要一起穿过丛林逃走。”

"我也跟着去吧。我虽老了，但牙齿还没掉光。"狼妈妈说着直起身子，透过窗户，看着黑暗的小屋里面。

不一会儿，她就无声无息地落下身子，只说了句："最开始喂你奶吃的是我，但是巴希拉说得对：人类最后还是要回到人类世界去的。"

"也许吧，"莫格里说着脸上露出很不愉快的神情，"但今晚，我离那条路还很远。你在这儿等着，别让她看见。"

"你就从来不怕我，小青蛙。"狼妈妈说着退回高草里藏了起来，因为她知道该怎么做。

"那现在，"莫格里兴奋地说——他又荡进了小屋里，"他们都围坐在比尔迪欧周围，听他讲那些从没发生的事情。等他的故事讲完，他们说肯定会带着红花——带着火把来这里烧死你们两个。那么？"

"我已经跟我丈夫说过了，"梅苏阿说道，"坎西瓦拉离这里有三十英里远，但我们能在那里找到英国人——"

"他们是什么种群？"莫格里说。

"我不知道。他们是白人，听说他们统治着所有的土地，不准人们无缘无故焚烧和打斗。我们如果今晚能到达那里的话，我们就能活命了。不然，我们就要死了。"

"那就活下去吧。今晚谁也别想走过村口大门。他在干什么呢？"梅苏阿的丈夫正跪在地上刨小屋墙角的泥土。

"那里埋着他的一点儿钱。"梅苏阿说道，"别的我们什么都带不走。"

"啊，是啊。那东西从一只手传到另一只手，却从来不会热。这里以外别的地方也需要这个东西吗？"莫格里说。

那男人愤怒地盯着莫格里。"他就是个傻子，根本不是什么妖怪，"他低声咕哝，"用那钱，我可以买匹马。我们伤得太厉害，走不远，一个小时以后，村民们就会追上我们。"

"我说我如果不想让他们追上，他们就追不上，但买匹马还是考虑很周到的，因为梅苏阿累了。"她丈夫站起身，把最后的一些卢比缠在腰带里。莫格里帮着梅苏阿钻出窗户，夜晚凉爽的空气使她恢复了精神，但星光下的丛林看起来黑魆魆一片，异常恐怖。

"你们知道去坎西瓦拉的路吗？"莫格里小声说。

他们点点头。

"很好。现在，记住，别害怕。也没有必要走得太快。只是——只是丛林里你们前后会有些小小的歌声。"

"你想啊，我们在夜里冒险走过丛林，不管经过什么东西，也没有比烧死更可怕吧。被野兽杀死也比被人烧死好。"梅苏阿的丈夫说。但梅苏阿却看着莫格里微微一笑。

"我说，"莫格里继续说道——就像他是巴鲁一样，对着蠢笨的人娃娃重复第一百次那条古老的丛林法则——"我说丛林里谁也不敢对你们龇出牙齿，谁也不敢对你们举起脚爪。人类也好，野兽也好，都不能阻挡你们到达坎西瓦拉。会有警卫照看你们的。"他迅速转向梅苏阿说道，"他不相信，但你是相信的吧？"

"啊，当然了，我的儿。不管你是人，是鬼，还是丛林狼，我信。"

"他听见我的兄弟唱歌，肯定会怕。不过你是知道的，你心里要明白。走吧！现在，慢慢走，没有必要匆忙。村门都锁住了。"

梅苏阿扑到莫格里脚上啜泣，但莫格里一个激灵就把她迅速拉了起来。然后她抱着他的脖子，呼唤她能想起的每一个神的名字保佑他，但她丈夫却留恋地看着他的田地说："等我们到了坎西瓦拉，我要讲给英国人听，我要告那婆罗门，告老比尔迪欧和其他人，把这个村子赔得只剩骨头。他们要双倍补偿我未耕种的田地和没喂饱的水牛。我将得到最大的公平。"

莫格里笑了："我不知道什么是公平，但——下个雨季回来吧，看看还剩下些什么。"

他们就朝丛林出发了，狼妈妈从她藏身处跳了出来。

"跟上他们！"莫格里说道，"照看好他们，让整个丛林都确保他们的安全。叫几声，我要呼叫巴希拉。"

那悠长又低沉的嚎叫起起伏伏，莫格里看见梅苏阿的丈夫畏畏缩缩转过了身，犹豫着想跑回小屋来。

"继续走，"莫格里高高兴兴地大喊，"我说过会有歌声的。那歌声会伴随你们到达坎西瓦拉。这是丛林对你们的保护。"

梅苏阿催促她丈夫往前走，黑暗吞没了他们和狼妈妈。巴希拉却几乎在莫格里的脚下直起身来，令丛林居民狂野的黑夜也令他兴奋得浑身颤抖。

"我为你的兄弟们感到羞愧啊。"他咕哝咕哝说，"什么？他们对比尔迪欧唱得不够甜蜜吗？"莫格里说。

"唱得太好了！太好了！他们唱得连我都要忘记自己的傲气了，凭那把让我自由的破锁起誓，我唱着歌穿过了丛林，就像我在春天求爱一样！你没听见吗？"

"我还有其他事要忙啊。问问比尔迪欧他喜不喜欢那歌声啊。但是四兄弟在哪儿呢？今晚，我不想让一个人走出村子大门。"

"那要四兄弟做什么？"巴希拉说着换着脚，他目光炽烈，叫声比以往更大了，"我能拦住他们，小兄弟。最后是不是要杀了他们？听到那歌声，看到人们爬到树上，我早就准备得当了。我们要关注的人是谁？那个棕皮肤光身子的人？他刨来刨去，他没有头发，连牙齿都掉光了，还吃土。我已经跟了他一整天了，正午的阳光可是白得晃眼。我赶着他，就像狼群追赶雄鹿一样。我可是巴希拉！巴希拉！巴希拉！我跟影子起舞，也就是和那些人起舞。瞧！"那大黑豹一纵而起，就像小猫咪跳起来去够头顶盘旋的枯叶一样，他在空中左右出击，划破空气嗖嗖作响，接着无声着地，他跳了又跳，那半是呜呜叫半是嚎叫的声音在头顶汇聚起来，就像是水壶里的水蒸气隆隆作响。"我是巴希拉——丛林里的巴希拉——黑夜的巴希拉，我的力量来自身体。谁能承受我的攻击？人娃娃，我一挥爪子，就能将你的脑袋扫平，就跟夏天的死青蛙似的！"

"那你攻击吧！"莫格里说。他用的是村民的方言，而不是丛林语言，人类的语言令巴希拉完全停了下来，又蹲下来，两条后腿抖个不停，他的头刚好和莫格里的头持平。莫格里又盯着他，就像盯着不听话的幼崽，直视那宝石绿的眼珠，直到那绿眼珠背后闪烁的红光熄灭了，就像灯塔的光芒熄灭，二十英里的海上一片漆黑。那眼光垂了下去，大大的头也低了下去——越来越低，锉刀一样粗糙的红舌头舔上了莫格里的脚背。

"兄弟——兄弟——兄弟啊！"男孩小声说着，不停地温柔地抚摸他，从脖子一直抚摸到弓起的背部，"平静点儿！静一点儿！是夜色的错，不是你的错。"

"是黑夜的味道，"巴希拉懊悔地说道，"这种空气对我大吼。可你是怎么知道的？"

当然了，印度村庄周围的空气里满是各种气味，对于那些几乎全凭鼻子思考的生物来说，气味令他们发狂，就像音乐和药物令人类发狂一样。莫格里又温柔地抚摸了黑豹一会儿，黑豹就像火堆边的小猫一样躺下了，爪子盘在胸口，眼睛半耷拉着。

"你既属于丛林，又不属于丛林。"他最后说道，"而我只是一只黑豹。但我爱你，小兄弟。"

"他们在树下都说了半天了，"莫格里说道，他并没有注意到黑豹的最后一句话，"比尔迪欧肯定已经讲了很多故事了。他们应该很快就要来把梅苏阿和她丈夫拖出陷阱，丢进红花里了。他们会发现陷阱空了。嗬！嗬！"

"不，你听着，"巴希拉说道，"现在，我已经冷静下来了。让他们发现我在陷阱里吧！看到了我，就没几个人敢走出他们的屋子了。我也不是第一次进笼子了，他们别想用草绳捆住我。"

"那，你就放机灵点儿。"莫格里笑着说，因为他也开始准备像黑豹一样豁出去了，黑豹则溜进了屋子。

"呸！"巴希拉哼了一声，"这地方也是人住的，就只有一张床，就跟我在乌代浦，关在国王笼子里，他们让我睡的地方一样。现在，我要躺下来。"莫格里听见那小床的绳索在这大黑豹重压之下啪啪直响，"凭那把让我自由的破锁起誓，他们会以为自己抓了个大家伙！来坐在我边上来，小兄弟，我们就一起对他们说'祝打猎好运'。"

"不，我还有别的想法。人类并不知道我也参与了这次捕猎。你就自己打猎吧，我不想见到他们。"

"那就这样吧，"巴希拉说道，"啊，现在他们来啦！"

村子另一头的菩提树下的集会声音越来越吵，狂暴的喊叫声传来了，一群男女挥舞着棒子、竹棍、镰刀和刀子冲到了街上。比尔迪欧和那个婆罗门冲在最前面，暴民紧随其后，叫喊着："巫婆和巫师！我们倒要看看，烧红的钱币能不能让他们招供！放火烧了他们的房顶！让他们收留狼妖，我们可要给他们点儿教训！不，先揍他们一顿！火把呢！多拿点儿火把来！比尔迪欧，给你的枪筒热热身！"

门闩让他们伤了点儿脑筋，起先拴得太紧，人们就把它整个扯掉了，于是火把的光芒就涌入了屋子，只见巴希拉伸展开整个身躯躺在床上，两只前爪交叉，从床的一头轻轻垂下来，如矿井般黝黑、魔鬼般恐怖。人群一下子静了下来，前排人抓来抓去，厮打着往门口跑，这时巴希拉抬起头，打了个哈欠——小心翼翼、设计精妙又招摇炫耀——因为当他想侮辱对手时，他就会打哈欠。他长满胡须的嘴唇向两边张得大大的，红色的舌头卷着，下巴低了又低，你都能看到半个咽喉了，巨大的犬牙站在牙床凹陷的地方，上下牢实地咬合在一起，闪着钢铁般的光泽。下一秒钟，街上就空了，巴希拉又从窗户跳出去，站在莫格里边上，而大呼小叫的人流则互相推搡着，慌慌张张、急急忙忙逃回自己的小屋。

"天不亮，他们是不敢动了，"巴希拉静静地说，"那现在怎么办？"

村庄看起来仿佛沉浸在静悄悄的睡眠中，但是，当他们倾听的时候，还是能听见笨重的储谷箱在地上拖动抵住门的声音。巴希拉说得很对，这村子不到天亮，是不敢再动了。莫格里静静坐着、思忖着，脸色越来越沉。

"我都做了些什么啊？"巴希拉最后走到他的脚边，摇着尾巴说。

"没什么，你干得非常好。现在就看着他们，直到天亮。我要睡觉了。"莫格里跑进了丛林，像死人一样横躺在一块石头上，他睡啊睡啊，睡了一整天，黑夜又降临了。

他醒来的时候，巴希拉正待在他旁边，脚边还有一头刚杀死的雄鹿。莫格里拿起剥皮刀忙活起来，巴希拉则好奇地看着他，他吃喝完毕就用双手擦着下巴。

"那男人和女人都平安到达了坎西瓦拉，"巴希拉说道，"你狼妈妈让鸢鹰吉尔捎了信回来。你放走他们的那天晚上，还不到半夜，他们就找了一匹马，所以走得很快。这还不好吗？"

"那很好。"莫格里说。

"今天早上，你那村子里的人类同伴，等太阳升得很高了才出来。然后他们吃了点儿东西，就又快速跑回了屋子。"

"他们是不是又碰到了你？"

"有可能。天亮的时候，我在村口的灰尘里打滚，我也许还自己小声唱了会儿歌。现在，小兄弟，没有别的事要做了。随我和巴鲁来

110

打猎吧。他又找到了新的蜂窝，想给你看，我们都希望你还和以前一样。换掉那个表情吧，连我都害怕！那个男人和女人不会被扔进红花里了，丛林里也一切都好。难道不是吗？让我们忘掉人类吧。"

"要过一小段时间，才能忘掉他们了。海瑟今晚在哪里进食？"

"他想到哪儿就到哪儿啊。谁能知道他那个不说话的家伙在哪儿啊？怎么了？有什么事情海瑟能做，我们不能做吗？"

"叫他带上他三个儿子来我这里。"

"但是，说实话啊，小兄弟，看起来——让海瑟说来就来，说走就走似乎是不可能的。记得吧，他可是丛林之王，在人类改变你的表情之前，他还教过你丛林秘诀呢。"

"就一句。现在我有一句秘诀给他。叫他来找小青蛙莫格里，如果他一开始不肯，那就叫他为洗劫博特波的田地过来。"

"洗劫博特波的田地，"巴希拉重复了两三遍来确认，"我去。海瑟最糟也就是大发雷霆，我愿意放弃一个晚上的捕猎来听一句强迫那个不说话的家伙来的秘诀。"

巴希拉走了，莫格里猛地把剥皮刀扎进地里。莫格里此前从没见过人血，这次却见到了，他在绑住梅苏阿的皮绳上闻到了血的味道，而且这对他产生了很大的影响。梅苏阿一直对他很好，只要他懂得什么是爱，他就是爱梅苏阿的，正如他憎恶其余的人一样。他对他们深恶痛绝，痛恨他们说的话，他们的残酷，他们的懦弱，不管丛林曾对他做过什么，他都不会让自己返回人类生活，再让自己的鼻子闻到那可怕的血腥味。他的计划很简单，但也十分周密。是老比尔迪欧晚上在那棵菩提树下讲的一个故事让他想到了这个主意，他一想到这里就笑了起来。

"这确实是句秘诀，"巴希拉在他耳边耳语，"他们常常在河边饮水，他们就像公牛般顺从。看，他们现在就来了！"

海瑟和他的三个儿子已经到了，和平常一样没出一点儿声音。他们侧腹沾的泥浆都还没干，海瑟若有所思地嚼着一棵小芭蕉树的绿茎，那是他用尖牙掘起来的。偶然看到他们的巴希拉也能看出，他们巨大身躯的每一根线条都透露出这不是丛林主人在对人娃娃说话，而是心怀恐惧的他来到了一个毫不害怕的人面前。他的三个儿子左右摇晃地跟在父亲身后。

莫格里还没抬起头来，海瑟就招呼他"祝打猎顺利"。他一直摇来晃去，一只脚换到另一只脚，很长时间没有说话。等他张口说话的时候，也是对巴希拉说，而非对大象们。

"我要讲一个故事，这个故事是你今天追赶的那个猎人告诉我的，"莫格里说道，"故事里有一头大象，他年纪很大，非常聪明，他掉进了陷阱，坑里的尖桩给他划了条口子，从脚后跟直到肩头，留下一条白疤。"莫格里伸出手，海瑟在月光下转了一圈，他石青色身体一侧就露出一条长长的白疤，就像曾被烧得通红的鞭子抽打过一样。"人们把他从陷阱拖了出来，"莫格里继续讲，"但他很壮，挣断了绳索，他逃走了，后来伤口痊愈了。接着，有一天晚上，他怒冲冲地来到那些猎人的田地。我还记得他现在有了三个儿子。这些事发生在很多很多个雨季之前，地点也非常遥远——在博特波的田地里。下一次收获的时候，这些田地发生了什么，海瑟？"

"这些田地是我和我的儿子们收割的。"海瑟说。

"收获之后的耕种呢？"莫格里说。

"没有耕种。"海瑟说。

"那些生活在绿色庄稼旁边土地上的人呢？"莫格里说。

"他们跑了。"

"那些人睡觉的小屋呢？"莫格里说。

"我们撕烂了屋顶，丛林吞没了墙壁。"海瑟说。

"还有呢？"莫格里说。

"丛林占领了，那些土地从东到西我要走上两个晚上，从南到北我要走上三个晚上。我们让丛林占领了五个村子，那些村庄，他们的田地、牧场、松软的庄稼地，现在没有一个人能从这些土地上收获粮食了。这就是洗劫博特波的田地，是我和我的三个儿子干的。现在，我倒要问你，人娃娃，你怎么知道这件事的？"海瑟说。

"一个人告诉我的，现在我明白了，就算是比尔迪欧也可能说真话。干得太棒了，带白疤的海瑟。但这一次应该干得更出色，因为现在有了人来指挥。你知道把我赶出来的那个村子吧？他们懒散又愚蠢，还很残忍。他们爱说闲话，杀死弱者也不是为了食物，而是为了取乐。当酒足饭饱，他们还会把自己的同类扔进红花。这些是我亲眼所见。他们再住在这里可不能了，我恨他们！"

"那就杀。"海瑟最小的儿子说着卷起一簇草，在前腿上打掉泥土，就丢到了一边，他小小的红眼睛偷偷地左右扫视。

"一堆白骨对我有什么好处啊？"莫格里气愤地答道，"难道我是个不开窍的狼崽子，只会在太阳下玩闹？我已经杀了希尔汗，他的皮都在议会岩上腐烂了，但是——但我却不知希尔汗去了哪里，我的肚子也还空着。现在我要拿走那些看得见摸得着的东西。就让丛林占领那个村子吧，海瑟！"

巴希拉打着哆嗦蜷缩下来。他明白，事情最糟，他也能疾速冲到街上对着人群左右出击，要么就是趁着黎明巧妙地杀掉几个耕田的人。但是这个精心谋划的计划是把整个村庄从人类和他们害怕的野兽眼前完全抹掉。现在他明白莫格里为什么要派他去找海瑟了。除了活了很久的大象，谁也无法谋划和发动这样一场战争。

"让他们跑吧，就像人们从博特波逃跑一样，让我们的雨水冲刷土地，让雨水打在厚树叶上的声音代替纺锤嗒嗒声，我和巴希拉到婆罗门的屋子里筑巢，雄鹿到庙宇后的水槽饮水！就让丛林占领吧，海瑟！"

"但是我——但是我们没和他们发生过争吵啊，在撕烂人们睡觉的地方之前，我们得因为受到很大伤害而无比愤怒才行啊。"海瑟疑惑地说。

"难道你们是丛林里仅有的食草动物吗？把你的兽民都赶来啊。让鹿群、野猪和蓝牛羚来关注一下这事。你都不用露出一掌宽的兽皮，田地就一片光秃了。就让丛林占领吧，海瑟！"

"不会有杀戮吗？洗劫博特波的田地时，我的象牙就染红了，我不想再唤醒那种气味。"

"我也不想。我甚至不希望他们的白骨躺在干净的土地上。让他们走吧，去找个全新的巢穴。他们不能待在这儿了。我已经见识到那个女人的鲜血了，也闻到了血腥味，她给我食物吃，就因为这，他们就要杀死她。只有他们的门口长出青草来才能抹掉那种气味。那种味道就在我嘴里烧。就让丛林占领吧，海瑟！"

"啊！"海瑟说道，"尖桩在我身上划下的伤疤也一直在烧，直到看到春天草木生长吞没村庄，我才好受一些。现在，我懂了。你的战争就是我们的战争。我们就让丛林占领吧！"

莫格里几乎没有时间喘气——他充满愤恨，浑身发抖，大象们先前站立的地方已经空了，巴希拉满目惊惧地看着他。

"凭我获得自由的破锁起誓！"黑豹最后说道，"你还是不是那个当我们都年轻时，我在议会岩为他说话的小家伙啊？当时你还光着身子。丛林主人，等我力量消失殆尽，为我说话吧——为巴鲁说话吧——为我们所有兽民说话吧！在你面前，我们都是幼崽！是你脚下踩断的小树枝！是找不到妈妈的小鹿！"

想到巴希拉是头迷路的小鹿的样子，莫格里心情烦乱，他大笑着喘了口气，呜咽几声，又大笑起来，最终跳进一个池塘他的笑声才停了下来。然后他就绕着圈游啊游，按照名字的意思，他像只青蛙一样在月光下扎入水中，又浮上来。

这时，海瑟和他的三个儿子已经掉了头，各自朝着一个方向，大步无声地朝山谷走了一英里远。他们走啊走啊，走了两天，也就是说，在丛林里穿行了六十英里远。他们每走一步，每挥动一下鼻子，蝙蝠蒙、鸢鹰吉尔、猴民和所有的鸟类都知道，大家互相谈论着，议论纷纷。接着大象们就开始进食了，静静吃了一个星期左右。海瑟和他的儿子们就像岩间巨蟒卡奥。不到万不得已，他们绝不慌张。

最后——谁也不知道是谁起的头——一条谣言在丛林里流传开来，说在这样一个山谷，能找到更好吃的食物和更鲜美的水源。野猪们为了饱食一顿宁愿走遍所有土地，他们首先结队进发，拖着脚走过岩石，后面跟着的是鹿群，还有靠吃死鹿和奄奄一息的鹿过活的小野狐，肩头肉很厚的蓝牛羚跟鹿群保持平行，沼泽地的野水牛跟在蓝牛羚之后。最小的动物会脱离队伍，分散开去，但兽群却悠闲地吃着、喝着，喝了又吃。每当有什么惊险，就会有谁起来安抚他们。有时是野猪伊奇，他满口都是好消息，说稍远一点儿就有好吃的；有时是蝙蝠蒙，他兴高采烈地大叫，拍着翅膀落到一块林间空地证明那里完全没有危险；要么是巴鲁，他嘴里塞满根茎，沿着起伏的队伍摇晃，然后半是吓唬、半是玩耍地笨拙地退回到那条该走的路上去。很多动物掉头往回走，或是跑开了，要么是失去了兴趣，但还是有很多留了下来继续向前。又是十天左右的时间过去了，情况还是这样的。鹿群、野猪和蓝牛羚以八英里到十英里为半径绕圈，肉食动物则围在这个圈子周围。这个圈子的中心就是村子，村子周围的庄稼都成熟了，人们则坐在庄稼地里鸽子窝一样的高台上——那平台用树棍搭成，架在四根支柱的顶端——目的是驱散鸟群和其他窃贼。这时鹿群不再受骗了，肉食动物就紧跟在他们后面，逼他们向前，向圈内前进。

一个漆黑的夜晚，海瑟和他的三个儿子从丛林里溜了下来，用他们的象鼻卷断了平台的支柱。那平台就像毒芹落花一样主茎"啪"的一声断了，几个人从上面翻落下来，耳边还听到大象的深沉鸣叫。接着一片迷惑的鹿群先头部队分散开来，潮水般涌入村庄的牧场和田地；用尖蹄子拱地刨根的野猪也跟着他们，鹿群掠过的牧场和田地，偶有残留的牧草和庄稼，野猪都给捣毁了。时不时地还响起狼嗥，兽群受到惊吓，疯了似的来回奔突，踏实了刚发芽的麦地，踩平了灌溉的沟渠堤坝。天亮之前，外圈的逼迫队伍有一个角松开了，肉食动物撤退了，在南边留下一条出路，于是鹿群就沿着那条小路逃了出去。另外一些胆大的却在庄稼茂盛的地方躺下，等着接下来的晚上再吃完他们的美味。

但要做的实际上已经完成了。早上村民们来看，发现庄稼都完了。而这意味着如果他们不逃走的话，就只有死路一条，因为年复一年地，如果丛林扩张过来，他们就得挨饿。水牛被赶去吃草，这些饥饿的牲畜发现草场已被鹿群啃得干干净净，于是他们就溜达进了丛林，随他们的野生同伴四处去游荡了；暮色降临，村里的三四头矮马躺在马厩里，头都被打瘪了。能把矮马打成这样的只有巴希拉，能想到把残留的尸体拖到空旷的街上的，也只有巴希拉。

这晚，村民们无心再到地里生起火堆来，因此海瑟就和他的三个儿子到剩下的地里捡拾麦穗，只要是海瑟捡过的地方，就什么都没有了。人们决定靠储存的谷种坚持到雨季来临，然后去干些仆从的活计，以弥补荒年的损失。但粮商却在考虑着他装满谷仓的粮食该以何种价格来出售，海瑟用尖牙挑破了泥屋的墙角，还打碎了大柳条箱，于是宝贵的粮食就和牛粪混在了一起。

当这最后一项损失被发现的时候，轮到婆罗门说话了。他向自己的神祇祈求，却没有得到回应。他说可能是村子在无意之间激怒了丛林的某个神祇，因为不用怀疑，丛林正在反抗他们。因此他们派人去请最近的冈德人部落的头领。冈德人四处游荡，个子小，很聪明，皮肤很黑，都是猎手，他们居住在丛林深处，他们祖辈是印度最古老的民族，他们是这片土地的原始主人。村里人倾尽所有迎接了那个冈德人，他单腿站立，手执弓箭，头饰中插着两三支毒箭，他恐惧又轻蔑地看着那些焦急的村民和他们被摧毁的田地。他们想要知道他的神明——旧日的神明——是不是生了他们的气，需要进献什么贡物。但冈德人什么也没说，只是捡起一串葫芦藤，上面还挂着几个野生的苦葫芦，他把那藤蔓来回舞动，当着那些面孔发红、双目怒视的印度神像的面穿过庙宇大门。接着他一只手举到空中，冲着坎西瓦拉道路一挥，然后就返回了他的丛林，他看着丛林动物潮水般穿行其中。他知道当丛林移动的时候，只有白人才有希望让它改变方向。

无须再问他是什么意思了。野葫芦将长在他们敬神的地方，他们最好自救，越早越好。

但是要毁弃一个村庄谈何容易。只要还有一些夏季食物剩下，他们就继续留着不走，他们还想到丛林里采集一些坚果，但总有一些影子瞪眼瞧着他们，就算是正午也会滚到他们面前来；他们吓得逃回屋内，路边的树干不出五分钟树皮就全被扒光了，上面还留着大爪子抓过的凿印。他们在村子里待得越长，野兽们胆子就越大，他们在威冈加河边的牧场上腾跃、大叫。他们没有时间修补、刷涂空牛棚的后墙了，那后墙背靠着丛林，野猪把墙拱倒了，多节的藤蔓紧随着就过来扎了根，把它们的手肘伸展到这块新获得的土地上，那些野草也像是精灵部队追赶撤退士兵的长矛一样，跟着藤蔓长得到处都是。那些没成家的小伙子最先离开，把村子的厄运扩散到远近各地。他们说，谁又能反抗丛林和丛林之神呢？连村子里那菩提树下的眼镜蛇都离开了他平台中的洞穴。因此，他们与外部世界的商贸往来也萎缩了，旷野里踩出来的路径越来越少，辨不分明了。最后，海瑟和他三个儿子也停止了在夜里鸣叫骚扰他们，因为他们已经没什么值得抢掠了。地上长的庄稼和地里的种子都已经捡走了，村外的田地已经失去了形状，是时候去坎西瓦拉请求英国人施舍了。

但按本地人的习惯，他们还是一天又一天地拖延着出发日期，直到第一场雨落下，没有修葺的屋顶灌进了雨水，牧场的水积齐脚踝深，各种植物在经历了夏季的高温之后全都疯长起来。之后，他们全都蹚着水走了出来——男人、女人、小孩子——穿过清晨迷蒙的热雨，恋恋不舍转过身看着他们的屋舍，最后不得不与它们挥手告别。

当最后一家人扛着行李排成一列走过村庄大门时，他们听见墙后哗啦一声响，房梁和茅草屋顶都垮了。他们看见一条像蛇一样弯曲、黑得发亮的象鼻举了起来，很快就打垮了湿透的茅草屋顶。象鼻看不见了，又是哗啦一声，跟着是一声尖叫。海瑟一直在不停地掀掉屋顶，就像在拔起一朵朵睡莲一样，偶尔也会有一根横梁反弹起来落到他身上。他这么做只是为了释放浑身精力，在丛林所有动物中，暴怒的野象是最具破坏力的。他朝后踢在一堵泥墙上，那墙被踢得粉碎，在雨水的冲刷下融成黄泥浆。然后他打着转，连声尖叫，在狭窄的街道上横冲直撞，抵着左右两边的小屋，房门摇颤，屋檐分崩离析。而他的三个儿子也在他身后发狂，就像他们曾经洗劫博特波田地时一样。

"丛林会吞没这些外壳，"残骸中一个声音平静地说道，"这些外墙必须都倒掉。"雨水冲刷在莫格里赤裸的肩头和胳膊上，他从一堵墙上跳了下来，那墙像一头精疲力竭的水牛一样塌陷下来。

"一切都很及时，"海瑟气喘吁吁说道，"噢，不过在博特波，我的象牙都染红了。到外墙去，孩子们！用头去抵！一起上！现在就去！"

四头象肩并着肩一起推，外墙凸了出来，裂了口子，最终倒了，而那些村民则吓得话也说不出来，他们看见从参差不齐的缺口中冒出了几个野蛮的脑袋，上面还粘着泥土石块。他们惊慌地丢下房子和食物逃下了山谷，他们的村庄被打碎成一片废墟，碎片被投来掷去，随意践踏，在身后渐渐消融了。

一个月后，那地方就成了一片土堆，中间陷了下去，上面爬满了新发的绿色柔嫩植物。第一场雨结束时，丛林已完全占领了这里，而不到六个月之前，这里还是一片耕地。

莫格里反抗村民之歌

我要让爬行迅速的藤蔓反抗你——
我要召来丛林吞没你们的队伍！
屋顶都要掀掉，
房梁都要垮掉，
而葫芦，那苦葫芦，
要覆盖一切！

在你们集会的门口，我们兽民将歌唱，
在你们谷仓的门口，蝙蝠将紧紧依附；
蛇将成你们的看守者，
守在一块未扫过的炉石边；
因为葫芦，那苦葫芦，
将在你们睡觉的地方开花结果！

你们看不见我们出击者；
你们只能听见和猜测，

到晚上，月亮升起之前，
我会派他们来讨债，
狼将为你们放牧，
守在移走的地界旁，
因为葫芦，那苦葫芦，
将在你们钟爱的地方播下种子！

我将赶在你们主人动手之前，收割你们的田地；
你们只能跟在我们这些收获者之后，
捡拾丢掉的麦穗，鹿群将成你们的公牛，
守在未耕种的田头，
因为葫芦，那苦葫芦，
将在你们建房筑屋的地方抽叶发芽！

我解开了缠绕的藤蔓，反抗你们，
我放进了丛林，吞没你们的队伍。
树林——树林长在你们之上！
房梁将垮下，
而葫芦，那苦葫芦，
将吞没你们的全部！

◎国王的驯象刺棒

有四样东西永远不得满足，
露起后，就没吃饱过。
他们是胡狼的嘴巴，鸢鹰的肚子，
猿的手和人的眼。

——丛林俗语

    岩间巨蟒卡奥自打出生起，大概已经是第两百次蜕皮了。莫格里从没忘记他的命是那晚卡奥从冷巢救回来的，这些你们应该还记得吧？莫格里于是去恭贺卡奥蜕皮。蜕皮总是令蛇脾气暴躁、情绪低迷，这种状态一直要持续到新皮闪闪发亮、看起来十分漂亮时，才会好转。卡奥再也没有取笑过莫格里，他和其他丛林居民一样接纳了他，把他当成丛林主人，并把他这个尺寸的巨蟒自然而然就能听到的消息都讲给他听。而卡奥如果对于丛林中部——他们就是这么叫的——也就是紧贴地面或是地面之下的砾石堆、地洞子、树洞里的生活不了解的话，那些可能已经写在他小小的鳞片上了。

那天下午，莫格里坐在卡奥盘起的巨圈中，拨弄着岩石之间一圈一圈扭曲破碎的旧皮，那些都是卡奥刚脱下来的。卡奥很有礼貌地缠绕在莫格里宽阔的光膀子下，因此男孩看上去活像是躺在一个活动的扶手椅上。

"就连眼睛的鳞片也那么完美，"莫格里小声说着，还一边玩弄着旧皮，"看到自己的头皮躺在自己的脚下，真是太奇怪了。"

"啊，但我没有脚啊，"卡奥说道，"而且我们所有的蛇都是这样的，我没觉得有什么好奇怪的。难道你的皮肤就从没有觉得变老和变粗糙吗？"

"那时我就会去洗澡啊，平头蛇；但说真的，天气酷热时，我倒是希望我也能不受痛苦就蜕了皮，然后没皮地跑来跑去。"

"我洗澡，我也会蜕皮。我的新皮看着怎么样啊？"

莫格里用手上下抚摸着卡奥那巨大背上的花纹和线条。"乌龟有硬壳，但是颜色不及你艳丽，"他仔细比较，"和我名字一样的青蛙呢，颜色倒是更艳丽，但没有你这么硬。你的新皮看上去真漂亮啊——就像百合花花瓣上的斑点一样。"

"还需要水呢。新皮在第一次洗澡之前，颜色是不会完全显现的。我们去洗澡吧。"

"我来带你去。"莫格里说着弯下腰，笑着举起卡奥大身子的中间部分，那里也是卡奥最粗的部分，就像一个人举起一个两英尺粗的水管一样。卡奥静静躺着，很高兴地吹着气。然后他们晚间常做的游戏就开始了——男孩正是力气最大的时候，而卡奥也刚换了一身新皮。他们彼此靠着站起来摔跤——那是一场眼力和力量的较量。当然，如果卡奥由着性子的话，他可以压碎一打莫格里，力量消耗还不到十分之一。自从莫格里强壮到能承受一些小的粗暴动作之后，卡奥就教他这个游戏了，他的四肢变得比谁都要柔软灵活。有时莫格里整个身子直到喉咙几乎都被卡奥缠住，但他还能挣扎着空出一只手来掐住卡奥的喉部。那时卡奥就会软绵绵地松开，莫格里双脚迅速移动，紧紧握住卡奥那正往后摸索石块和树桩的大尾巴。他们头抵头摇来晃去，等待着各自的机会，直到这对漂亮的雕像似的身体化成黄黑蛇身的旋转和男孩胳膊大腿的挣扎。"好了！看招！仔细了！"卡奥说着用头佯攻，莫格里虽然手快也闪躲不及，"瞧！我碰到了你这里，小兄弟！这里，还有这里！你的手麻了吗？又碰到这里了！"

游戏通常这样结束——卡奥的头笔直强劲地将男孩一次次撞翻在地。莫格里永远也学不会如何阻挡这种闪电般的攻击，正如卡奥所说，任何尝试都是白费力气。

"祝捕猎顺利！"最后卡奥咕哝着说。而莫格里则和往常一样被撞出六码远，喘着粗气，笑个不停。他手上都是草，站了起来，跟着聪明的卡奥去了他喜爱的洗澡的地方——那是一个幽深、漆黑的池塘，四周环绕着岩石，有趣的是还有一些树桩沉在水底。莫格里按照丛林的风俗溜进水里，一点儿声音都没出就潜到水塘对岸；钻出水面也是毫无声息，接着他仰躺着，头枕手臂，看着月亮从岩石上升起来，用脚趾击碎了水中的月影。卡奥钻石形的脑袋像剃刀一样划过池塘，钻出水面停在莫格里的肩头歇息。他们静静躺着，舒舒服服地泡在凉爽的水里。

"真是太棒了，"后来莫格里睡眼惺忪地说，"现在，这个点儿，就我记得的，人类正躺在泥笼子的硬木块上，把所有的风都挡在外面，还在他们昏昏沉沉的脑袋上盖一块脏兮兮的布，鼻子还冒出恶心的歌谣。丛林里可是要好得多。"

一条眼镜蛇急急忙忙从一块岩石上溜下来饮水，冲他们喊了一句"祝捕猎顺利"，然后又走开了。

"嘘！"卡奥说着就好像突然记起了什么事情，"所以说丛林给了一切你渴望的东西哦，小兄弟？"

"倒不是全部，"莫格里笑着说道，"如果每个月都有一只新的强壮的希尔汗来供我猎杀就好了。现在，我可以用我的双手捕杀他，而无须水牛的帮助了。我还希望太阳能在雨季中照耀，夏季由雨水来代替太阳；我虽然从来没有空手而归，但我希望自己曾猎杀过一头山羊；我虽从没猎杀过山羊，但却希望猎杀过公牛；我也没有猎杀过公牛，我希望自己曾猎杀过蓝牛羚。但我们大家都是这样想的吧，我们全部。"

"你就没有别的欲望吗？"大蛇问。

"我还能希望别的什么？我有了丛林，还有丛林居民的支持！难道日升和日落之间还有别的什么地方？"

"听着，眼镜蛇说过——"卡奥说。

"什么眼镜蛇，他刚才什么也没说就走了啊。他在捕猎呢。"

"是另一条眼镜蛇。"

"难道你和毒民们有很多交情吗？我和他们互不干扰。他们的前齿就带着死亡，这太不好了——还因为他们如此之小。那这个跟你说话的又是哪一条眼镜蛇？"

卡奥在水里慢慢翻滚，就像轮船行驶在明亮的海面上。"是四个月之前的事了，"他说道，"我在冷巢捕猎，那地方你应该还没忘吧。我捕猎的东西尖叫一声穿过水槽逃到那间我为了救你而击碎的屋子里，然后钻进地里去了。"

"但是冷巢的居民不住在地洞里啊。"莫格里知道卡奥说的是猴民。

"那东西不是住在地洞，是逃命套进去的，"卡奥抖着舌头回答道，"他逃进地洞钻了很远。我跟着他，最后杀死了他，睡着了。醒来后，我向前走。"

"在地下？"

"是的，最后我碰到一条白兜帽的眼镜蛇，他说的东西我都不知道，还展示了许多我以前从没见过的东西。"

"新的猎物？打猎顺利吗？"莫格里迅速转过身来。

"不是猎物，那些东西能折断我所有的牙齿；但是那眼镜蛇说人类——他说起来就像是很了解人类一样——人类只要看到那些东西，就会喘不上气来。"

"我们去看看，"莫格里说道，"我现在记起来我曾经是个人呢。"

"慢——慢。黄蛇吞日就是因为匆忙才被杀死的。我和那白兜帽的眼镜蛇在地下说着话，然后我说起了你，说你是个人。白兜帽眼镜蛇实在是和丛林一样老了，说：'我很久没见过人了。让他来吧，他该看看这里的所有东西，许多人为了这里最小的一件东西，也甘愿去死。'"

"那肯定是新猎物。但毒民不肯告诉我们猎物什么时候行动。他们真是太不友好了。"

"那不是猎物。那是——那是——我不能说那是什么。"

"我们就去那儿。我从没见过白兜帽的眼镜蛇，我也想看看别的那些东西。他把他们杀死了吗？"

"那些都是些死东西。他说他是那所有东西的看守者。"

"啊！就像一头狼会站在他带回巢穴的肉上一样。我们去吧。"

莫格里游到了岸上，在草地里翻滚擦干身子，他们俩就一起出发去了冷巢，那是一个废弃的城市，你也许曾听说过。那时莫格里一点儿也不害怕猴子了，猴民们反倒是非常害怕他。但猴民们正在丛林活动，因此冷巢在月光下空荡荡的，悄无声息。卡奥将莫格里引到了平台上皇后凉亭的废墟处，滑过垃圾，向下钻进一半堵住的楼梯，那楼梯从凉亭中央通往地下。莫格里用蛇族语言呼叫："我们是同一血脉，你和我。"然后手脚并用跟在卡奥后面。他们沿着一条倾斜并拐了几道弯的走廊爬了很久，最后到达一个大树树根的位置，那树长在离地三十英尺的地方，树根把墙上的一块硬石都顶了出来。他们就从那缺口爬过去，发现自己站在一个地下室里，那半球形的屋顶也被树根挤碎了，几缕光线照进黑暗之中。

"真是个安全的洞穴啊，"莫格里说着起身站稳，"就是太远了，不能天天来。现在我们什么都看不见啊！"

"难道我什么都不是吗？"一个声音从地下室中央传来。莫格里看见一个白色的什么东西在移动，一点儿一点儿站了起来，原来是一条他从没见过的巨大的眼镜蛇——那家伙有近八十英尺长，因为在黑暗中而白得像旧象牙。就连他舒展的兜帽上精妙的花纹也褪成了浅黄色。他的眼睛像两颗红宝石，总之令人十分惊讶。

"祝捕猎顺利！"莫格里说着用刀行了礼，那刀他从没离过手。

"城市怎么样了？"白兜帽的眼镜蛇没有回应那寒暄就问道，"这座伟大的、筑有城墙的城市，这座拥有一百头大象和两千匹马和不计其数牲口的城市怎么样了？这城市的王可是二十个国王中的王中王啊？我在这里耳朵也聋了，很久没有听到打仗的锣声了。"

"我来告诉你，"卡奥柔声对眼镜蛇说，"四个月前，你的城市就已经不复存在了。"

"这座城市——这座城门有国王的塔楼守卫，这座伟大的森林之城——永远也不会消失的。这城市在我父亲的父亲还没从蛋里孵出来之前就建好了，直到我儿子的儿子变得和我一样白的时候他也会存在下去的！耶嘎苏礼的儿子维耶嘉、维耶嘉的儿子钱德拉比嘉、钱德拉比嘉的儿子萨罗姆德希在巴帕·拉沃尔年代建起了这座城市。你们是谁的牲口？"

"一点儿头绪都没有，"莫格里扭头对卡奥说道，"我不知道他在说什么。"

"我也是。他年纪很老了，是眼镜蛇的祖先，这里只有丛林，好像自古以来就是这样。"

"那他是谁？"白兜帽的眼镜蛇说道，"坐在我面前的这位，不怕我，不知道国王的名字，却又从人类的嘴唇吐出我们的语言。这个带刀讲蛇语的是谁？"

"他们都叫我莫格里，"莫格里回答道，"我来自丛林。我属于狼族，这位卡奥是我的兄弟。眼镜蛇之祖，你又是谁呢？"

"我是国王珍宝的守卫。库兰·拉贾在我头上建造了这座石窟，那时候我的皮还是暗的，谁来盗窃，我就会咬死他们。后来他们把珍宝放在石头下面，我听见我的婆罗门主人唱起了歌。"

"唔！"莫格里自叹道，"我已经和一个婆罗门交过手了，在人类的村子里，所以我知道是怎么回事。邪恶很快就要降临此地了。"

"自打我到这里以来，石头举起了五次，放下去的珍宝越来越多，并且从没拿出去过。再也没有什么比这些更珍贵了——这可是一百位国王的宝物。可是自从石头上一次移动以来，已经过去很久了，我想我的城市的主人是不是已经遗忘了这里？"

"这里已经没有城市了。看上面。那里大树的树根已经把石头都挣裂了。树是不会在有人的地方生长的。"卡奥强调。

"人类有两三次找到了这里，"白兜帽的眼镜蛇恶狠狠地回答道，"但他们从不开口，直到我碰到他们在黑暗中摸索，然后他们就喊了一会儿。但你们两个，一个人、一条蛇，却说假话，还想让我相信城市没了，不需要我的守护了。这些年来，人们很少有变化。而我更是从没有变过！直到石头重新举起，婆罗门唱着我熟悉的歌谣走下来，喂我热乎乎的牛奶，把我重新带到阳光下去，我——我——我才是国王珍宝的守护者，其余都不是！你们说城市死了，这里都是树根？那就弯下腰吧，想要什么拿什么。世上再也没有这等的珍宝了。说蛇语的人，如果你能活着从你进来的地方走出去，那些小王就是你的仆人！"

"还是摸不着头绪，"莫格里冷静地说道，"是哪只胡狼打了这么深的地洞，咬了这条大白蛇吗？他肯定是发疯了。眼镜蛇之祖，我看这里没什么好拿的。"

"凭太阳神和月亮神起誓，这男孩肯定是疯了！"眼镜蛇嘶嘶道，"在你闭眼之前，我给你这个恩赐。你看看，看看那些以前从没有人看过的东西！"

"丛林里说要给莫格里好处的都不是好家伙，"男孩咬牙道，"但我也知道，黑暗改变了一切。我会看的，如果这样能令你高兴。"

他眯缝着眼睛环视地下室，然后从地上拿起一把闪闪发光的东西。

"噢嗬！"他说道，"这像是人类村子里他们玩的东西嘛，不过这个是黄色的，他们的那些都是棕色的。"

他把那些金币丢在地上，往前走。地下室的地上埋了几乎五六英尺深的金币和银币。很久以前，这些钱币本来盛放在麻布口袋里，就像退潮时的沙包一样放在这里，但如今钱币都从口袋里散落出来。这些珍宝就像船只遇难后一样，或躺在沙滩上，或埋在沙里，或从沙里露出来。其中有宝石做的象轿，上面雕着银饰，包着金箔，还镶嵌着红宝石和绿松石。有王后乘坐的轿子，银子和珐琅做的架子，搭配着翡翠的支柱和琥珀的帘扣；有金烛台，支架上悬挂着穿透的绿松石微微颤动；有被人遗忘的神明雕像，五英尺高，银子镶嵌着宝石做的眼睛；有甲胄，钢片嵌金，边缘装饰着腐败发黑的小珍珠；有盔甲，顶上装饰着鸽血红的红宝石；有涂漆的盾牌，玳瑁壳和犀牛皮的盾牌，赤金带装饰，边缘镶嵌着绿松石；有一捆捆钻石柄的宝剑、匕首和猎刀；有祭祀用的金碗和长柄勺，一种从不见日光的活动祭坛；有玉石杯子和手镯；有焚香炉、梳子、香水瓶、指甲花瓶、眼影瓶，上面都雕着金纹；有鼻环、臂环、发带、指环、腰带不计其数；还有七指宽的皮带，切割成方形的钻石和红宝石，三重铁带的木箱，木头已腐朽成粉末，露出里面一堆堆未经切割的星形蓝宝石、猫眼石、红宝石、钻石、绿松石和石榴石。

白眼镜蛇说得对，这些珍宝的价值无法用金钱来衡量，那都是经历数百年的战争、掠夺、贸易和征税才筛选出来的宝物。光是钱币就已经无法计数了，还有数不清的宝石；而那些金银的净重可能就有两三百吨重了。当今印度本土的统治者们，不管多么穷，都会不断累积财物；尽管在漫长的历史上，曾有某个开明的王子用四五十牛车的银子来换取政府的债券，但绝大多数统治者都保藏着他们的财物，紧紧守护宝物的信息。

但莫格里自然是不知道这些东西的价值了。那些刀具引起了他一点儿兴趣，但是拿起来又不如他自己的那把那么相称，于是他就丢下了。最后在象轿前面他找到一个东西着实令他着迷，那东西半埋在钱币里，是一个三英尺长的驯象刺棒，看上去就像是一个小小的船钩。刺棒的顶上有一块圆形的闪闪发光的红宝石，有一把八英寸长的柄，下面有些紧密排列的粗糙的绿松石，这样抓上去就很牢实。再下面是一圈玉石花朵，叶子是绿宝石的，花朵是由一些嵌在绿宝石中的红宝石组成的。手柄的其余部分是一根纯象牙杆，而刺棒的刺——也就是钉子和钩子——都是镶金的钢片，上面还有捕象的图案。那些图案吸引了莫格里，他看出那些图案和他的朋友——沉默的海瑟有关。

白眼镜蛇一直在他身后跟得紧紧的。

"为了看一眼，是不是死也值了？"他说道，"我是不是给了你一个大大的恩赐？"

"我不明白，"莫格里说道，"这些东西又硬又冰，也根本不好吃啊。但是这个，"他举起那根刺棒，"我想带走，我想在太阳下看看。你说它们都是你的？你能不能给我，我给你带青蛙吃？"

白眼镜蛇摇晃着身子，邪恶地笑了。"我当然可以给你，"他说道，"这里所有的东西我都可以给你——只要你走得了。"

"但我现在就要走了。这里又暗又冷，我想把这个有刺尖的东西带回到丛林里去。"

"看你脚边！那是什么？"莫格里捡起一个白色光滑的东西，"是人的头骨吗？"他小声说道，"这里还有两个。"

"很多年前，他们来这里想带走宝物。我在黑暗里冲他们说话，他们就静静躺下了。"

"但是我要这些所谓的珍宝有什么用呢？如果你让我带走这个刺棒，那这次捕猎真是收获丰富。要是不给，那也是场很棒的捕猎。我不和毒民打架，而且我也学过你们族群的语言。"

"在这里只有一种语言。那就是我的语言！"

卡奥两眼放光往前冲去。"是谁让我把人带来的啊？"他嗞嗞道。

"当然是我了，"老眼镜蛇咬着舌头说道，"我很久没见过人了，况且这个人还会说我们的语言。"

"那就别说什么要杀掉他。我怎么有脸返回丛林，说是我把他引到死路上来的？"卡奥说。

"我刚才都没说杀掉他啊。至于你们走不走，墙上有个窟窿呢。现在，静下来，你这杀猴子的肥家伙！我只要碰一下你的脖子，丛林就再也不会见到你了。没有一个人来了这里还能活着出去。我可是国王城珍宝的守护者！"

"你这黑暗中的白虫子，我告诉过你了，这里没有国王了，也没有城市了！我们周围都是丛林！"卡奥喊道。

"珍宝还在这里。这就够了。稍等一下啊，岩间巨蟒，看那男孩奔跑吧。这里有足够的空间可以大战一场。活着真好。来回奔跑一会儿吧，男孩，开战吧！"

莫格里静静地把手放在卡奥的头顶。

"这白家伙已经和很多人打过交道了。但他并不了解我。"他小声说道，"他要求来大战一场。那就来吧。"莫格里一直站在那里，手中握着刺棒尖头朝下。他把刺棒迅速挥出去，刺棒正好掉在大蛇兜帽后面，把他钉在了地上。只一瞬工夫，卡奥整个身体都压在那翻滚的身子上，那蛇从头到尾都瘫了。那双红眼睛要冒出火来，剩下的六英寸舌头猛烈地左右出击。

"杀！"莫格里伸手取刀时，卡奥说。

"不，"他拔出刀说道，"除非是为了食物，我不会再杀生了。但是看你了，卡奥！"他抓住那蛇兜帽后面的位置，用刀刃逼他张开嘴，露出上颚恐怖的毒牙，只是那毒牙在牙龈上黑黑的，都退化了。这白眼镜蛇老得已经分泌不出毒液了，蛇上了年纪都这样。

"他已是烂树根了。"莫格里说着推开卡奥，他捡起刺棒，让白眼镜蛇恢复自由。

"国王的珍宝需要一个新守卫了。"莫格里悲伤地说道，"烂树根，你已无法尽职了。来回跑跑，做做游戏吧，烂树根！"

"我真丢脸。杀死我吧！"白眼镜蛇咝咝道。

"杀生的事说得太多了。我们现在就要走了。我要拿走这个有刺尖的东西，烂树根，因为我已经打败了你。"

"那你看着吧，那个东西会不会最后把你杀死。那是死亡！记住，那是死亡！那东西的力量足够杀死我的城里所有的人。你拿不了多长时间的，丛林人，把它从你手中夺走的人也拿不了多久。他们会为了它杀啊，杀啊，杀个没完没了！我的力量都消亡了，但那刺棒会接替我的工作。它就是死！它就是死！它就是死！"

莫格里爬过窟窿又到了走廊上，他最后一眼看见那白眼镜蛇用无力的毒牙疯狂地咬着地上躺着的神像那冷漠的金色脸庞，咝咝说："它就是死！"

他们很高兴重新看到白日的亮光，等他们回到自己的丛林里，莫格里把刺棒放在晨光里，刺棒上的宝石闪闪烁烁，他高兴得就像是找到一束新开的花朵可以插在自己的头发里。

"这比巴希拉的眼睛还要明亮，"他欣喜地说，将那红宝石转来转去，"我要向他展示一下，但烂树根说死是什么意思呢？"

"我不能说。我尾巴尖都伤心了，他没有尝到你的刀子。冷巢总是充满邪恶——不管是地上还是地下。但是现在我饿了。今天早上你和我一起捕猎吗？"卡奥说。

"不了，巴希拉必须看看这个东西。祝捕猎顺利！"莫格里挥舞着那刺棒蹦蹦跳跳地走开了，还不时停下来赞美一番，直到到了巴希拉主要活动的那片丛林，发现他饱餐一顿后正在饮水。莫格里把他的历险从头到尾讲了一遍，巴希拉时不时就嗅一嗅那刺棒。等莫格里讲完白眼镜蛇最后的话语时，黑豹发出赞许的咕噜声。

"那白眼镜蛇说的话是？"莫格里急忙问。

"我出生在乌代浦国王的笼子里，我骨子里对人类还是略知一二的。光是为了这块红石头，很多人一夜之间就会搏杀三回呢。"

"但这石头让刺棒拿在手里很沉啊。还是我的小亮刀比较好；还有——瞧！这红石头也不好吃。那他们为什么还要杀来杀去呢？"

"莫格里，你去睡觉吧。你在人类中生活过的，而且——"

"我记得。人们杀生并不是为了捕食，因为他们懒，还为了取乐。醒醒，巴希拉。这个尖刺的东西是用来干什么的啊？"

巴希拉半睁开眼睛——他非常困倦了——恶狠狠地眨了眨。

"人类造这个是为了刺进海瑟子孙的脑袋，这样血就会泼溅出来。我曾在我们笼子前面乌代浦的街上看到过类似的场面。那东西尝过许多海瑟族民的鲜血。"

"但为什么他们要刺进大象的脑袋里呢？"

"为了教大象学会人类的法则。人类没有爪子和牙齿，就造了这些东西——还有更糟的呢。"

"每当走近人类，甚至是靠近人类的东西都会看到更多的鲜血，"

莫格里厌恶地说，他有一点儿厌烦了刺棒的重量，"要是我知道这个，我就不会拿着它了。先是梅苏阿的血沾在皮绳上，现在是海瑟的血。我再也不用这个东西了。看！"

刺棒亮闪闪地飞了起来，尖朝下落在三十码开外的树林里。"所以我的手和死撇清关系了，"莫格里说着摩挲着新鲜潮湿的泥土，"烂树根说死会跟随着我。他真是又老又白又疯。"

"白与黑也好，死与生也好，我睡了，小兄弟。我不能一晚上捕猎，又嚷叫整个白天，像某些家伙似的。"

巴希拉到两英里外他知道的一个捕猎洞去了。莫格里则简单得多，他在一棵方便休息的树上，把三四根爬藤系在一起，不多会儿，就在离地五十英尺的"吊床"上荡来荡去睡着了。尽管他并不是非常排斥强烈的日光，莫格里还是按照朋友们的习俗，尽量少利用白日。当他醒来的时候，又已是黄昏了，树上的居民们正高声啼叫着，而他则一直梦见那些扔掉的漂亮石头。

"最后我还想再看一眼那东西。"他说着从一根藤蔓上溜到地上，但巴希拉在他面前，莫格里听见他正在那昏暗的光下嗅着。

"那根尖刺的东西在哪里？"莫格里喊道。

"有个人拿走了。这是他的脚印。"

"现在我们倒要看看那烂树根说得是不是真的。如果那个尖刺东西是死，那个人就会死。我们跟上去吧。"

"先捕猎吧，"巴希拉说道，"肚空眼花。人都走得很慢，丛林很湿，足够保留最轻的脚印。"

他们虽很快捕食完毕，但当他们吃喝完毕回到脚印上时已是将近三个小时过去了。丛林居民都知道什么东西都无法补偿迅速进食。

"你觉得尖刺会在那个人手里转动然后杀死他吗？"莫格里问道，"烂树根说它就是死。"

"等我们找到，就会看到了，"巴希拉说着低头小跑，"只有一串脚印，"他是说只有一个人，"那东西的重量已经把他的脚跟深深压在地里。"

"嗨！这就像夏天的闪电一样清晰啊。"莫格里答道。他们看到斑驳的月光下出现了一些急速混乱的脚印，跟在那两只赤脚的脚印之后。

"现在，他跑得很快了，"莫格里说道，"脚趾分得开开的。"他们继续越过潮湿的地面，"现在，他为什么在这里换方向了？"

"等等！"巴希拉说着竭尽全力一跃跳到前面去了。当脚印消失时，首先要做的就是朝前跳，不要在地面留下你自己混乱的脚印。巴希拉落地后回过头面朝莫格里喊道："这里又来了一行脚印和他碰到一起了。这脚印小一些，这是第二行脚印，脚趾是向内的。"

莫格里于是跑过来看了看，"这是贡德猎人的脚印。"他说，"看！他在这里的草地上拉过弓。所以第一行脚印迅速转向边上去了。大脚印躲小脚印。"

"是这样，"巴希拉说道，"现在，为了避免脚印彼此重叠，我们把原来的脚印弄模糊吧，我们各自追踪一个脚印。我追大脚印，小兄弟，你追小脚印，就是贡德人的脚印。"

巴希拉跳回原来的脚印上，留下莫格里弯腰查看那些奇怪的小脚印，那些都是丛林里那个小个子的野蛮人留下的。

"现在，"巴希拉说着沿着脚印一步一步走，"我跟的这个大脚印在这里转向了。现在我躲在一块石头旁边，站着不能再走了。报告你的脚印，小兄弟。"

"现在，我跟的小脚印到了岩石这里。"莫格里说着在脚印上跑起来。"现在，我坐在石头下面，靠在右手上，把弓放在脚趾之间。我等了很久，因为这里的脚印很深。"

"我也是。"巴希拉说着躲在岩石后，"我等着，把尖刺的一端放在石头上。它滑了一下，因为石头上有擦痕。报告你的脚印，小兄弟。"

"一根、两根小树枝和一根大树枝在这里折断了。"莫格里低声说道，"现在，我该怎么说呢？啊！又清楚了。我这个小脚印走开了，弄出很多踩踏声，好让大脚印听见。"他从岩石旁边走开，在树林里一步一步挪动，他的声音在远处响起，他走到一个小瀑布旁边了，"我——走得很远——这里——瀑布——的声音——盖住了——我的——声音；我——就在——这里——等待。报告你的脚印，巴希拉，你的大脚印！"

黑豹往各个方向跳跃好查看大脚印是如何从岩石后走开的。然后他说："我从岩石后面跪着爬出来了，拖着那个尖刺的东西。谁也没看见，我就跑了。我的大脚印跑得很快。脚印很清楚。各自追踪各自的脚印。我跑了！"

巴希拉沿着清晰的脚印狂奔，莫格里则循着冈德人的脚印疾走。丛林里一时之间只有静寂。

"你在哪里，小脚印？"巴希拉喊道。莫格里的声音在右边不到五十码的地方回应。

"唔！"黑豹深深咳嗽一声，"这两个脚印并肩在跑啊，离得越来越近了！"

他们又全速跑了半英里，一直保持着同样的距离，莫格里的头不像巴希拉离地那么近，他喊道："他们碰到一起了。大战一场——瞧！小脚印站在这里，一只膝盖抵着石头——那边正是大脚印！"

在他们前面不到十码的地方，一具尸体横躺在一堆碎石上，是本地区的一个村民，一支长长的装饰着小羽毛的冈德箭从胸口射到后背。

"烂树根又老又疯吗，小兄弟？"巴希拉柔声说，"最终，这里死了一个。"

"继续跟着。但那个饮象血的东西——那根红眼刺棒去哪儿了？"

"可能是小脚印拿走了。现在又只有一行脚印了。"

那个脚印是一个体重很轻的人留下的，他一直跑得很快，左肩负重，绕着长长的、低矮的枯草前进，那里留下的脚印对于眼尖的追踪者来说，就像烙在火红的铁上一样清晰。

一直到脚印跑进峡谷里一堆篝火灰烬上，谁都没有说话。

"又是一个！"巴希拉停住脚步，仿佛变成了石头，僵硬地说道。

冈德人干瘪的尸体躺在那里，脚还伸在灰烬里，巴希拉诧异地看着莫格里。

"是用竹子杀死的。"男孩看了一眼之后说，"我在人类中放牧水牛时用过那样的东西。眼镜蛇之祖——我真后悔我嘲笑他——很了解人类，我本该也这么了解的。我是不是说人类因为懒而杀生？"

"确实如此，他们为了一些红石头、蓝石头就杀生。"巴希拉回答道，"记住，在乌代浦的时候，我关在国王的笼子里。"

"一个、两个、三个、四个脚印，"莫格里说着在灰烬上弯下腰，"是四个穿钉鞋的人的脚印。他们跑得没有冈德人快。现在，樵夫又对他们要了什么诡计？瞧，他们五个人在一起说话，站了起来，然后就杀了他。巴希拉，我们回去吧。我肚子吃得很饱，又像是一只金莺的巢挂在树枝上上下摇晃一样。"

"让猎物溜掉可不算打了好猎。跟上！"黑豹说道，"那八只穿钉鞋的脚没有走远。"

整整一个小时，他们沿着四个钉鞋留下的宽阔脚印，谁也没有说什么。

现在天亮了，阳光刺眼，巴希拉说："我闻到烟味了。"

"人类总是更关注吃，而不是奔跑。"莫格里答道。他在矮灌木丛中跑进跑出，察看这片新丛林。巴希拉在他左边一点儿的地方，喉咙里发出难以形容的声音。

"这里有一个，他在吃东西时就丧命了。"他说。灌木丛下躺着一具尸体，像一捆色彩艳丽的布料一样，周围撒了一地面粉。

"又是用竹子杀死的。"莫格里说道，"瞧！那白粉末就是人类吃的东西。他给他们弄食物的时候，就把他杀死了，留给鸢鹰吉尔当猎物。"

"这是第三个了。"巴希拉说。

"我要带着新生的大青蛙去见眼镜蛇之祖，把他喂得肥肥的。"莫格里自言自语，"饮象血的东西就是死亡——但我还是不明白！"

"跟上！"巴希拉说。

他们走了不到半英里，就听见乌鸦在一棵柽柳上高唱死亡之歌，树下躺着三具尸体。一堆几乎熄灭的火在他们圈成的圈子中央冒烟，火上面的铁板上盛着一块烧得黑漆漆的死面面包。靠近火堆的地方，那根镶嵌着红宝石和绿松石的刺棒正在阳光下闪闪发光。

"事情发展得还真快，一切再次终结。"巴希拉说道，"这些人又是怎么死的呢，莫格里？哪个人身上都没有痕迹。"

丛林居民必须像医生了解有毒植物和浆果一样尽可能多地学习经验。莫格里嗅着火堆里升起来的烟，掐了一小块黑面包，尝了一口，又吐了出来。

"死亡之果啊！"他咳嗽道，"最先死的那个人一定是在食物里做了手脚，但这些人杀死了他，之前他们还杀死了冈德人。"

"确实是场精彩的捕猎啊！杀戮跟得这么紧。"巴希拉说。

丛林里把曼陀罗称作"死亡之果"，它是印度最见效的毒药。

"现在呢？"黑豹说道，"你我也要为那根红眼杀手彼此捕杀吗？"

"它会说话吗？"莫格里小声说道，"我把它扔掉是不是做错了？它在我们俩之间不会起什么冲突，因为我们又不要人类想要的东西。要是把它留在这里，它肯定会继续一个接一个地杀人，就跟疾风吹落坚果一样快。我不爱人类，就算这样我也不想让他们一夜之间就死了六个。"

"那又算得上什么？他们只是人而已。他们互相屠杀，还以此为乐。"巴希拉说道，"那第一个小个子的人捕猎就很顺利嘛！"

"他们还是小崽子呢，只有小崽子才会因为咬水里的月亮而淹死。是我的错。"莫格里说着就像是洞察了一切事情，"我再也不会把怪东西带进丛林里了——就算他们和花一样美也不带。这个，"他小心翼翼地握着刺棒，"就回到眼镜蛇之父那里去吧。但我们得先睡一觉了，我们可不能睡在这些死尸边上。我们还要把它埋起来，免得它又跑掉杀死另外六个人。到那棵树下给我挖个坑吧。"

"但是，小兄弟啊，"巴希拉说着移步到了树下，"我跟你说不是这个饮象血的东西的错。麻烦是人自己惹的。"

"都一样，"莫格里说道，"把坑挖得深一点儿。等我睡醒，我要把它挖起来带回去。"

两夜之后，白眼镜蛇正因为受掠而羞愧，他独自坐在地下室的黑暗中哀痛万分，一根镶嵌着绿松石的刺棒飞过墙上的窟窿，"砰"的一声撞在地上的金币堆中。

"眼镜蛇之祖，"莫格里说（他小心地伏在墙的另一端），"到你的族中找一个年轻成熟的帮助你来看守国王的珍宝吧，这样就没有人能活着走出来了。"

"啊哈！它又回来了。我说过这东西就是死。你怎么可能还活着呢？"老眼镜蛇说话含糊不清，将身体充满疼爱地缠在刺棒手柄上。

"凭赎买我的公牛起誓，我也不知道！那东西一晚捕杀了六次。别再让它出去了。"

小猎手之歌

在孔雀摩尔振翅之前，在猴民叫喊之前，
在鸢鹰吉尔俯冲下来之前，
丛林里悄悄掠过一个影子、一声叹息，
他是恐惧，噢，小猎手，他是恐惧！

林间空地一个守候的影子轻轻跑来，
那私语在远近扩散；
你额上有汗，因为他正经过你身旁，
他是恐惧，噢，小猎手，他是恐惧！

在月亮爬上群山之前，
在岩石被照亮之前，
往下的路径潮湿阴郁，
从你身后传来沉重的鼻息，
穿过了夜空，
那是恐惧，噢，小猎手，那是恐惧！

你跪下拉弓，呼啸的箭射出，
长矛投向空荡的密林；
但你的手松弛又虚弱，鲜血流下了

你的脸颊，
那是恐惧，噢，小猎手，那是恐惧！

乌云聚集着暴风雨，
松树被劈断倒下，
炫目轰鸣的暴风雨转向鞭打；
雷声中响起一个
压倒一切的声音，
那是恐惧，噢，小猎手，那是恐惧！

现在洪水拦住了，却仍然很深；
现在无根的卵石跳起来了，
现在闪电照亮了最细小的叶子脉络，
但你的喉咙干涸了、闭上了，
你的心击打着胸膛，
捶响一个声音：恐惧，噢，小猎手——这是恐惧！

◎ 红　狗

为了我们不眠的美好夜晚，

为了迅速奔跑的夜晚，

范围大点儿，看得远点儿，大猎一场，巧妙设计！

为了黎明的气息，晨露还没消散！

为了穿越迷雾，猎物乱窜！

为了伙伴的呼叫，小鹿走投无路、团团乱转，

为了这骚乱的夜晚！

为了日间在洞口安睡！

我们遇见了，我们去战斗。

大声喊吧！噢，大声喊吧！

　　丛林扩展到村庄之后，莫格里人生中最快乐的时光就开始了。他很明白自己替丛林讨了账；整个丛林都是他的朋友，并且还有点儿怕他。他从这里的居民逛到那里的居民那里，有时带着四兄弟，有时不带，他所做的事、所见所闻能讲出许多许多故事，每一个故事都和这个故事

一样长。他是如何遇上曼德拉疯象的，那疯象杀了二十二头拉着十一辆运送银币到国库的公牛，光亮的银币都撒落在了尘土里；他是如何与北方沼泽的鳄鱼加卡拉搏斗了一整夜，在那畜生的后背上砍断了他的剥皮刀；他是如何从一个被野猪杀死的人的脖子上得到一把更长的新刀的，然后又如何追赶那野猪并将之杀死以作为得到那把刀的代价的；他是如何在一次大饥荒中困在鹿群中，那疯狂奔跑的鹿群几乎将他踩死；他是如何将沉默的海瑟从底部安有尖桩的陷阱中救出来的，第二天，他自己坠入一个设置非常狡猾的捕豹陷阱，海瑟又是如何在他头顶将木桩击成碎片的；他是如何在沼泽中帮野水牛挤奶的，他是如何——这些我都不会告诉你。

但我们可以一次讲一个故事。狼爸爸和狼妈妈都死了，莫格里滚来一块大石挡住山洞口，为他们唱了死亡之歌；巴鲁老了，身体也变坚硬了，就连胆硬如刚、肌肉结实如钢铁的巴希拉在捕猎时身影也没有以前那么敏捷了。阿凯拉年纪很大了，毛皮也从灰色变成了奶白色；他的肋骨都戳出来了，走起路来就像木头般僵硬，都是莫格里来帮他捕猎。但习欧尼解散的狼族的小狼们却长大了，数量也增加了，他们的数量达到了四十只，群狼无首，却都是嗓音洪亮、腿脚灵便的五岁狼。阿凯拉告诉他们应该自己组织起来，遵守丛林法则，跟随一个头领，这样才算是自由狼族。

这件事莫格里并没有考虑过，因为正如他所说的一样，他曾吃过苦果，而且他也知道苦果挂在哪棵树上。但是当法奥纳的儿子法奥（在狼族还是阿凯拉统领时，法奥纳的父亲就是专管跟踪的灰狼）通过搏斗取得了狼族首领的位置，根据丛林法则，古老的呼唤和歌谣又一次在星空下响起来了，莫格里也来到议会岩追寻往日的回忆。当他说话的时候，狼族都听着，直到他说完，他坐在法奥头上的那块岩石上，阿凯拉坐在他的身边。那些日子捕猎顺利，睡眠也安稳。没有陌生者敢闯入属于莫格里手下狼族的这片丛林里，而别的丛林居民也正是这样称呼狼族的，小狼们长得又肥又壮，很多狼崽被带来让大家过目。莫格里总要出席这种过目仪式，他还记得那天晚上一只黑豹将这个光溜溜的棕色小娃娃买进了狼族，还有那长长的号子，"看吧，看清楚了，噢，狼族成员们。"那让他的心跳得厉害。除此之外，他都和四兄弟一起待在丛林里远远的地方，品尝、触摸、观察和感觉新东西。

一个傍晚，他悠闲地小跑着穿过山脉去给阿凯拉送他捕杀的半只雄鹿，四兄弟跟在他身后慢跑，他们不时打闹取乐。莫格里听见一阵喊叫，那叫声自从希尔汗称霸的可怕岁月结束以来，他就再也没有听过了。那种叫声在丛林里称之为嚎，是当胡狼跟在老虎后面捕猎或者正进行大捕杀时才会发出的可怕尖叫。要是你能想象仇恨、欢欣、恐惧和绝望掺杂在一起，中间还夹杂着一种鄙视，你就对嚎有了些概念了，那叫声起起落落，摇曳着、颤抖着，远远穿过威冈加。四兄弟顿时停了下来，毛发倒竖，呜呜怒嗥。莫格里伸手去够他的刀，他检查了一下，血脉贲张，眉头紧锁。

"还没有带条纹的家伙敢在这里捕猎。"他说。

"这可不是领头的家伙在叫，"灰兄弟答道，"这是某种大捕杀。你听！"

那声音又响起来了，半是呜咽半是嬉笑，就好似胡狼也有了人类那般柔软的嘴唇。接着莫格里深吸一口气，跑去议会岩，一路超越那些急匆匆赶路的狼族。法奥和阿凯拉都在议会岩，而他们的下方，其他的狼都绷紧了神经。狼妈妈和狼崽们跑回了他们的兽穴，因为叫声起时，弱者可不能待在外面。

除了威冈加河水在黑暗中汩汩流淌的声音之外，他们什么也听不见，轻柔的夜风吹拂过树梢，直到河面突然传来一声狼嚎的声音。那不是本族的狼，因为本族的狼都聚在议会岩了。那声音变成了一声长长的绝望的呼喊。"野狗！"他说道，"野狗！野狗！野狗！"他们听见疲累的脚步踏在岩石上，接着一只枯瘦的狼扑进了他们围成的圈子里，躺在莫格里脚下大口喘气，他两侧都是血红的印痕，右前爪废了，下巴上都是白沫。

"祝捕猎顺利！你的头领是谁？"法奥郑重地说。

"祝捕猎顺利！我是万托拉。"这就是回答了。他的意思是说他是一只独行狼，养活他自己和某个单独山洞里的妻子和狼崽，就和南方的很多狼一样。万托拉的意思就是族外兽的意思——也就是远离任何族群之外。他喘着气，狼群能看见他的身子随着心跳前后晃动。

"是什么动静？"法奥说，嚎叫声响起后整个丛林都会问这个问题。

"是野狗，是德坎的野狗——红毛狗，杀手！他们从南方到北方来，说德坎空了，还一路捕杀。当这轮月亮还是新月的时候，我还有四个家属——我的妻子和三个狼崽。她会教狼崽们到草原上捕杀，躲起来进攻公鹿，我们狂野的动物都这么做。午夜时，我还听见他们在一起，一路说着话跟踪猎物。但晚风吹起时，我发现他们都硬邦邦地倒在草地上——四个啊，自由狼族们，新月时还有四个啊。接着我顺着他们的鲜血找到了野狗。"

"有多少只？"莫格里很快地问。狼群喉咙里都发出了低沉的嚎叫声。

"我不知道。他们当中有三个不想再猎杀了，但最后他们像追赶公鹿一样追赶了我，他们撞击我的三条腿。看啊，自由狼族们！"

他伸出血肉模糊的前腿，上面都是黑色的血痂。他身体一侧下方被凶残地咬过，喉咙也破了，声音焦急。

"吃吧。"阿凯拉说着从莫格里带给他的肉上抬起头，那族外兽就扑了上去。

"这不会白费的，"他赶走了最初那阵饥饿感后低声下气地说道，

"给我一点儿力气吧，自由狼族们，我也会捕杀。我的巢穴都空了，但新月的时候还是满的呢，血债都还没偿呢。"

法奥听见他的牙齿咬着一根臀骨咔嚓作响，于是赞许地咕噜着。

"我们需要这样的嘴巴，"法奥说道，"那些野狗有崽子吗？"

"不，没有。都是些红猎手。他们族群里都是成年狗，都在德坎吃蜥蜴吃得又沉又壮。"

万托拉意思是说德坎的那些红色野狗正在行进着猎杀，狼族都很了解，就连老虎都要把新捕获的猎物献给野狗。他们径直冲过丛林，不管碰到什么都会扑倒撕个粉碎。尽管他们体形没有狼大，狡猾程度也不及狼的一半，但他们很强壮，数量也很多。比方说，野狗没聚到一百只的话，是不会称自己为一个族群的；而说实在的，四十只狼就是一个很大的族群了。莫格里曾在德坎丘陵地带边缘的高草丛中闲逛过，他见过那些无畏的野狗在小洼地和草丛中睡觉、玩闹和抓挠，那里就是他们的兽穴。他鄙视他们、憎恨他们，因为他们的气味和自由狼族不一样，因为他们不在山洞中生活，最主要的是，因为他们脚趾缝里有毛，而莫格里和他的朋友们脚趾都很干净。但他也知道，海瑟曾告诉过他，野狗捕猎群是多么的可怕。就连海瑟也要从他们的路线上让开，直到他们被杀死了，或是猎物不好找了，他们才会离开占领的地方。

阿凯拉对野狗也有所了解，他平静地对莫格里说："死在一个狼群里比没有头领和孤身一人要强。这将是一场大猎，而且——也是我最后一次捕猎了。但是，因为人类会活着，你还有很多个日日夜夜要过，小兄弟。去北方躺下来吧，要是野狗过后，还有活着的动物，他就会给你带来战斗的消息。"

"啊，"莫格里小声严肃地说道，"狼族在下面搏斗的时候，难道我必须要去沼泽捉小鱼，睡在树上？难道我必须寻求猴民的帮助来砸坚果？"

"那可是会死的，"阿凯拉说道，"你从没见过野狗，那些红杀手。就连那些带条纹的家伙——"

"啊呜！啊呜！"莫格里轻轻说道，"我杀过一只带条纹的傻瓜，我深信如果希尔汗嗅到三个山头以外野狗的气息，他肯定会抛下自己的妻子对付野狗，自己去找吃的。现在你听好：我的父亲是一只狼，我的母亲也是一只狼，还有过一只灰狼（不是很聪明：他现在毛发都白了）是我的父亲和母亲。所以我——"他提高声音，"我要说等野狗来了，如果野狗来了的话，莫格里和自由狼族是一族，对付那场捕猎；我还要说，凭赎买我的公牛起誓——凭从前巴希拉赎买我的那头公牛起誓，这些你们狼族都不记得了——我要说，如果我忘了，树林和河流会听见我的话并记住；我要说我的刀就是狼族的牙齿——而且我觉得它一点儿都不钝。这就是我要许下的承诺。"

"你不了解野狗，你只是个会讲狼语的人。"万托拉说道，"我只希望能在他们将我撕成碎片之前偿清血债。他们走得很慢，一边走一边赶尽杀绝，但两天之后，我就能恢复一点儿力量，我会转头讨还血债。但你们这些自由狼族，我要说的是你们先去北方吃点儿东西，等野狗走开吧。这次捕猎中可没有肉吃。"

"听听这个族外兽说的！"莫格里大笑，"自由狼族们，我们必须到北方去，到河坝上刨些蜥蜴啊、老鼠啊吃，以免万一碰到野狗就糟了。野狗会将我们猎场的猎物赶尽杀绝，而我们却躲藏在北方，直到野狗高兴了把我们的猎场还给我们为止。不过是一只狗——还是只狗崽——红毛、黄肚子，没有兽穴，每个脚趾缝都长着毛！他在垃圾堆清点自己的六到八只小崽，就好像他是跳跃的小老鼠吉凯一样。我们当然必须离开，自由狼族们，我们还要乞求北方的兽民允许我们吃些死牲口肉！你们知道那句谚语：'北方是害虫，南方是虱子，我们是丛林。'你们选吧，噢，选吧。这会是场大猎！为了狼族——为了整个狼族——为了兽穴和褥草；为了在猎场里和猎场外的捕猎；为了追赶母鹿的妻子和山洞里的小幼崽；迎战！迎战！迎战！"

狼族低沉轰鸣的回应在黑夜里听来就像是一棵大树倒了下来。"迎战！"他们大吼。"和他们在一起，"莫格里对四兄弟说，"我们需要每一只狼。法奥和阿凯拉必须准备好迎战。我去清点那些野狗的数目。"

"真是送死啊！"万托拉半抬起身子喊道，"那个没有毛的家伙怎么能抵挡红狗啊？就连那带条纹的家伙都……记住啊——"

"你确实是族外兽。"莫格里大喊回应，"等野狗都死了，我们再来说。祝大家都捕猎顺利！"

莫格里快速离开，走进了黑暗中，激动得要发狂，连哪里落脚都看不真切了，其结果自然是他绊倒在卡奥盘着的巨大身子上，那大蛇正躺着守望着河边鹿群踏过的小路。

"咔！"卡奥生气地说道，"这是丛林的方式吗？又踩又踩，扰乱了一晚上的捕猎——当捕猎是这么顺利的时候。"

"是我的错，"莫格里爬起来，"我确实是在找你，扁头蛇，但每次见你，用我的胳膊来量，你都长长了，长粗了。丛林里再没有像你这么聪明、年长、强壮的了，你真是最美的。"

"这条路是通往哪里的？"卡奥的声音温和了些，"不到一个月之前，一个带刀的人冲我的脑袋扔石头，还叫我是小树猫，就因为我躺在旷野里睡觉。"

"啊，还把鹿群赶得到处乱跑，那是莫格里正在捕猎呢，只是这同一只扁头蛇，耳太聋听不见他的口哨声，让鹿跑了。"莫格里坐在那色彩斑斓的蛇身中间沉着回答。

"现在，这同一个人又对同一只扁头蛇讲起了温柔动听的话，说他聪明、强壮又漂亮，于是这只扁头老蛇信以为真就和那个扔石头的人和解了，那么——你现在舒服了？巴希拉能给你提供一个这么舒服的休息场所吗？"

卡奥和往常一样，在莫格里的重量之下把自己变成了一种柔软的吊床。男孩在黑暗中伸出手，抱住卡奥那电缆一样柔软的脖子，直到卡奥把头靠在他的肩膀上，然后把晚上丛林里发生的事都告诉了他。

"我也许很聪明，"卡奥最后说道，"但我肯定是个聋子。不然我也听见那嚎叫了。食草动物们都很不安，我也没有惊讶。这些野狗数量有多少？"

"我还没有见着。我匆匆忙忙赶来找你，你比海瑟年长。但是，哦，卡奥啊，"莫格里高兴地扭动起来，"这将是一场大猎啊。我们没几个能见着明天的月亮了。"

"你要参加这次捕猎吗？记住你是个人啊，记住狼族把你赶出来了。就让那些狼去对付野狗吧。你是个人。"

"去年掉落的坚果今年会化成黑土。"莫格里说道，"我确实是人，但今天晚上我说过自己是狼。我要河流和树林都记住，我属于自由狼族，卡奥，直到野狗离去。"

"自由狼族，"卡奥嗤之以鼻，"我看是自由盗贼吧！你为了纪念那些死去的狼，就给自己打了个死结吗？这可不是什么有利的捕猎。"

"这是我许下的诺言。树林听见了，河流听见了。野狗不走，我绝不会收回自己的承诺。"

"嘘！这可改变了所有的路线啊。我还想带你和我一起去北方的沼泽呢，但是诺言就是诺言，哪怕是一个小小的、光溜溜的、连毛都没有的小人儿许下的诺言。现在我卡奥要说——"

"想清楚了，扁头蛇，免得你把自己也打进死结了。我并不需要你付出承诺，因为我很了解——"

"那就这样吧，"卡奥说道，"我不许什么诺言；不过野狗来的时候，你准备做什么呢？"

"他们必定要从威冈加河游过，我想带着刀在浅滩迎战他们，狼族也会跟在我后面；我们就这样扎扎刺刺，可能会让他们掉头往下游去，或者让他们嗓子冷静下来。"

"野狗是不会掉头的，他们的嗓子也很热。"卡奥说道，"等这场捕猎结束，再没有什么小人儿和狼崽了，留下的只有一堆堆枯骨。"

"啊呀呀！如果我们会死，那就死好了。这将是最震撼的一场捕猎了。但我的胃还很嫩，经过的雨季也不多。我不聪明，也不强壮。你有什么更好的计划吗，卡奥？"

"我见过几百个雨季了。海瑟还没长出乳白色的象牙之前，我在灰土里留下的足迹就很宽了。凭我的第一枚蛇蛋起誓，我比很多树的年纪还大，丛林里发生的一切我都经历过。"

"但这次捕猎却是全新的，"莫格里说道，"以前还从没有野狗踏进我们的丛林。"

"那也发生过的。即将发生的事不过是遗忘年月的事又重新发生了。别作声，听我数数我经过的岁月。"

很长一段时间，莫格里仰躺在蜷着的蛇身中，而卡奥则脑袋一动不动地躺在地上，回想着自己从蛇蛋出世以来所有见到的和听到的事情。卡奥眼里的光芒熄灭了，看起来就像是陈旧的猫眼石，脑袋僵直着，时不时左右摇晃，就像正在睡梦中捕猎一样。莫格里也静静地打起了瞌睡，因为他知道在捕猎前没有什么能比得上睡觉了，他已经训练得不管白天黑夜任何时间都能入睡。

然后他感觉卡奥的脊背在他身下变得越来越大，越来越宽，因为那巨蟒鼓起了身子，"嗖"的一声，就像是利剑从钢鞘中抽出。

"我见识过所有死亡的季节，"卡奥后来说道，"那些大树，那些老象，还有苔藓长出之前光秃秃的尖角岩石。你还活着吗，小人娃？"

"月亮才刚落，"莫格里说道，"我不懂——"

"嘘！我又是卡奥了。我知道不过过了一小会儿。现在我们去河边，我来让你见识一下怎么对抗野狗。"

他像一支笔直的箭，向威冈加河主河道转过身，从淹没了和平岩的池塘上游不远处扎进水里，莫格里则跟在他旁边。

"不，不要游。我走得快。到我背上来，小兄弟。"

莫格里左臂环住卡奥的脖子，右臂紧紧垂在身旁，伸直了腿。接着卡奥就迎着水流游去，这只有他能做得到，溅起的水波竖起来，在莫格里脖子周围形成浪花，他的脚在巨蟒摆动的身下的旋涡里摆动。和平岩往上一两英里的地方，威冈加河变窄收缩进一个八十到一百英尺高的花岗岩峡谷里，水流就像磨坊水车的水一样从各种奇形怪状的、可怕的岩石中间和上方流过。但莫格里一点儿也不怕这水，世上很少有什么水能让他感到一丝一毫的恐惧。他看着两边的峡谷，心神不宁地嗅着，因为空气中一种酸酸甜甜的味道，很像是热天一个巨大的蚂蚁窝的气味。他本能地缩在水下，只不时抬起头来换气，卡奥将身子在一块淹在水下的岩石上缠了两圈，停在那里，将莫格里放在盘着的圈中，而水流则继续奔涌。

"这里是死亡之地啊，"男孩说道，"我们来这里干什么？"

"他们都睡了，"卡奥说道，"海瑟不会躲避带条纹的家伙。但海瑟和带条纹的家伙却都会躲避野狗，据说野狗不会躲避任何东西。而岩石中的小居民又会为谁而躲闪呢？告诉我，丛林主人，谁是丛林主人。"

"他们，"莫格里小声说道，"这里是死亡之地。我们走吧。"

"不，看仔细了，因为他们还在睡觉。这里跟我只有你手臂那么长时还是一样。"

自从丛林形成，威冈加峡谷的这些饱经风雨、满是裂缝的岩石就为岩石中的小居民——忙碌凶猛的印度黑野蜂——所用了；莫格里也非常清楚，所有的路在距离峡谷还有半英里的地方都会转向。几百年来，小居民们在一条又一条的岩石裂缝中筑巢聚集，把白色的花岗岩上都涂满了陈旧的蜂蜜，把他们的蜂巢在岩洞的里面建得又高又深，那里不管是人是兽，是火是水都够不到。峡谷两边长长的岩壁上悬满了黑黑的闪闪发光的天鹅绒帘幕，莫格里看着就缩起身子，因为那是数不清的野蜂聚在一起睡觉。岩石表面还镶嵌着其他团团块块、花彩形的物体，还有些类似烂树干的东西，是建在峡谷无风处的旧蜂巢和新蜂巢。大块的像海绵一样腐烂的垃圾滚落下来，卡在岩石表面附着的树枝和藤蔓之间。莫格里听了听，不止一次听见装满蜂蜜的蜂巢从黑暗峡谷某处沙沙滚落的声音；然后是愤怒的翅膀发出的嗡嗡声，浪费掉的蜂蜜发出沉闷地滴答声，滴落下来的蜂蜜在空中某个岩石尖角溢满了，就顺着树枝缓缓流下来。在河边有一块小小的不足五英尺宽的沙滩，那里堆着高高的数不清有多少年的垃圾。有死掉的蜜蜂、废弃物、旧蜂巢，还有飞来抢掠蜂蜜的蛾翅，都堆在一起，形成一堆堆平滑肥沃的黑土。仅是那刺鼻的气味就足以吓退任何没有翅膀的生物，让他们知道这些小居民是谁。卡奥又往上游移动，来到峡谷尽头处的一片沙洲上。

"这是他们这一季杀死的猎物。"他说道，"瞧！"岸上躺着一只小鹿和一只水牛的白骨。莫格里看出狼和胡狼都没有碰过那些骨头，他们很自然地躺在那里。

"他们越过了界线，他们不懂法则，"莫格里讷讷地说，"于是这些小居民就杀死了他们。趁他们还没醒，我们走吧。"

"天不亮，他们是不会醒的，"卡奥说道，"现在我来告诉你。很多个雨季之前，从南方来的一只雄鹿被追赶到了这里，他不了解丛林，一个兽群追上了他。雄鹿被恐惧蒙蔽了双眼，从上面跳了下来，那兽群追得发了狂，看不清道路，也只凭印象奔跑着。太阳当时还很高，小居民们数量众多，发了怒。兽群数量也很多，他们跳进了威冈加河，但还没沾到水就都死了。那些没有跳下来站在上面岩石上的也死了。但是雄鹿却活了下来。"

"怎么会？"

"因为他是最先跳下来的，他急于逃命，在小居民还没反应过来之前就跳了下来，等小居民聚集起来准备杀死猎物的时候他已经在河里了。兽群跟在后面，在那些小居民的重量之下全都死了。"

"雄鹿活下来了？"莫格里慢慢重复一遍。

"至少当时没有死，尽管谁也没有等他坠下来时用强壮的身子接住他，让他在水里生还，就像某个又老又肥、耳聋的黄扁头会等着一个小人儿一样——是啊，尽管所有的德坎野狗都跟在他身后。你在想什么？"卡奥的脑袋紧紧靠着莫格里的耳朵，男孩很快就回答了他。

"这简直就是在拉死神的胡子，但是——卡奥，你确实是丛林里最聪明的。"

"说了这么多。现在快看看，野狗是不是跟在你后面了——"

"我肯定他们会跟上的。嗮！嗮！我的舌头上可是有很多刺要刺进他们的皮里的。"

"要是他们发了狂，盲目地跟在你后面，只看着你的肩膀，那些在上面没有死绝的野狗就会在这里或下游下水，因为小居民会飞起来盖住他们。现在威冈加河缺水，也没有卡奥来接住他们，他们会往下走，如果能活着走到习欧尼兽穴旁边的浅滩，你的狼族就会用喉咙迎接他们。"

"啊嗨！哇哇！最好先别这样，等旱季下了雨才好。现在只有跑跳这种小把戏。我要让野狗都知道我，这样他们就会紧紧跟着我了。"

"你看见头顶那块石头了吗？从陆地那边伸过来的？"

"我还真没看。我都忘了这事。"

"去看看。那都是些腐土，裂了缝，到处是坑。要是你一只脚太笨没看见陷了下去，这场捕猎就结束了。听着，我把你留在这里，只是为了你，我才会给狼族传话，让他们知道去哪里寻找野狗。就我自己而言，我不属于任何狼族。"

要是卡奥不喜欢一个熟识的动物，他会显得比丛林里任何居民都更不高兴，或许要除去巴希拉吧。他往下游游去，在岩石的对面他赶上了正在聆听夜间声响的法奥和阿凯拉。

"嗞！狗儿们，"他愉快地说道，"野狗们会跑到下游来。要是不害怕，你们就可以在这片浅滩上杀死他们。"

"他们什么时候来？"法奥问道。

"我的人娃娃在哪里？"阿凯拉说。

"他们该来的时候就会来，"卡奥说道，"等着瞧吧。至于你们的人娃娃，你们从他那里得到了承诺，然后就把他留在死神面前，你们的人娃娃和我在一起，要是他还没死，你们就都没有任何过错，褪色狗！就在这里等着野狗吧，你们该庆幸人娃娃和我都站在你们这边战斗。"

卡奥又往上游闪去了，在峡谷中间停下来，朝上看着悬崖的轮廓。现在他看到莫格里的脑袋在星空下移动，接着空中响起嗖嗖声，一个身影敏捷利索地落了下来，先是两只脚，接下来男孩就又坐在卡奥身子绕成的圈里休息了。

"晚上我是不跳的。"莫格里平静地说，"我跳了两次只是为了取乐；但是上面是个很邪恶的地方——又是矮灌木，又是通往下面的深沟，里面全是小居民。我已经在三条深沟边把大石头一块块垒了起来。跑的时候，我可以用脚把石头踢下去，小居民发了怒就会飞起来跟在我后面。"

"这真是人类的说辞和人类的狡猾。"卡奥说道，"你很聪明，但小居民总会发怒的。"

"不会，黄昏的时候，远近所有有翅膀的动物都会休息一会儿。我就在傍晚和野狗玩耍，因为野狗在白天打猎最猛。他现在正跟着万托拉的血迹走呢。"

"吉尔不会放过一头死牛，野狗也离不开血迹。"卡奥说。

"然后我就给他做一条新的血迹，用他自己的血，如果我能做到，还给他些泥巴吃吃。你就待在这里，卡奥，直到我带着野狗回来，好吗？"

"是，不过要是他们在丛林里杀了你怎么办呢，或者是小居民在你还没跳下河之前就杀了你怎么办呢？"

"明天到来的时候，我们就为明天而捕猎，"莫格里说着引用了一句丛林俗语。然后又说："我死了，就唱起死亡之歌。祝捕猎顺利，卡奥！"莫格里松开抱着巨蟒脖子的胳膊，走下了峡谷，就像洪水中的原木一样，朝着远处的河岸走去，在那里他看见河水很静，于是高兴地大笑。就像他自己说的一样，最让他高兴的事就是"拉死神的胡子"和让丛林知道他是他们的领主。从前在巴鲁的帮助之下，他经常抢劫一棵棵树上的蜂巢，他知道小居民们痛恨野大蒜的味道。所以他就找了一捆，用树皮绳捆在一起，然后就循着万托拉的血迹走，那血迹从兽穴往南伸展，约有五英里长，他扭头看旁边的树林，一边看一边咯咯笑。

"我本是小青蛙莫格里，"他自言自语，"我也说过我是狼莫格里。现在我必须变成猿猴莫格里，然后是雄鹿莫格里。最后，我将变回人类莫格里。嗬！"他的大拇指沿着十八英寸长的刀锋抹了过去。

万托拉的足迹和黑色的血迹完全并到了一起，从一片茂密的树林下通过，朝东北方延伸开去，那血迹越来越淡，到了离野蜂岩不足两英里的地方。树林和野蜂岩之间是一片开阔地，那里几乎没有地方能藏得了一只狼。莫格里在树下走来走去，判断着树枝之间的距离，有时还爬到树上试着从一棵树跳到另一棵树上，一直跳到开阔地，他在那里仔细研究了一个小时。然后就转过身，在他离开的地方找到万托拉的足迹，爬到树上，那树有一根树枝伸展出来离地约有八英尺高，他静静地坐着，在脚跟上磨起了刀，自顾自地唱起歌。

离正午还有一会儿时间，阳光非常温暖，他听见疾速的脚步声，闻到令人厌恶的野狗群的气息，那些野狗正沿着万托拉的足迹凶神恶煞地跑过来。从上面看去，那只红毛野狗还不及一只狼的一半大，但莫格里知道他的腿脚和嘴巴有多有力。他看着那只一直沿着足迹嗅来嗅去的领头狗红棕色的尖脑袋，对他说了句："祝捕猎顺利！"

那畜生抬头看了看，他的同伴都在他身后止住脚步，那是好多只红狗，全都耷拉着尾巴，长着厚厚的肩胛、单薄的四肢和血盆大口。一般说来，野狗都是些不声不响的动物，他们即便是在自己的丛林里也没有规矩可言。莫格里身下聚集了足有两百只野狗，但他仍能看见打头阵的狗在万托拉的足迹上饥渴地嗅来嗅去，并试图把整个狗群带向前去。这绝对不行，不然天还大亮着，他们就要到达兽穴了，而莫格里想把他们拖在树下直到黄昏。

"是谁允许你们到这里来的？"莫格里说。

"所有的丛林都是我们的地盘。"一只野狗龇着白亮的牙齿回答。莫格里微笑着往下看着，然后惟妙惟肖地模仿着德坎那蹦蹦跳跳的老鼠吉凯的尖声吱吱叫，意思是要野狗明白他觉得他们并不比吉凯厉害。狗群朝树干靠拢，领头狗疯狂地大声吠叫，叫嚷着莫格里是树猿。作为回复，莫格里伸下一只裸露的腿，在领头狗脑袋上扭动他那光溜溜的脚趾。这就够了，还绰绰有余，这个举动早已把狗群刺激得狂怒了。那些脚趾缝长着毛的家伙很不愿别人提醒他们这一点。领头狗跳起来，莫格里就收回了脚，甜美地喊："狗儿，红狗！滚回德坎去吃蜥蜴吧。滚回你们兄弟吉凯身边吧，狗儿，红狗！每只脚趾缝都长着毛呢！"他再次扭动脚趾。

"趁我们没把你饿死之前，赶紧下来吧，没毛的猿猴！"狗群大叫大嚷，而这正是莫格里想要的效果。他顺着树枝躺下，脸颊贴着树皮，右臂闲着，他就在那里告诉狗群他对他们以及他们行为方式、习俗、伴侣、狗崽的看法。世界上任何语言都不如丛林居民表达轻蔑的语言那么充满深仇大恨，那么尖刻。当你开始思考这个问题的时候，你就会明白为什么必须这样做。正如莫格里告诉卡奥的那样，他的舌头下有很多小刺，他慢慢地、谨慎地把野狗从沉默不言逼得怒吼，从怒吼到嚎叫，又从嚎叫变成流着涎水嘶哑地狂吠。他们试图回应莫格里的嘲讽，而这个小娃娃在愤怒之下同样也会回应卡奥。莫格里的右手一直勾在腰侧，准备采取行动，他的双脚缠住树枝。那棕红色的领头狗在空中跳了许多次，但莫格里不敢冒险打他。最后，那狗发了狂，一反常态跳离地面七八英尺高。接着莫格里的手就像树蛇的头一样射了出去，紧紧抓住野狗的后颈，那狗下坠的重量震得树枝晃动起来，几乎把莫格里扭到地上去了。但他一直没有松手，他一点一点把野狗往树枝上拉，那野狗像只溺死的胡狼一样垂在空中。莫格里伸出左手去抓他的刀，砍掉了红狗红色的毛茸茸的尾巴，又把那狗扔回地上。这正是他想要的，这些狗群不会再追着万托拉的足迹前进了，除非他们咬死莫格里。另一种可能则是莫格里会杀掉他们。莫格里看见他们的腿哆嗦着，围成圈子，那意思是说他们要停在这里，所以他就爬上了一个更高的枝丫，脊背舒舒服服地靠在上面，睡起了觉。

三四个小时之后，他睡醒了，开始清点起狗群。所有的野狗都在那里，一声不吭，嗓子发干，眼神凶狠。太阳开始下沉了。半小时之后，岩间小居民们就要结束他们的劳作了，如你所知，野狗在傍晚时打不好仗。

"我不喜欢你们如此忠心地看守。"莫格里彬彬有礼地说着在树枝上站起身，"不过我会记住这一点的。你们都是忠诚的野狗，但在我看来，作为一个族群，你们数量太多了。因此，我不会把尾巴还给那吃蜥蜴的大家伙了。你是不是很不高兴啊，红毛狗？"

"我要亲自把你的肚子撕烂！"领头狗在树下又抓又刨地大叫。

"不要，但是想想看，德坎的聪明老鼠。那里将有很多只没尾巴的小红毛狗了，对的，只剩下红尾巴桩子，沙子滚烫时就刺痛。滚回去吧，红毛狗，去喊一喊说这是一只猿猴干的。你们不肯走？那就来吧，跟我来，我会把你们变得非常聪明的！"

他用猴民的方式移动到了下一棵树上，接着又下一棵再下一棵，狗群急切地昂着头跟在后面。他时不时假装摔倒了，而狗群急切地想要咬死猎物，就一只绊倒在另一只身上。那景象非常奇特——男孩带着刀，当刀从高处的树枝间露出来时，在西沉的太阳光中闪闪发光，而全身红毛、一声不吭的野狗跟在下面挤成一团。当跳到最后一棵树上时，莫格里拿出大蒜，仔细地涂满全身，那些野狗就轻蔑地吼叫起来。"讲狼语的猿猴，你想遮住自己的气味吗？"他们说道，"我们会死死地跟着你的。"

"来拿你的尾巴。"莫格里顺着前进的路途将那尾巴抛到了后面。狗群本能地朝尾巴冲去，"现在跟上吧——跟到死。"

他从树上溜了下来，不等野狗看清他要干什么，就一阵风似的光着脚朝野蜂岩冲去。

野狗低沉地嚎了一声，然后就开始了漫长而又缓慢的长跑，那种跑法最后能让任何奔跑的动物都精疲力竭。莫格里知道狗群的速度比狼族慢，不然他根本不会冒险在狗群的视线里跑上两英里。狗群笃定这男孩最终是他们的猎物，而男孩则确信他掌握了他们，随自己高兴任意玩耍。他所有的麻烦就在于他要让他们足够狂热地跟在他后面以免他们太早转向。他利索、平稳、轻快地奔跑着；而那无尾的领头狗就跟在他后面不到五码远的地方；狗群的队伍拖了大概有四分之一英里，捕猎的怒火令他们疯狂，蒙蔽了他们的目光。于是莫格里用耳朵来保持距离，储存着最后冲过野蜂岩的力气。

小居民们一到黄昏就去睡了，因为已经过了晚开花的季节了。但莫格里的脚步声一落在中空的地面上，他就听见一种声音，就像整个大地都在嗡嗡作响。接着他以这辈子从未有过的速度奔跑起来，将那三堆石块一脚踢下那黑魆魆散发着甜蜜味道的深沟。他听见一声咆哮，就像是大海在山洞里咆哮一样。他眼角余光瞥见身后空中变黑了。下面，远远的威冈加的河水中露出了那扁扁的钻石形状的脑袋。他使出全身力气跳了出去，那无尾的野狗在半空中咬了他的肩膀，接着他的双脚安全地落在水中，他累得喘不过气，却得意扬扬。他一口也没被蜇住，因为他在小居民中的那几秒里，他身上的大蒜气味阻止了他们。等他浮起来时，卡奥的身子稳稳扶住了他，而那些东西正从悬崖边缘跳落下来——一大团野蜂就像铅锤一样坠落下来。但不等任何一团东西碰到水面，野蜂就向上飞走了，野狗的身子于是就打着旋儿冲向了下游。他们听见头顶上短促的狂吼淹没在碎浪一样的轰鸣声中——那是岩间小居民振翅发出的轰鸣。一些野狗还掉进了与地下洞穴连在一起的深沟里，他们在那里翻滚的蜂巢间喘不过气，拼命挣扎，乱扑乱咬，最终，他们的尸体从河面某个空洞里钻了出来，身下是波浪般起伏的野蜂群，那些尸体滚到了黑色的垃圾堆上去了。有一些野狗跳得不远，落进悬崖上的树丛里，野蜂就遮盖了他们的形状；但更多的野狗因为蜇咬发了狂，冲进了河里，正如卡奥说的那样，威冈加河现在正缺水。

卡奥很快搂住莫格里，直到他呼吸平复过来。

"我们不能待在这里，"他说道，"小居民们确实飞起来了。走！"

莫格里尽可能地往深处游，潜在水下，他手握着刀，往下游游去。

"慢点儿，慢点儿，"卡奥说道，"一副牙口咬不死一百只，除非是眼镜蛇的牙，而且看到小居民飞起来，很多野狗都会迅速进入水里。"

"那我的刀就能派上更大用场了。呸！小居民是怎么跟上来的！"莫格里又潜下去。河面包着一层野蜂，发出低沉的嗡嗡声，叮咬着他们能找到的所有东西。

"别出声就什么事都没了。"卡奥说——没有什么能蜇透他的鳞屑——"你有整个晚上来捕猎。听听他们的嚎叫吧！"

有将近一半的野狗看见他们的同伴冲入了陷阱之中，他们突然转向一边从峡谷下降成陡峭河岸的地方跳入水中。他们愤怒地狂吼着，威胁着那令他们蒙羞的"树猿"，叫声中还夹杂着那些受到小居民惩罚的同伴的嚎叫。所有的野狗知道，待在岸上必死。狗群快速掠过河面，下到和平湖深深的旋涡里去，但就连那里也有愤怒的小居民追了上来，逼得他们又钻进水里。莫格里还听见那无尾领头狗的声音，他命令手下坚持住，将习欧尼所有的狼都赶尽杀绝。但莫格里没有把时间都浪费在倾听上。

"有什么东西在我们背后的黑暗中捕杀！"一只野狗狂吼道，"这里的水都弄脏了！"

莫格里像一只水獭一样潜水向前，在挣扎的野狗还没来得及张嘴之前就把他拖入水中，随着狗尸"扑通"一声浮上来，周围围绕着一个暗暗的圆圈。野狗们想掉头，但水流阻挡了他们，小居民蜇着他们的脑袋和耳朵，而在越来越浓的黑暗中，他们听见习欧尼狼族叫声越来越大，越来越低沉。莫格里又潜下水中，又一只野狗被拉了下去，死尸浮出水面，狗群后部爆发出喧嚣声；有些叫喊着最要上岸去，另一些则呼唤着他们的头领带他们回德坎去，还有一些则命令莫格里快现身受死。

"他们是带着两个肚子和几个嗓子来打架的啊。"卡奥说道，"其余的狗都在那边下游和你的兄弟们打在一起，小居民们回去睡了。他们追了我们这么远。现在我也要掉头了，因为我和任何一只狼都不是一族。祝捕猎顺利，小兄弟，记住野狗咬人无声。"

一只狼用三条腿沿着河岸跑过来，他跳上跳下，脑袋扭在一旁贴着地面，躬着背，猛地往空中一跃，就好像是在和自己的狼崽玩耍一样。

那是族外兽万托拉，他一句话也没说，只是继续在野狗旁边玩那可怕的游戏。野狗们在河里泡了很久了，游得筋疲力尽，皮毛湿透了非常沉，毛茸茸的尾巴像海绵一样垂在身后，他们又累又冷，因此也只是一声不吭地看着与他们并肩移动的那对亮闪闪的眼睛。

"这可不是什么顺利的捕猎啊。"一只狗喘着粗气说。

"祝捕猎顺利！"莫格里说着大胆地在那畜生的旁边浮起来，把长刀从他肩后刺进去，用力地把他推开以免他垂死时咬上一口。

"你在那里吗，人娃娃？"万托拉隔着河面问。

"去问那些死狗吧，族外兽。"莫格里回答道，"没有谁来下游吗？我给这些狗的嘴里塞满了泥土；白天我要了他们，领头狗连尾巴都丢了，不过这里还给你留了几只。我要把他们赶去哪儿？"

"我等着，"万托拉说道，"前面还有漫漫长夜。"

习欧尼狼族的嚎叫越来越近了："为了狼族，为了整个狼族，迎战！"河道的转弯把野狗们冲到沙子里和兽穴对面的浅滩上。

那时，野狗才看清自己犯了错。他们本该在半英里之前的上游就上岸，从干燥的地面冲向狼群的。现在已经太晚了，河岸上一行行冒火的眼睛，除了自日落起就没停歇过的恐怖狼嚎外，丛林里没有任何其他声音。看上去就像是万托拉奉承他们，要他们上岸一样。"掉头，抓住！"领头狗说。整个狗群都扑上了岸，摇摇晃晃蹚过浅滩，直到威冈加河水表面一片灰白，水花四溅，水波从一岸荡向另一岸，就像船头的波浪一样。野狗们随着波浪挤在一起，冲上河岸，莫格里也跟着那急流，又刺又砍着野狗。

接着，漫长的搏斗开始了，沿着那红色潮湿的沙滩，在缠成一团的树根上或树根之间，双方都竭尽全力，有时单打独斗、分散应战，或缩拢战线，或扩大阵地，在灌木丛中来回穿越，在草丛中钻进钻出。即便这时，野狗仍是以二敌一。但他们遭遇的是为整个狼族而战的狼群，不仅是狼族中那些高矮不一、胸膛厚实、白牙尖利的猎手，还有眼神焦灼的拉西尼——也就是兽穴中的母狼们，正如俗语所说——他们是为后代而战，间或还有一些一岁的小狼，他们初生的毛皮还是毛茸茸的，也在母狼身边拉扯。你要了解狼喜欢扑向对手的喉咙或是咬住侧身，而野狗则喜欢咬住肚子。因此当野狗挣扎着爬出水面，不得不抬起头时，狼族的胜算较大。但在干燥的陆地，狼族就遭了殃，但不管是在水中还是在岸上，莫格里的长刀来来去去一直没停过。四兄弟担心地来到他的身旁。灰兄弟伏在男孩两膝位置，保护着他的肚子，另外的几只就保护着他的脊背和两侧，或是在野狗叫喊着猛地跳起来，朝那稳稳的刀身扑过去猛撞，把他压倒的时候保护他。剩下的场面，则完全是一团混乱——一群紧紧咬在一起、摇摇晃晃的野兽沿着河岸从右边转到左边，又从左边转到右边，还慢慢地一圈圈往中间靠拢。那里有一堆上下起伏的东西，像是旋涡里的水泡，还会像水泡一样爆破，四五只咬得血肉模糊的狗被抛上去，每一只又都挣扎着想要回到中央；也有一只狼被两三只野狗压倒，费力地拖着他们往前去，当即就沉了下去；也有一只一岁的狼崽被四周的挤压举了起来，尽管他早已死去，但他的母亲却愤怒得发了狂，来回翻滚着、撕咬着继续搏杀；在最密集的野兽中间，或许有一只狼和一只野狗，他们忘了周围的一切，只想着怎么朝第一个可以抓住的东西冲过去，直到被一群狂怒的斗士卷走。莫格里又一次经过阿凯拉身边，他的两侧各有一只野狗，而他掉光了牙的大嘴还紧咬着第三只野狗的腰骨；还看见了法奥，他的牙齿咬着一只野狗的喉咙，他拖着那不甘心的野兽往前，直到那些一岁大的小狼结果了他的性命。但大部分的混战只是黑暗中盲目的骚乱。莫格里的周围、背后和上方，到处都是攻击、跌倒、嚎叫声、呻吟声还有撕咬——撕咬——撕咬。随着黑夜的结束，那快速、令人眩晕的厮打更加剧烈了。野狗们畏畏缩缩，不敢进攻那些更强壮的狼，但是又不敢逃跑。莫格里觉得马上就要结束了,就满足于只攻击那些跛脚狗了。一岁的小狼们胆子变大了,时不时也有了喘息的时间,还可以给朋友传个话,刀子一闪有时就能把一只狗掀翻。

"肉就挨着骨头了!"灰兄弟大喊。他身上有几十处伤口,鲜血直流。

"但是骨头还没碎,"莫格里说道,"啊哇哇!我们在丛林中就是这样干的!"那血红的刀刃像火焰一样沿着一只野狗的身侧划过,野狗的四肢被靠在身上的狼挡住了。

"是我的猎物!"那只狼皱着鼻子哼了一声,"把他留给我。"

"你的肚子还饿吗,族外兽?"莫格里说。万托拉伤得很严重,但还是紧紧咬着一只野狗,那野狗无法掉头够到他。

"凭赎买我的公牛起誓,"莫格里苦笑说,"这是那无尾的家伙!"那确实是那只棕红色的大领头狗。

"杀死幼崽和母狼可不明智啊,"莫格里像哲学家似的继续说着,从眼睛上拂去血水,"除非也杀了那只族外兽,而我想让万托拉杀了你。"

一只野狗跳过来援助他的头领,但不等他的牙齿咬到万托拉的身子,莫格里的长刀就刺进了他的喉咙,灰兄弟就带走了剩下的东西。

"我们在丛林里就是这样干的。"莫格里说。

万托拉一言不发,只是嘴巴紧紧地咬住那狗背上的骨头,慢慢失去活力。那野狗战栗着,头垂下去,躺着一动不动,万托拉也在他身上垂下了头。

"哈!血债偿清了,"莫格里说道,"唱那歌吧,万托拉。"

"他不能再捕猎了,"灰兄弟说道,"阿凯拉也是,要沉默很久了。"

"骨头咬碎了!"法奥那的儿子法奥大声吼道,"他们逃了!杀啊,赶尽杀绝,噢,自由狼族的猎手们!"

野狗们一只接一只从黑暗的、满是血迹的沙滩上溜回河里,溜回茂密的丛林里，到了上游或是下游去了，莫格里看见路上空荡荡的。

"血债！血债！"莫格里高喊道，"血债血偿！他们杀了独狼！一只野狗也不能逃走！"

他手握长刀扑到河里，拦堵任何敢钻到河里的野狗。这时，从堆在一起的九条死狗的尸体下露出了阿凯拉的脑袋和四肢，莫格里跪在那独狼的身边。

"我说过这不会是我最后一战吧？"阿凯拉喘着气，"真是一场大猎啊。你怎么样，小兄弟？"

"我还活着，杀了很多野狗。"

"就算这样，我还是要死了，我要——我要死在你的身边，小兄弟。"

莫格里把那伤疤累累的脑袋放在自己膝头，手臂环住那咬得稀烂的脖子。

"希尔汗称霸的日子已经过去好久了，那个人娃娃当时还光溜溜地在灰尘中打滚呢。"

"不，不对，我是一只狼。我和自由狼族同属一族。"莫格里哭喊道，"我不想当人！"

"你是人，小兄弟，是我看着长大的狼崽。你是一个人，不然狼族早从野狗面前逃走了。我的命是你的，而今天你又救了整个狼族，就像我曾经救了你一样。你忘了吗？现在所有的债都还清了。回你自己的族民中去吧。我再对你说一遍，我最爱的小家伙，这场捕猎结束了。回你自己的族民中去吧。"

"我永远也不会走。我要独自在丛林中捕猎。我说过的。"

"夏季过去是雨季，雨季过后是春天。回去吧，趁着还没赶你走。"

"谁要赶我走？"

"莫格里会赶莫格里走。回你自己的族民中去吧，回人类中去吧。"

"什么时候莫格里赶莫格里走了，我不走。"莫格里说。

"无须多言了，"阿凯拉说道，"小兄弟，你能扶我站起来吗？我也是自由狼族的头领啊。"

莫格里非常小心温柔地把那些死尸移到一边，然后扶着阿凯拉站了起来，双臂抱着他，那独狼深吸了一口气，唱起了狼族头领死前要唱的死亡之歌。他唱着唱着恢复了力量，声音越来越高，响彻了遥远的河对岸，直到唱到最后一句"祝打猎顺利"，阿凯拉抖了一下，立刻脱离了莫格里，他往空中一跃，背朝后落了下来，死在他身后也是最可怕的猎物身上。

莫格里脑袋耷拉在膝盖上坐着，不再关心周围的任何事，而那些残余的野狗正被毫不怜惜的母狼撞倒压在身下。那哭喊慢慢平息了，狼群一瘸一拐地回来了，他们伤口发紧，盘点着损失。狼族中有十五个成员，有六只母狼死了，躺在河边，剩下的狼没有一只没受伤。莫格里从头到尾坐着，直等到清冷的黎明到来，法奥湿湿的红鼻子伸到他的手上，莫格里抽回手指了指阿凯拉瘦削的遗体。

"祝捕猎顺利！"法奥说，就好像阿凯拉仍活着一样，接着他隔着自己咬伤的肩膀对其他狼说："嚎叫吧，野狗们！有只狼今晚死了！"

这些野狗曾吹嘘所有的丛林都是他们的地盘，没有动物能活着抵挡他们，但在这两百只打斗的野狗中，没有一只带着这句话返回德坎。

吉尔的歌

这首歌是大战结束之后，鸢鹰一只接一只落在河床上时吉尔唱的。

吉尔和谁都是好朋友，但内心深处他其实属于冷血的类型，因为他知道长远看来，丛林里所有动物几乎都是他的食物。

　　那些趁着夜色出发的，都是我的同伴。

　　（为了吉尔！看看你们，为了吉尔！）

　　现在我来吹响口哨，告诉他们战斗的结局。

　　（吉尔！先锋吉尔！）

　　他们从头顶传来消息，猎物刚杀死，

　　我又把消息传给脚下的他们，雄鹿在平原上。

　　这里是所有足迹的终点——他们再也不会说话！

　　他们高喊着捕猎，他们飞快地追赶，

　　（为了吉尔！看看你们，为了吉尔！）

　　他们逼得黑鹿团团转，趁他经过时将其扑倒，

　　（吉尔！先锋吉尔！）

　　他们落在气味后面，他们跑在前面，

　　他们躲开尖角，他们被压倒。

　　这里是所有足迹的终点，他们再也不能追踪了。

　　这些都是我的同伴。他们都死了，真可惜！

　　（为了吉尔！看看你们，为了吉尔！）

　　现在我来抚慰他们，他们也曾有过骄傲的时刻。

　　（吉尔！先锋吉尔！）

　　腹部粉碎，眼睛深陷，嘴巴张开，浑身血红，

　　他们孤孤单单地躺着，一动不动，瘦骨嶙峋，死亡已经降临。

　　这里是所有足迹的终点，这里让我们吃个饱。

◎春天的奔跑

人回到人那里去！整个丛林高喊着这个要求！
他是我们的兄弟，要走了。
现在，听啊，评判啊，噢，你们这些丛林居民，
回答啊，谁来让他转身，谁会留下来？

人回到人那里去！他在丛林里哭泣：
他是我们的兄弟，正伤心痛哭！
人回到人那里去！（噢，我们丛林居民都爱他！）
到了人类道路上，我们就不会再跟着了。

    红狗大战和阿凯拉死后的第二年，莫格里应该差不多十七岁了。他看起来长大了，因为经过了严格的锻炼，他吃着最好的食物，不管什么时候只要感觉有点儿热或是身上有点儿灰就去洗澡，这些赋予了他超越年纪的力量，使得他看起来也比实际年纪要大。他有时沿着树上的道路巡视，一次能用一只手在树顶上荡上半个小时。他能拦住一只疾

驰的年轻雄鹿，用头把他撞翻。他甚至能拉住北方沼泽地的蓝色大野猪。那些以前害怕他的聪明才智的丛林居民，现在也都害怕他的力气。当他有事悄悄走动时，只要轻轻叫唤一声他来了，树林间的道路马上就畅通无阻，虽然他的目光还是和以前一样温和。即便是在战斗中，他的目光也从不像巴希拉那么凶恶。他的眼神只会越来越来劲，越来越兴奋，而这则是巴希拉无法理解的。

巴希拉问起莫格里，那男孩笑着说："我要是错失了猎物，我就要饿肚子了。一想到我要饿两天肚子，我就会很生气。难道我的眼睛没有说明这些？"

"嘴巴会饿，"巴希拉说道，"但眼睛什么也不会说。捕猎、进食还有游泳，都一样——就像不管旱季还是雨季，石头都一样。"莫格里透过长长的睫毛慵懒地看着他，和往常一样，黑豹低下了头。巴希拉很了解他的主人。

他们躺在能俯瞰威冈加河的高高的山腰上，晨雾呈带状笼罩着他们身下白色的河流和绿色的树林。当太阳升起的时候，那雾变成了闪烁着金红色气泡的海面，翻腾着，低处的光芒在莫格里和巴希拉躺着的干草地上漏下斑纹。寒冷的天气就要过去了，虽然有些叶子都落尽了，有些树叶看上去干枯着，一有风吹过就沙沙作响。有一片小树叶嗒嗒嗒地拼命敲打着树枝，单独一片树叶被风吹后一般都会这样。那声音惊起了巴希拉，他嗅了嗅清晨的空气，发出一声深沉而空洞的咳嗽，仰躺着用前爪去抓头顶那片摇晃的树叶。

"季节要变了，"他说道，"丛林就要茂盛起来了。新的谈话时间就要到了，那片树叶就知道。这太好了。"

"草还是干枯的，"莫格里一边说一边拔起一撮草，"就连春之眼（那是一种小小的喇叭状蜡色的花朵，草地上到处都是）——就连春之眼都还没开，而且，巴希拉啊，一只黑豹这样躺着还用爪子像树猫一样在空中抓刨，真的好吗？"

"啊呜？"巴希拉说。他看上去像是在想别的问题。

"我说，一只黑豹这样张着嘴又是咳嗽又是嚎叫打滚的，真的好吗？记着啊，我们可是丛林主人呢，你和我。"

"确实如此，我听着呢，人娃娃。"巴希拉飞快地翻了个身坐起来，两侧蓬乱的黑毛上沾满了尘土（他才褪去冬天的毛），"我们当然是丛林主人了！谁能和莫格里一样强壮呢？谁有你这么聪明呢？"他的声音中有一种奇怪的东西，莫格里回头去看黑豹是不是在拿他取笑，因为丛林里有很多话听上去是一回事，实际却是另一个意思。"我说我们毫无疑问是丛林主人，"巴希拉又说了一遍，"难道我说错了？我还不知道人娃娃已经不会躺在地上了呢。那他会飞了吗？"

莫格里手肘抵着膝盖，看着晨光中的山谷。在下面某处树林里，一只鸟用他沙哑脆弱的声音唱出了春季歌谣的头几个音符，那不过是他稍后要亮开嗓门，清脆鸣啭的前兆，但巴希拉还是听见了。

"我说了新的谈话时间快到了。"黑豹边吼边甩着尾巴。

"我听见了，"莫格里回答道，"巴希拉，你怎么浑身发抖呢？太阳很暖和啊。"

"那是费拉欧，那只猩红色的啄木鸟，"巴希拉说道，"他没有忘记。现在我也必须记起我的歌来。"说着他开始自顾自地咕噜咕噜低吟，不满意地一遍又一遍从头开始。

"这里又没有猎物。"莫格里说。

"小兄弟，你两只耳朵都蒙住了吗？这不是捕猎语言，这是我为了应对需求而作的歌啊。"

"我都忘了。我应该知道这里什么时候开始新的谈话的，因为那时你和其他丛林居民都会跑走，留下我一个人。"莫格里相当粗暴地说。

"但，事实上，小兄弟，"巴希拉说道，"我们并没有总是——"

"我说你们就是，"莫格里愤怒地伸出食指，"你们总是跑走，而我呢，虽说是丛林的主人，却不得不一个人走。上一季我在人类田地里收甘蔗的时候不就是这样吗？我派了一个跑腿的——我派了你——去找海瑟，让他在晚上用他的鼻子为我拔些甜草。"

"他只来晚了两个晚上啊，"巴希拉有点儿害怕地说，"因为那些长甜草能哄你开心，所以他就收集了能让你吃上整个雨季的甜草。我没有做错啊。"

"我给他送信的那天晚上，他没有来。不，他在月光下的山谷里吹着喇叭，又是跑又是嚎。他的脚印就像三头大象留下的，因为他不肯躲在树林里。他在月光下人类的房屋前面舞蹈。我看见他了，但他却不肯到我这里来，而我还是丛林主人呢！"

"那是新的谈话时间啊，"黑豹说，他总是很谦卑，"也许，小兄弟，你不该在那时用主人语言召唤他。听听费拉欧的声音，高兴点儿！"

莫格里的坏脾气似乎自己消散了。他头枕双臂躺下来，闭上眼睛。"我不知道——也不在乎，"他困倦地说道，"我们睡吧，巴希拉。我的心里很沉重。让我的脑袋休息一下。"

黑豹叹了口气躺了回去，他听见费拉欧一直在练习他的歌曲，他们说那是春季开始新的谈话时的歌曲。

在印度的丛林里，季节从一个流转到下一个几乎没有分界。这里看上去只有两个季节——湿季和干季。但是如果你密切观察雨水、云层和尘埃下的一切，你会发现四季还是按正常顺序轮回的。春天是最美妙的，因为她还没用新发的树叶和花朵遮盖完赤裸的大地，就已经向前进了，她把那些活过了时间还赖着不走的半绿不绿的废物放在一边，是温和的冬天让它们活了下来，而春天则让半裸露的土地再一次恢复了生气。她干得是如此出色，世界上哪里的春天也比不上丛林里的春天。

有一天，一切都疲倦了，那飘浮在滞重空气里的气味也都不再新鲜。这一点很难说清，但感觉就是如此。然后又是一天——一切在眼里都没有变化——所有的气息都变得清新可爱，丛林居民的胡须也开始颤动，长长的冬季毛发从他们身上一团团脱落了。接下来，或许会下一点儿雨，所有这些树啊、灌木啊、竹林啊、苔藓啊、多叶植物啊，你几乎能听见他们生长发出的声音，而在这种声音之下日日夜夜回响着一种低沉的嗡嗡声。那是春天的声音——那种震动的隆隆声既不是蜜蜂的声音，也不是流水的声音，也不是风吹过树冠的声音，那是这温暖幸福世界的声音。

以前，莫格里一直很醉心于季节的转变。总是他先看见草丛深处的第一朵春之眼，看见最早浮现在空中的朵朵春云，这些和丛林里的任何东西都不同。在所有湿润、闪烁着星光、花朵盛开的地方都能听见他的声音，他与大青蛙一起合唱，模仿在皎洁夜空中上下翻飞的小猫头鹰的叫声。和所有的丛林居民一样，他选择春天来奔跑，仅仅是为了享受在温暖空气里奔跑的乐趣，就在黄昏和晨星升起之间跑上三十、四十、五十英里，气喘吁吁跑回来，大笑不停，脖子上还挂着不知名的野花。四兄弟并不跟随他绕着丛林疯狂转圈，而是离开他和其他狼群一起歌唱。春天里丛林居民都很忙碌，莫格里能听见他们按各自的方式咕噜、尖叫和吹哨的声音。那时他们的声音和一年里其他时间都不同，这也是丛林里的春天被称作新的谈话时间的原因之一。

但那个春天，正和他告诉巴希拉的一样，他的心情发生了变化。自从竹笋上出现棕色的斑点以来，他一直在期待着气味开始变化的那个早晨。但当那清晨到来之时，孔雀摩尔闪耀着青铜色、蓝色和金色的色彩，叫声响彻雾蒙蒙的森林，莫格里张开嘴想将这呼喊传递下去，但却卡在他的牙齿之间，一种感觉自趾尖到发梢笼罩了他——那是一种纯粹的不快感，因此他检查了一遍自己，好确认没有踩在荆棘上。摩尔呼喊着新的气息，其他的鸟儿接了过来，从威冈加河岸的岩石上，他听见了巴希拉嘶哑的叫声——那是一种介于鸢鹰唳叫和马匹嘶鸣之间的声音。上面新发芽的树枝之间传来猴民的叫声此起彼伏，莫格里站在那里，心中很想回应摩尔的叫声，胸口微微喘息，好像呼吸也被那不快感驱逐了出去。

他看着四周，却只看见猴民在树上嘲弄着飞奔而过，摩尔在下面的斜坡上开屏舞蹈。

"气息变化了，"摩尔尖叫着，"祝捕猎顺利啊，小兄弟！你怎么不回应。"

"小兄弟，祝捕猎顺利！"鸢鹰吉尔和他的妻子吹着口哨，一起猛地俯冲下来。他们两个在莫格里的鼻子下擦过，一小撮白色绒毛掉了下来。

一阵细细的春雨——他们称之为象雨——洒过半英里宽的林带，新发的树叶沾湿了，垂着头，雨停之后，出现了两道彩虹，雷声滚滚。春天那嗡嗡的声音突然响了一会儿，又静止下来，但整个丛林居民似乎都立刻叫了起来。除了莫格里之外。

"我吃的食物都很好，"他自言自语，"我喝的水也很可口。我的喉咙也没有发烫变细，以前我吃了乌龟说是干净食物的蓝斑点块根才会这样。但我的心很沉，我还对巴希拉和其他丛林居民说了很坏的话。现在，我又热又冷，现在，我又不热又不冷，但我却在为看不见的东西发火。呼呼！是时候奔跑了！今晚我要跑过山脉。是的，我要来一次春天的奔跑，跑到北方的沼泽去，再跑回来。很久以来，我捕猎都太顺利了。四兄弟也要和我一起来，因为他们都肥得像白蛴螬了。"

他喊着，但四兄弟谁也没有回应。他们都在远得听不见的地方和狼族一起一遍遍唱着春天的歌谣——月亮和黑鹿之歌。因为在春天，丛林居民很少关心日夜的区别。他尖着嗓子叫了起来，但只有一只带斑点的小树猫嘲弄似的回应了一声，他正在树枝之间钻进钻出寻找鸟窝。

此时，他气得浑身发抖，几乎要抽出刀来。接着他又表现出一副非常傲慢的样子，尽管谁也没有看他，他一本正经地走下山坡，下巴昂得高高的，眉毛却向下弯着。但他的那些丛林居民谁也没有招呼他一声，因为他们都正忙于干自己的事情了。

"对了，"莫格里自言自语，尽管他自己内心也知道没有什么原因，"就让德坎的红毛狗，或是红花到竹林中舞蹈吧，整个丛林都抱怨着跑向莫格里，用了不起的大象之名来称呼他。可现在呢，因为春之眼是红的，而摩尔也必须在某些春季舞蹈中展示他光秃秃的腿，这丛林都像塔巴奎那样发了疯……凭赎买我的公牛起誓！我是丛林的主人，不是吗？别出声！你们在那里干什么？"

狼族的两只小狼正从一条小路上跑下来，他们正在找一片开阔地打架。（你应该还记得丛林法则禁止在族群看得见的地方打架。）他们脖子上的鬃毛就和线圈一样竖直，凶猛地吠叫，蹲伏着身子准备发起第一招攻势。莫格里往前跳去，一手抓住一只前伸的脖子，准备像经常在游戏和族群捕猎时做的那样把他们扔到后面去。虽然他以前还从没有干涉过春季的搏斗。这两只狼往前一跃，把他掀到一边，一句话没说就紧紧咬住对方，在一起翻来滚去。

莫格里几欲跌倒，但还是站住了，他龇着牙，抽出了刀，尽管根据丛林法则每只狼都享有充分的权利，但莫格里要他们安静，他们却打了起来，他本可以毫无理由杀掉他们的。他围着他们跳跃着，压低了肩膀，手也摆来摆去，准备在第一回合搏斗结束时给他们一人一刀。但他等着等着，力气仿佛从身体里消失了，刀尖垂了下来，他将刀插进刀鞘观看着。

"我肯定是吃了毒药了，"最后他长叹一声，"自从我用红花驱散了议会开始——从我杀死希尔汗开始——狼族谁也不能把我扔在一边。但这些只是些狼族的小狼啊，小猎手啊！我的力量消失了，现在我要死了。噢，莫格里，你为什么不杀了他们两个？"

打斗持续到一只狼逃跑为止，莫格里被孤零零地丢在刨得稀烂、到处是血的地上，他看着自己的刀，看着自己的胳膊和腿，那种此前从没有感受过的不快像河水覆盖原木一样挟裹了他。

那晚他很早就捕了猎，但只吃了一点儿，因为这样才能在春季奔跑中保持良好的身体状态，他是一个人进的食，因为丛林里所有的居民都在别处唱歌或是打斗。那是一个晴朗的夜晚，他们称之为白夜。从天亮起，所有绿色的植物仿佛都长了一个月那么大。头一天还是枯黄的枝头，莫格里再去折，就滴下了翠绿的树液。苔藓暖暖的，将他的脚深深陷在里面，嫩草还没有被啃过的裂口，丛林里各种声音隆隆作响，就像一根结实的琴弦被月色拨动了——那是新谈话开始之月，月光一股脑儿地倾洒在岩石和池塘上，溜进树干和藤蔓之间，穿过数不清的树叶洒落下来。莫格里忘记了他的不快，一旦适应了奔跑的步伐，他就一路快乐地唱起了歌。那更像飞翔，因为他选择了那条通往北方沼泽的下山的路，要穿过主要丛林的中心地带，那里富有弹性的地面，脚踩上去软绵绵的。一个由人类教养长大的人，在这种魅惑的月光下可能会跌倒很多次，但莫格里的肌肉经过多年的锻炼，能让他像羽毛一样飘起来。当他在烂木头或是隐藏的石头上踩滑了，他不用费劲、不加思考就能自己保护自己，也从不用在意自己的步伐。当他厌烦了在地上行走之后，他的手像猴子那样一伸就能够到最近的藤蔓上，浮起来一般地爬到细瘦的树枝头，然后他就会从树上赶路直到心情改变，再沿着树叶下落的长长曲线跃下地面。一路上还有些湿润岩石环绕的洼地，那里又闷又热，他几乎闻不到夜花和藤蔓上花朵的馥郁香气；黑暗的林荫道上月光呈带状规律地洒落，就像教堂走道上带格子图案的大理石地面；湿漉漉的灌木丛长得齐平他的胸脯高了，都伸出枝叶揽着他的腰；一些山顶上围着碎石，就像王冠一样，他从一块石头跳到另一块石头上，跳过受到惊吓的小狐狸的洞穴。他能听见远远的地方传来微弱的嘎嚓声，那是野猪在树干上磨他的尖牙——那畜生在一棵高树的树皮上又划又劈，嘴里滴着白沫，眼睛像火焰一样闪烁；有时他回转头仔细分辨兽角碰抵声和嘶嘶的咆哮；有时他从一对黑鹿身边飞奔而过，那鹿正低着头疯狂扭斗，身上的血纹在月光下显出黑色；有时在水流湍急的浅滩听见鳄鱼加卡拉发出公牛一样的吼叫，或是惊扰了缠成一团的毒民，但不等他们攻击他就奔跑着越过了白花花的鹅卵石，重新进入了丛林深处。

他就这样奔跑着，有时候吼叫，有时对自己唱起了歌，这是那晚整个丛林中最开心的事了，直到花香提醒他临近沼泽了，而这里已经离他最远的猎场也很远了。

在这里也是，一个人类教养长大的人可能迈出三步就会从头到脚沉下去，但莫格里的脚上长了眼睛，带他越过一个又一个草丛，一个又一个摇颤的土堆而不需眼睛的帮忙。他跑进了沼泽的中央，惊起了野鸭，坐在黑水中间覆满苔藓的树干上。他周围的沼泽都惊醒了，因为在春季，鸟类的睡眠很浅，而且整夜都有同伴来来往往。但谁也没有注意到莫格里正坐在高高的芦苇丛中央哼着没有歌词的调子，他在察看自己硬硬的棕色脚底板上是不是还有没拔出来的刺。他所有的不快似乎都已经被留在了自己的丛林里，他正准备放开嗓子唱歌时，那不快又席卷回来——比之前的还要糟上十倍。

这一次莫格里吓坏了。"这里也有！"他声音低沉，"它跟着我来了。"他回头去看那个它是不是正站在他身后，"这里谁也没有啊。"夜间沼泽的动静还在继续，但没有一只鸟或一只野兽跟他说话，一种新的苦恼越来越强烈了。

"我一定是吃了毒药，"莫格里声音充满畏惧，"我肯定是粗心大意吃了毒药，我的力量都消失了。我很害怕——尽管害怕的不该是我——"当那两只狼打架时，莫格里就害怕了。阿凯拉，或者是法奥也好，都能让他们安静。然而莫格里却害怕了。"那就是我吃了毒药的最真信号……但他们那些丛林居民又关心些什么呢？他们又是唱，又是嚎，又是打，还在月光下成群结队跑来跑去，而我呢——嗨呀——我却要死在沼泽了，因为我吃了毒药。"他难过极了，几乎要哭出来了。

"以后，"他继续说道，"他们会发现我躺在黑水中。不，我要回到我自己的丛林里去，我要死在议会岩上，而巴希拉呢，我亲爱的巴希拉，要是他没在山谷尖叫的话——也许巴希拉会守在我的尸体旁，免得吉尔把我吃个精光，就像吃光阿凯拉那样。"

一滴大大的热泪溅落在他的膝头，尽管他这么可怜，但一想到自己如此可怜，他反而开心了些，也许你能理解他那种乱七八糟的喜悦感。"就像鸢鹰吉尔吃了阿凯拉一样，"他重复道，"那天晚上，我把狼群从红狗的捕猎下救了出来。"他平静了一点儿，想到独狼临终前的话语，你应该还记得，"阿凯拉临终前对我说了许多蠢话，因为我们死的时候心情会发生变化。他说……我依然属于丛林！"

他兴奋地回想起威冈加河岸上的那一战，高喊出了那最后的话语，苇丛中一只野母水牛跳了起来，她喷着鼻子："人！"

"啊！"野水牛米萨说（莫格里听见他在泥窝中翻了个身），"那不是人。不过是习欧尼狼族的一只无毛狼罢了。他总在这样的夜里跑来跑去。"

"啊！"母牛说着又垂头吃草了，"我还以为是个人哪。"

"不是。噢，莫格里，有危险吗？"米萨哞哞叫。

"噢，莫格里，有危险吗？"男孩学着说了一遍，"这就是米萨想的吗？有危险吗？但对晚上在丛林里跑来跑去守望的莫格里来说，你们又关心什么呢？"

"他的声音真大！"母牛说。"他们都这么叫。"米萨轻蔑地答道，

"他把草拔起来，又不知道怎么吃下去。"

"就这些，"莫格里自言自语道，"就这些，去年雨季我不让米萨在泥窝里打滚，骑着他用草绳把他赶出了沼泽。"他伸手折断一枝柔韧的芦苇，叹一口气又收回了手。米萨继续平稳地反刍，母牛啃过的地方高草都断裂了。"我不会死在这儿，"他愤怒地说，"米萨，你和加卡拉，还有猪是同一血脉的，他们会看我的笑话。让我们走出沼泽，看看会怎么样吧。我还从没有在春天奔跑过——又热又冷。起来，莫格里！"

他禁不住诱惑，偷偷穿过苇丛走到米萨身边，用刀尖戳了他一下。那水淋淋的大水牛像炮弹爆炸一样钻出了沼泽，莫格里则大笑得跌坐下来。

"现在说说习欧尼狼族无毛狼曾经是怎么给你们放牧的，米萨。"他大喊。

"狼！是你？"那公牛喷着鼻息在泥泞中跺脚，"整个丛林都知道你曾是放牧家畜的牧人——不过是个乳臭未干的人娃娃，在那边庄稼地尘土中大喊大叫的。你也属于丛林？哪个猎手会像水蛭堆里的蛇一样爬来开这种下流的玩笑啊，这种胡狼的玩笑，还想在母牛面前羞辱我？到结实的地面上，我要——我要……"米萨口沫横飞，因为他几乎算是丛林中脾气最差的了。

莫格里看着他气急败坏，却眼睛都没眨一下。等泥浆嗒嗒声结束，能听见他的声音了，他说："这里的沼泽旁边有人的巢穴吗，米萨？我对这片丛林不熟悉。"

"那就去北方，"公牛愤怒地咆哮，因为莫格里尖锐地刺痛了他，"这真是光溜溜的放牛娃说笑话。到沼泽尽头的村子里去告诉他们啊！"

"人类不喜欢听丛林故事，我觉得，米萨，在你的皮上多挠几下或少挠几下有什么值得在议会上说的。但我要去看看这个村庄。是的，我要去。现在温柔点儿。丛林主人并不是每个晚上都会来管教你。"

他走上沼泽边缘颤巍巍的地面，他很了解米萨永远也不会冲上来，所以就笑了，一边跑一边想着公牛发怒的样子。

"我的力气还没有全部消失嘛，"他说道，"说不定毒药还没有到达骨头。那边低低的天上还挂着一颗星星。"他手搭凉棚看着，"凭赎买我的公牛起誓，那是红花——以前我躺在它们的旁边的——甚至是在我第一次到达习欧尼狼族之前！既然我看见了，我就要结束奔跑了。"

沼泽的尽头是一片开阔的平原，那里光线闪烁。莫格里很久没有把自己和人类的举动联系在一起了，但这一晚，红花的闪烁把他拉了过去。

"我要看看，"他说道，"就和过去一样，我要看看人类有多大的变化。"

在自己的丛林里，莫格里可以随心所欲，但他忘了自己已不在自己的丛林里了，他毫不在意地踩过挂满露珠的草地，来到那光线所在的小屋。三四只狗吠叫起来，因为他来到了村庄的外围。

"嗬！"莫格里说着回应一声低沉的狼嚎，让那几只杂种狗安静下来，然后悄无声息地坐下，"该来的总要来。莫格里，你还要到人类的巢穴来做什么呢？"他摩挲着自己的嘴巴，回忆起许多年前一个石头砸在上面，当时人类也把他赶了出来。

小屋的门开了，一个女人站着往外面的黑暗中看。一个孩子哭了，那女人回头说："睡吧。不过是只胡狼吵醒了狗。一会儿，天就要亮了。"

莫格里站在草丛中像发烧一样抖了起来。他很熟悉那声音，但为了确认，他柔声叫着，惊讶地发现人类的语言都记起来了："梅苏阿！噢，梅苏阿！"

"是谁在叫？"那女人说道，声音有一丝颤抖。

"你忘记我了吗？"莫格里说。他的喉咙干干的。

"如果是你的话，我给你取了什么名字？告诉我！"她半掩起门，一只手扶住胸口。

"那苏！哦嗬，那苏！"莫格里说，正像你记得的那样，那名字是他第一次来到人类中梅苏阿给他取的。

"过来，我的儿子。"她叫唤着，莫格里走进了光亮里，仔细打量着梅苏阿，她过去曾对他很好，而很久以前莫格里也从人类手中救了她的命。她变老了，头发灰白了，但眼神和声音都没有变化。身为母亲，她希望看到莫格里和她离开时一样，她的目光不解地从他的胸口看到脑袋，那脑袋都碰到门的上面了。

"我的儿，"她结结巴巴说着伏在他的脚上，"但他不再是我的儿子了。他是丛林的一个小神了！啊嗨！"

他站在油灯红色的光线中，又壮实又高大，他那样漂亮，长长的黑发垂在肩头，脖子上挂着刀，头上还戴着白茉莉花的花冠，很容易把他错认成丛林传说里的某个野神。那小床上还没睡熟的孩子跳了起来，吓得尖声大叫。梅苏阿转身去哄他，莫格里呆呆站着，看着那水罐、煮菜锅、谷箱和其他人类的物品，他发现自己竟然记得这么清楚。

"你要吃点什么或者喝点什么吗？"梅苏阿讷讷地说，"这些都是你的。我们的命是你救的。但你是我的那苏吗，还是说真的是个小神？"

"我是那苏，"莫格里说道，"我离自己的地盘很远。我看见这光亮，就来了这里。我不知道你在这里。"

"我们到了坎西瓦拉之后，"梅苏阿羞怯地说，"那些英国人愿意帮助我们对付那些想要烧死我们的村民。你还记得吗？"

"记得，我没有忘记。"

"但当英国法律准备停当时，我们回村子去找那些恶人，却发现村庄已经找不到了。"

"那个我也记得。"莫格里翕动着鼻孔。

"因此,我的丈夫就在田里做活,最后——他实在是个强壮的男人——我们在这里有了一点儿田地。不像从前的村子那么富裕,但我们也不需要太多——我们只有两个人。"

"那天晚上非常可怕,在那儿挖泥土的那个男人在哪里?"

"他死了——有一年了。"

"那他是谁?"莫格里指着那孩子。

"是我的儿子,两年前出生的。要是你是个小神,那就让丛林保佑他吧,保佑他在你们中间平安——就像那天晚上我在你的伙伴中间很安全一样。"

她抱起那孩子,那孩子忘了害怕,伸手去玩莫格里挂在胸前的刀,莫格里非常小心地把那小小的手指放到一边。

"要是你是那老虎叼走的那苏的话,"梅苏阿有点儿透不过气来地继续说道,"那他就是你的小弟弟。给他哥哥的祝福吧。"

"嗨嗬!我怎么知道什么是你们说的祝福啊?我不是小神,也不是他的哥哥,对了——噢,妈妈,妈妈,我的心情很沉重。"他打了个寒战,放下了那孩子。

"好像很厉害啊,"梅苏阿说着在煮菜锅之间忙忙碌碌,"这都是因为你晚上在沼泽跑来跑去。毫无疑问,狂热已经浸入你的骨子里了。"莫格里想到她竟然有这种想法——觉得丛林里有什么东西能伤害到他,于是就微微笑了。

"我来生堆火,你喝点儿热牛奶。把那茉莉花环放到边上去,这屋子这么窄,味道太浓了。"梅苏阿说道。

莫格里手捧着脸坐下来,嘴里咕哝着。他以前从没感受过的各种奇怪的感觉此时都涌上心头,就像他确实中了毒一样,他感到眩晕,还有点儿恶心。他一口气喝掉热牛奶,梅苏阿不时轻拍他的肩膀,并不能十分确定他到底是她很久以前的儿子那苏，还是某个奇怪的丛林动物，但他至少有血有肉，梅苏阿还是感到很高兴。

"儿，"她的眼睛里充满了自豪，"有没有谁曾告诉过你，你比所有的人都要漂亮啊？"

"哈？"莫格里说。因为他自然是从没有听过类似的话。梅苏阿温柔地笑得很开心。光是看着莫格里脸上的笑容，她就很开心了。

"那我是第一个了？这样是对的，尽管很少见，但一个妈妈应该告诉儿子这些好事情。你很漂亮。我还从没见过你这么漂亮的人。"

莫格里扭头想看看自己结实的肩膀，梅苏阿却笑了很久，令莫格里不明就里，只好跟着她一起笑起来，而那孩子在他们两个之间跑来跑去，也哈哈笑着。

"不，你不该取笑自己的兄长。"梅苏阿说着把孩子拉到自己的胸前，"等你有他一半那么漂亮了，我们就让你娶国王最小的女儿，然后你就能骑最大的大象了。"

那话莫格里一个字也没听懂；经过漫长的奔跑，热牛奶起了作用，他蜷起身子，不一会儿就沉沉睡去。梅苏阿把他眼睛上的头发拂到脑后，在他身上盖了块布，心里充满喜悦。按照丛林的风俗，他睡过了晚上剩下的时间和第二天整整一天，因为他那从来不能完全入睡的本能提醒他那里没有什么值得恐惧的。最后他一跳就醒来了，震得小屋直颤，因为他脸上的布让他梦到了陷阱。他站在那里，手里握着刀，骨碌直转的眼睛尽管还有沉沉的睡意，却准备好应对任何战斗了。

梅苏阿笑着把晚饭端到他面前。只有在火上烤出来的几块粗饼、一些米饭，和一块腌过的罗望子——仅够保持他在晚上打猎前不至于饿肚子。沼泽里露水的气息令他饥肠辘辘，躁郁不安。他想要结束他春季的奔跑，但那孩子坚持要坐在他的怀里，梅苏阿说要为他梳理那长长的黝黑的头发。所以她一边梳一边唱起了傻傻的哄孩子的歌，她把莫格里叫作自己的儿子，恳求他赐予那孩子一些丛林的力量。小屋的门关上了，但莫格里听见一阵非常熟悉的声音，接着看见一只大大的灰爪子从下面的门缝里探了进来，梅苏阿吓得张大嘴巴，灰兄弟在门外呜呜叫着，声音含混不清，像是在焦虑地悔过，又像是恐惧。

"在外面等着！我不叫就别进来。"莫格里用丛林语言头也不回地说道，那灰色的大爪子就消失了。

"别——别把你的——你的仆从们带来。"梅苏阿说道，"我——我们向来和丛林和平共处。"

"那是和平，"莫格里说着站了起来，"想想那天晚上在去坎西瓦拉的路上，在你身前身后有几十只这样的动物呢。但我明白就算是在春天，丛林居民也不会忘记的。妈妈，我走了。"

梅苏阿恭敬地退到一边——她以为莫格里确实是丛林的小神，但当他的手搭在门上时，梅苏阿的母性又驱使着她一次又一次地伸手抱住莫格里的脖子。

"回来！"她小声叫道，"不管你是不是我的儿子，你都要回来，因为我爱你——你看，就连他也很难过。"

那小孩大哭，因为那带着亮闪闪长刀的人走了。

"你要回来啊，"梅苏阿又说了一遍，"不管是白天还是晚上，这扇门都为你开着。"

莫格里的喉咙里好像什么有绳子在往外拉，他回答起来声音也像是绳子从里面拉出来的，"我一定会回来的。"

"现在，"他说着把门槛上摇尾乞怜的狼推到一边，"我要骂你们了，灰兄弟。我叫了这么久，你们四个怎么一个也不来呢？"

"这么久？不过就是昨天晚上啊。我——我们——在丛林里唱新歌啊，因为这是新的谈话时间啊。你记得吗？"

"确实，确实。"

"而且一唱完歌，"灰兄弟接着急切地说，"我就跟着你的足迹，从大家身边跑开，跟着你来了。但是，噢，小兄弟啊。你都干了什么，和人一起吃喝睡觉？"

"要是我呼唤你们的时候，你们来了的话，这些就不会发生了。"莫格里说着跑得更快了。

"那现在你要干什么？"灰兄弟说。莫格里正要回答的时候，一个穿着白衣服的女孩从村子外围一条小路上走了下来。灰兄弟立刻躲了起来，莫格里也悄无声息地退进一片庄稼地里，那里春天的庄稼苗已经长得很高了。他几乎就要碰到她的手了，然后那温暖的绿色茎秆挡住了他的脸，他像个幽灵那样消失了。那女孩尖叫起来，因为她以为自己见到了鬼，接着长叹一口气。莫格里用手扒开那些茎秆，只看到女孩消失在视线之外。

"现在我也不知道了，"他说，这下轮到他叹气了，"我叫的时候，你们怎么不来呢？"

"我们跟着你呢——我们跟在你后面呢。"灰兄弟喃喃地说着舔了舔莫格里的脚跟，"我们一直跟在你后面呢，除了新谈话时间那会儿。"

"你们会跟着我去人类那里吗？"莫格里小声说。

"难道从前人类把你赶出来的时候我没有跟着你吗？是谁在庄稼地里把你叫醒的？"

"哎，但要是再来一次呢？"

"难道今天晚上我没有跟着你？"

"哎，要是下一回的下一回呢，你们还会来吗，灰兄弟？"

灰兄弟沉默了。等他重新说话的时候，他对自己咆哮："黑家伙说对了！"

"那他说了什么？"

"人类最终会回到人类那里的。我们的母亲拉卡莎说——"

"红狗大战的那晚阿凯拉也这么说。"莫格里喃喃自语。

"卡奥也这么说，他比我们全部都要聪明。"

"那你觉得呢，灰兄弟？"

"他们曾经对你说了难听的话，还把你赶出来了。他们扔石头砸你的嘴，他们派比尔迪欧去杀你，他们还要把你扔进红花里。是你，而不是我，曾经说过他们又邪恶又无知。也是你，而不是我——我只是跟着我自己的族群——让丛林占领了村庄。也是你，而不是我，编了歌谣来抵御他们，那歌谣可比我们抵御红狗的歌激烈多了。"

"我问你怎么觉得的？"

他们边跑边说。灰兄弟慢慢跑了一会儿，没有答言，接着他蹦跳着说："人娃娃——丛林之主——拉卡莎的儿子，我的同窝兄弟——尽管我在春天把你忘了一会儿，但你的路就是我的路，你的洞穴就是我的洞穴，你的猎物就是我的猎物，你的生死之战也是我的生死之战。我代表其余三兄弟说话。但你怎么对丛林说呢？"

"这要好好想想。在看见猎物和杀死猎物之间等待可不好。你们先去把他们都叫到议会岩去，我要告诉他们我的想法。但他们可能不会来——在新的谈话时间他们可能忘记我了。"

"那么，你就什么都没忘记吗？"灰兄弟趴到他的肩头说，当他落下身子飞奔时，莫格里跟在后面，思忖着。

在任何其他的季节，这样的消息都会让整个丛林居民倒竖颈毛跑过来，但现在他们正忙着捕猎、打架、厮杀和唱歌。灰兄弟大喊着从一个地方跑到另一个地方，"丛林主人要回人类那里了！快去议会岩。"但那些快乐热切的丛林居民只回答道："夏天一热他就会回来的。雨季会把他赶回兽穴。和我们一起奔跑歌唱吧，灰兄弟。"

"可是丛林主人要回人类那里去了。"灰兄弟重复道。

"咦——哟哇？难道新谈话时间没有那个重要吗？"他们回答。

因此当莫格里心事重重地穿过万分熟悉的岩石来到他被带进议会的地方时，只看见四兄弟，上了年纪差不多瞎了的巴鲁和冷血的卡奥把沉甸甸的身子盘在阿凯拉的空座位上。

"那么你的踪迹就在这里结束了，小人儿？"卡奥说，莫格里倒在地上双手捧着脸，"哭吧，你哭吧。我们是同一血脉，你和我——人类和蛇一起。"

"为什么我不死在红狗手下呢？"男孩呻吟着，"我的力量都消失了，也不是因为中毒。不管白天还是晚上，我都听见有两个脚步声踩在我的脚印上。等我回过头，就好像有谁立刻躲了起来。我跑到树后面去看，他又不在那里。我呼喊啊，但谁也没有回应。但就好像是有谁在倾听，却又不回答我一样。我躺下来，但又睡不着。我开始春天的奔跑，但也没有平静下来。我去洗澡，也没有凉爽一点儿。猎物令我恶心，但除了捕猎我也无心再打斗。红花就在我的体内，骨头却是水，我了解的事情都不一样了。"

"还要说什么？"巴鲁慢慢说着扭头朝着莫格里躺下的地方，"阿凯拉在河边说过了，莫格里要把莫格里赶回人类那里去。我也说过。但现在还有谁肯听巴鲁的话？巴希拉呢？——今天晚上巴希拉在哪里？他也知道的。这就是法则。"

"当我们在冷巢相见的时候，小人儿，我就知道了，"卡奥说着扭了一下他有力的身子，"人类最终会回到人类那里去的，尽管丛林并没有赶他走。"

四兄弟先是互相看着，然后看着莫格里，疑惑不解，却又很顺从。

"那丛林不赶我走？"莫格里结结巴巴。

灰兄弟和其余三个大声咆哮："只要我们活着，谁也不敢——"但巴鲁拦住了他们。

"是我教的你法则。该我说话了，"他说道，"尽管我看不见我眼前的岩石，但我能看见远处。小青蛙，选择你自己的道路吧；和你同一血脉族群的人们一起筑巢吧；但只要需要腿脚、牙齿、眼睛或是想在夜里快速传话，记住，丛林主人，丛林随时听你召唤。"

"中心丛林也是你的，"卡奥说道，"我从不为小家伙说话的。"

"嗨，哎，我的兄弟们，"莫格里哭着伸出胳膊，"我所知道的现在都不一样了！我不走，但我两只脚拉着我。我怎么能离得开那些夜晚呢？"

"不，抬头啊，小兄弟，"巴鲁重复道，"这些在捕猎中没什么可耻的。等蜂蜜吃完了，我们就会离开空巢。"

"蜕了皮，"卡奥说道，"我们就不会再钻进去了。这是法则。"

"听着，我最亲爱的，"巴鲁说，"我们不会说什么，也不想把你拉回来。抬头啊！谁会质问丛林主人？当你还是一只小青蛙的时候，我看着你在那边的卵石中间玩耍；而巴希拉以一头刚杀死的公牛为代价赎买了你，他也是看着你的。当初看着你的，只剩下我们两个还活着了；你的狼妈妈拉卡莎和你的狼爸爸都死了；过去的狼族早就死了；你也知道希尔汗去了哪里，阿凯拉死于野狗之战，当时，如果不是你的智慧和力量，习欧尼狼族第二代也已经都死了。这里除了白骨什么也不会剩下。这不再是人娃娃请求离开狼族，而是丛林主人改变了他的道路。谁会责备一个人选择自己的道路？"

"但是巴希拉和曾经赎买我的公牛，"莫格里说道，"我不想——"

他的话语被下面灌木丛中传出的咆哮声打断了，巴希拉站在了他的面前，他总是那样步伐轻盈、身强体壮，令人望而生畏。

"因此，"他说着伸出血淋淋的右爪，"我没有来。这真是一次漫长的捕猎，但他现在死在灌木丛中了——那头两岁大的公牛——这头牛放你自由，小兄弟。所有的债现在都还清了。其余的呢，巴鲁的话就是我要说的。"他舔了舔莫格里的脚，"记住，巴希拉爱你！"

他大喊着跳走了，他在山脚下一遍又一遍高声呼喊，"祝你在新的路途上捕猎顺利，丛林主人！记住，巴希拉爱你！"

"你听见了，"巴鲁说道，"没有别的要说了。现在走吧，但先到我这里来一下。噢，聪明的小青蛙，到我这里来！"

"蜕皮是很难的。"卡奥说。

莫格里一直哭个不停，他头枕在瞎眼灰熊的身上，胳膊搂着他的脖子，而巴鲁柔弱地想要舔他的脚。

"星星都稀落了，"灰熊说着嗅起晨风，"我们今天去哪里找洞穴呢？因为从现在开始，我们要跟随新的脚印了。"

而这就是莫格里故事的结尾。

出丛林之歌

（直到走到梅阿苏的门口，莫格里听见身后的丛林里一直唱着这首歌。）

巴鲁

为了他，聪明的小青蛙，

谁为他指引丛林的道路，

为了瞎眼的老巴鲁，

要遵从人类的法则啊！

清晰还是模糊，刚留下还是已陈旧，

就当是足迹跟上去，

穿过白天，穿过夜晚，

不要追问是左边还是右边。
为了瞎眼的老巴鲁，
他爱你超过一切走兽，
当人类让你痛苦，
就说："就当是塔巴奎又在瞎嚷了。"
当人类要是劳作受累，
就说："希尔汗还等着你去捕杀。"
当拔刀捕杀时，
要遵守法则，走自己的路。
（树根和蜂蜜，棕榈树和佛焰苞，
保护人娃娃不受伤害！
森林和水，风和树，
丛林的支持永远伴随你！）

卡奥

愤怒是恐惧下的蛋，
只有没有眼睑的眼睛才看得清楚。
眼镜蛇毒不会依附你。
更何况是眼镜蛇般毒辣的语言。
坦诚交谈能为你召唤力量，
它的伴侣就是礼貌。
超出你的长度就不要攻击；
别向腐朽的树枝借力。
依据雄鹿和山羊来估量嘴巴的大小，
以免因为眼睛而哽住了喉咙，
吃饱以后，你会睡下吗？

看看你的窝是否藏得够深，
以免因为疏忽而犯错，
引来杀身之祸。
往东往西往北往南，
清洗你的皮肤，闭起你的嘴巴。
（深坑裂缝和蓝色池塘边缘，
丛林都会跟随他！）
森林和水，风和树，
丛林的支持永远伴随你！

巴希拉

我生在笼中，
我熟知人类的价值。
凭释放我的破锁起誓，
人娃娃，留心你的族群！
清新的晨露，淡淡的星光，
可别挑树猫混杂的足迹。
族群或议会，捕猎或休息，
别和胡狼休战。
当他们说："跟我们来，活得轻松。"
用沉默来回应。
当他们寻求你的帮助来欺负弱小，
用沉默来回应。
别向猴民吹嘘本领；
碰见猎物保持平静。
不要喊不要唱也别叹，

从打猎队伍转过身。

（晨雾或熹光，

为他服务吧，看鹿者！）

森林和水，风和树，

丛林的支持永远伴随你！

三兄弟

你一定要走自己的路，

走向我们害怕的门槛，

那里红花盛开；

夜里你要躺在笼子里，

把天空母亲隔在外面，

听听你亲爱的我们在门外经过；

清晨你将醒来，

进行无法逃避的劳作，

为了丛林而心痛：

森林和水，风和树，

智慧，力量和礼貌，

丛林的支持永远伴随你！

◎奎　　昆

东部冰原上的人们，正像积雪一样融化着，
他们乞求咖啡和糖；白人去哪儿，他们就去哪儿。
东部冰原上的人们，他们学会了偷窃和打斗；
他们把皮毛卖给贸易站，把灵魂卖给白人。
东部冰原上的人们，他们和捕鲸船做买卖；
他们的女人有很多丝带，但帐篷却又小又破。
但是那些古老冰原上的人，在白人视野之外，
他们用独角鲸的角做长矛，他们是最后的人！

"他睁眼了。瞧！"

"再把他放回皮囊去。他会是一只强壮的狗。等长到四个月大，我们就给他取个名字。"

"取谁的名字？"阿莫拉克说。

卡德鲁转着眼珠打量着有内衬皮子的雪屋，直到视线落在十四岁的柯特科身上，他正坐在睡椅上，用海象牙做一颗扣子。"取我的名

字吧，"柯特科说着咧开嘴笑了，"我总有一天会用到他的。"

卡德鲁也回以笑容，眼睛都快埋在胖乎乎的脸颊里了，他对阿莫拉克点点头，小狗凶猛的妈妈看到她的孩子正挂在一个远得够不着的育儿袋里蠕动就呜呜直叫，那育儿袋挂在温暖的鲸油灯上方。柯特科继续雕他的扣子，卡德鲁把一捆卷起来的皮子狗挽具扔进一个小屋子里，那小屋子和大房间相通，然后剥掉笨重的鹿皮猎装，放进悬在另一盏灯上方的鲸须网里，接着他坐在睡椅上削一块冰冻的海豹肉，直到他妻子阿莫拉克端上晚饭常吃的煮肉和血汤。清晨，他很早就出发去了八英里外的海豹窝，回到家时带回了三头大海豹。在通往雪屋内门的那条走道或者说是隧道上盖满了积雪，半路上你能听见雪橇队的狗又吠又咬，他们刚干完一天的活，争抢着暖和的地方。

吠叫声越来越大，柯特科懒洋洋地从睡椅上翻下来，拿起一根鞭子，那鞭子有一根十八英寸长的弹性鲸骨手柄，鞭子长二十五英尺，编得又粗又重。他潜进走道，那里的声音听起来就像是全部的狗要把他生吞活剥了；但那不过是他们进食之前的惯常表现罢了。当他走到走道另一头时，半打毛茸茸的脑袋动来动去，用视线追随着他，他走到一个鲸颚骨架子边上，那里挂着狗食；他用宽头矛将那冰冻的狗食切成大块；站在那里一手执鞭，一手拿着肉。每一只狗都要被叫到名字，最弱的第一，没叫到名字就打乱顺序的狗要挨揍，尖细的鞭子会像闪电一样射过来，不是抽掉一英寸毛发，就是抽掉一英寸皮肉。每只狗都在咆哮、扑咬，直到嘴里塞满自己的那份食物才匆匆赶回走道上去，男孩柯特科就站在北极光闪耀的积雪上公平地分配着食物。最后才喂到的是狗队黑头领，当狗队套上挽具时都是他维持秩序，柯特科给了他双份的肉，同时也多抽了他几鞭子。

"啊！"柯特科说着卷起了鞭子，"我还有一个小家伙挂在灯上呢，他也会一直嚎叫。进去吧！"

他穿过挤成一团的狗走回去，用阿莫拉克放在门边的鲸骨掸掉皮袄上的雪花，轻敲着屋顶的皮子内衬好摇落上面的雪顶上落下的冰柱，然后蜷身缩在椅子上。走道上的狗呜呜打着呼噜都睡着了，小弟弟深深包在阿莫拉克皮兜帽里蹬着腿，好像是呛着了，发出咯咯的声音，小狗崽刚取了名字，狗妈妈躺在柯特科旁边，眼睛牢牢盯着那捆海豹皮，宽阔的黄色灯火上面一定又温暖又安全。

所有这一切都发生在遥远的北方，比拉布拉多还要远，比哈得孙海峡还要远，那里巨大的潮汐把冰块送到梅尔维尔半岛北部，甚至送到狭窄的弗雷和海克拉海峡北部，巴芬岛北部海岸，那里拜洛特岛矗立在兰开斯特海峡的冰上，像个倒扣的布丁碗。我们对兰开斯特海峡北部知之甚少，只知道那里有北德文岛和埃尔斯米尔岛；而且这里还住着一些零散的居民，可以说是北极的毗邻。

卡德鲁是因纽特人，也就是你们所称的爱斯基摩人，他的部落据说大约有三十个人，都属于图纳尼尔米尤特，也就是“躺在什么东西背上的地方”。在地图上，这片荒凉的海滩被称作海军局入口，但是因纽特这个名字才最适合，因为这片土地躺在世上所有东西的背上。这里一年有九个月是冰天雪地，风一阵接着一阵，这种寒冷对于一个从没见过体温表指示为零度的人来说是根本无法相信的。这九个月里又有六个月是黑暗，也正是这，使得这里十分恐怖。在夏季的三个月里，每隔一个白天以及每天夜里都会结冰，接着南面山坡的积雪开始融化，一些地柳发出毛茸茸的芽，一种小小的类似景天的植物令人惊讶地开了花，满是细砾石和圆石的海滩伸向广阔的大海，磨光的卵石和带条纹的岩石露出在粗糙的雪面上。但几周后，这一切都消失了，因为狂暴的冬天把这片土地重新冰封起来，海面上冰块上下撕扯、碰撞、拥挤、撞击、劈裂、压缩、重击和研磨，直到最后全部冻结在了一起，从陆地伸展到深海，足有十英尺厚。

冬天卡德鲁会跟着这些海豹到达这片冰原的边缘，当海豹冒出来用鼻孔透气时卡德鲁就用矛刺他们。海豹必须有宽阔的水面来供生存和捕鱼，隆冬时节，冰层有时会从最近的海滨绵延八十英里。春天时，卡德鲁和他的同伴会从浮冰上退回多岩的内陆地区，在那里搭起皮帐篷，诱捕海鸟，或是刺那些海滩上晒太阳的小海豹。之后，他们会跟在驯鹿身后往南边的巴芬岛去，在那里内陆成百上千的河流和湖泊中获取三文鱼储备；九、十月再返回北方猎捕麝牛和每年冬季都会捕猎的海豹。这些旅途都是狗拉雪橇进行的，每天行进二三十英里，有时候也下到海岸上乘坐巨大的皮制"老爷船"，狗和孩子们就睡在桨手的脚边，在他们划过海峡之间平静冷冽的海水时，女人们还会唱起歌谣。图纳尼尔米尤特所知的奢侈品全部来自南方——用来做雪橇的漂流木，制作鱼叉尖的铁杆、钢刀，煮饭比老式皂石器具更好用的锡制水壶、打火石、钢材，甚至火柴，还有女人们扎头发用的彩色丝带、廉价的小镜子，还有给鹿皮衣服绲边的红布。卡德鲁则把昂贵的奶油色弯曲的独角鲸角和麝牛牙（这些都和珍珠一样宝贵）卖给南部因纽特人，他们再接着转卖给艾克赛特和坎伯兰岛的捕鲸船和传教站；贸易就这么继续下去，直到本地集市的水壶被一个船上的厨子买去，最后会在寒冷的北极圈的某地一个鲸脂灯上派上用场。

卡德鲁是一个优秀的猎手，他有很多铁鱼叉、铲雪刀、捕鸟镖，还有其他各种能让严寒生活更简便的用具。他是部落的头领，或者像他们说的一样，是个"通过实践了解一切的人"。但这并没有赋予他任何职权，他只是时不时建议朋友们更换猎场。不过柯特科却利用了这一点，他照着懒散肥胖的因纽特人的样子凌驾在其他男孩之上，比如当他们夜间出来到月光下玩球的时候，或是在北极光下唱童谣的时候。

因纽特人十四岁时就觉得自己成人了，而柯特科也厌倦了制作诱捕野鸟和小狐狸的笼子，最讨厌的是当男人们外出打猎时，他要一整天帮助女人咀嚼海豹皮和鹿皮（只有这样才能令皮子柔软）。他想到唱歌的屋子里去，猎手们会聚集在那里做些神神秘秘的事，巫师会在灯灭后施法，令他们又是惊讶又是兴奋，你还能听见驯鹿精灵在屋顶上跺脚，往外面的黑夜中掷一支矛的话，取回时上面会沾上滚烫的鲜血。他想摆出一家之主的疲倦样子把他的大靴子朝网里一扔，然后在猎人们晚间来访时就和他们赌博，玩玩家庭里用锡罐和钉子自制的轮盘赌。他有数不清的事想做，但是成年人总是取笑他说："等你能穿皮带时再说吧，柯特科。打猎可不是人人都能胜任的哟。"

现在既然父亲已经用他的名字为小狗命了名，事情看起来就明朗多了。因纽特人是不会为他的儿子浪费一只好狗的，除非那男孩对驾狗非常了解；而柯特科也非常笃定自己比任何人都了解得更多。

如果那小狗没有铁打的身板，他就会因为过度负重和过多劳累而死去。柯特科给他做了个小小的挽具，上面还连着一根缰绳，然后就拖着小狗在屋子里转来转去，大喊："往右！往左！停！"小狗一点儿也不喜欢这样，但这样做了之后会有鱼吃，小狗就很高兴，而第一次给他套上雪橇就难得多。他光是蹲在雪地里玩弄那海豹皮做的绳子，那绳子把他的挽具跟雪橇弓的大皮带连在一起。队伍出发了，小狗发觉那十英尺长的沉重雪橇要跑到他的背上了，还一路拖着他倒在雪地上，柯特科笑得眼泪都流出来了。接下来的日子里，那残忍的皮鞭像吹过冰原的风一样嘶嘶作声，小狗的同伴都咬他，因为他不了解自己的任务，而挽具把他的皮都磨破了，他也不能再和柯特科睡在一起，只能睡在最寒冷的走道上。那对小狗来说真是悲惨。

男孩和狗学得一样快，尽管要操纵狗拉雪橇是件令人心碎的事。每只狗都要套上挽具，最弱小的那只离驾驶者最近，每只狗都有单独的缰绳，从他的左前腿拉到主皮带上，用一种类似纽扣和圆环的东西系紧，手腕一动就能滑下来，每滑一次就能松开一只狗，这是十分必要的，因为小狗们经常会把皮绳弄到后腿间去，割得皮开肉绽。并且他们一跑起来就会蹿到旁边的同伴的位置上去，在挽绳之间跳进跳出。那时他们就会打起来，到第二天早上绳子就会比湿鱼线还纠结。科学使用皮鞭能避免很多麻烦。每个因纽特男孩都为拥有一条长鞭而自豪；但当雪橇全速前进时，要鞭打地上的记号很简单，要俯身击中一只偷懒的狗后背可就难了。如果你叫了一只串位的狗，又碰巧抽到另一只身上，那这两只狗当即就会厮打起来，导致其他狗全部停下。还有，要是你和同伴一起赶路准备说话，或者你一个人赶路唱起了歌，这些狗也会停下来，转过身，蹲下来听你要说的是什么。在父亲放心地把一支八只狗的队伍和一辆轻便雪橇交给他之前，柯特科有一两次忘了刹车就停了雪橇，他还打断了许多鞭子，弄断了几根皮带。后来他就觉得自己很了不起了，他带着一颗勇敢的心和敏捷的手肘把雪橇赶得一溜烟似的跑过黑色平滑的冰面，速度和全力追捕猎物的狼群不相上下。他还会跑到十英里外的海豹窝去，在猎场上他会从主皮带上松开一根挽绳，放掉那只黑色的大领头狗，那也是队伍里最聪明的一只狗。那狗一闻到海豹的出气孔，柯特科就会翻倒雪橇，把戳在背面的两根锯短的像摇篮车手柄一样的鹿角深深扎进雪里，这样队伍就不会跑掉。然后他一英寸一英寸地往前爬，等待海豹出来透气。然后他就用长矛和绳子快速刺下去，之后就能把海豹拉上冰面边缘，而黑领头狗就过来帮着把海豹尸体从冰上拖到雪橇去。那时套着挽具的狗就会兴奋地狂叫、吐出白沫，柯特科就把长鞭在他们脸上挥舞，像一根烧得通红的特棒，直等到海豹尸体冻得僵硬。返回可是件烦难活。满载的雪橇必须巧妙地开过高低不平的冰面，那些狗都蹲下来，饥肠辘辘地望着海豹而不肯拉车。最后他们奋力从踩平的雪橇路回到村子，咿咿呀呀驶过吱吱嘎嘎的冰面，垂头翘尾。而柯特科则开始唱起了猎手归来之歌，在黯淡的星空下，那歌声在房屋之间回响招呼他。

小狗柯特科长大以后过得非常快活，他在狗队里打了一架又一架，稳步提升了地位，直到一个晴朗的夜晚，进食的时候，他打败了领头的大黑狗（男孩柯特科亲见了这场公平打斗），正如村民们所说，他让大黑狗成了他手下排名第二的狗。他因此被提升到领头狗位置的长皮带上，比其他狗跑前五英尺；他也因此要承担停止一切打斗的责任，不管是拉雪橇还是不拉雪橇，脖子上还戴着一个又厚又重的黄铜线圈。在一些特别的日子里，他还可以在屋内吃到煮熟的食物，有时还被许可在椅子上和柯特科一起睡觉。他是一只很棒的猎海豹的猎犬，他能围着麝牛转圈，把麝牛逼得走投无路，然后咬住麝牛的脚跟。他甚至能抵抗残忍的北极狼，这也充分证明他是一条勇猛的雪橇狗，因为在所有生活在雪地的生物中，北方的狗最害怕的就是北极狼。他和主人——他们并不把雪橇队一般的狗算作同伴——一起捕猎，日日夜夜，只有这只长毛窄眼白牙的黄狗和这个裹在毛皮里的男孩形影不离。因纽特人所需要做的事情就是为自己和家人获取食物和皮毛。女人们会把皮毛做成衣服，有时也帮忙诱捕小猎物；而大部分的食物——他们吃得也确实很多——都得靠男人来获取。如果供给不足，哪里都买不到食物，也不可能乞食或赊借。他们就只有死路一条了。

不到万不得已，因纽特人是不会考虑这些事情的。卡德鲁、柯特科、阿莫拉克，还有在皮兜帽里又踢又打整天只知道嚼鲸油块的小宝宝，他们在一起就和世界上所有的家庭一样幸福。他们的民族性格非常温和——因纽特人很少发脾气，也几乎从不会打孩子——他们不知道撒谎是什么意思，更不知道什么是偷东西。能从艰苦无望的严寒中杀出一条生路来，他们就已经很满足了；他们油光可鉴的脸上挂着笑容，夜间就会讲起神怪和童话故事，总是吃得饱到不能再饱，在缝补衣物、修补捕猎器具时就唱起永远唱不完的女人的歌谣："阿姆那啊呀，啊呀阿姆那，啊！啊！"

　　但有一个冬天，所有的事都与他们作对。图纳尼尔米尤特人从每年例行的三文鱼捕猎归来，他们在拜洛特岛北部新结冰的地方建起房屋，准备等大海一封冻就去追捕海豹。但这年秋天来得太早，天气又太恶劣。整个九月，大风吹个不停，把那些只有四五英尺厚的冰层拍碎刮上陆地，一块块起伏不平的尖冰堆了将近二十英里宽，上面根本不可能驾驶狗拉的雪橇车。浮冰的边缘是海豹在冬季捕鱼的地方，现在隔在这堆冰障将近二十英里开外，图纳尼尔米尤特人无法抵达。即便这样，他们也可以靠储存的冻三文鱼、鲸脂以及诱捕到的猎物度过冬季，但十二月的时候，一个猎手路过一个皮帐篷时发现三个几近饿死的女人和一个女孩，她们的男人从遥远的北方而来，却在一次出海追捕长角鲸的时候，小皮船翻倒把他们全部压死了。卡德鲁当然只能把这些女人分别安置在冬季村庄的房屋里，因纽特人从不会拒绝给陌生人食物，因为不知道什么时候就会轮到他们自己去乞食了。阿莫拉克把那个女孩带回了家让她做一些仆人的活计，那女孩大约十四岁，根据她兜帽尖形的裁剪和白色鹿皮裹腿上的长菱形图案，他们猜她是埃尔斯米尔岛人。她之前从没见过锡锅和木鞋，但是男孩柯特科和小狗柯特科都非常喜欢她。

　　接着所有的狐狸都南下了，就连钝头钝脑的狼獾——他们可是雪地里嚎叫的小偷，也不会落到柯特科设下的空陷阱了。部落失去了两个最好的猎手，他们在和麝牛的一场大战中伤得很重跛了脚，这使得其他人身上的任务都加重了。柯特科每天都会出去，他驾着一辆轻型打猎雪橇，带着六七只最强壮的狗，他在透明的冰面上寻找着海豹抓出的透气孔，直找得眼睛也痛了。猎犬柯特科到处跑来跑去，男孩柯特科却在死寂的冰原上听见猎犬柯特科在三英里外找到一个海豹透气孔，兴奋得呜呜直叫，那叫声清晰得就像在他的手肘边。当猎犬找到出气孔的时候，男孩就会自己建起一座小小矮矮的雪墙去隔阻凛冽的寒风，然后他就在那里等上十个小时、十二个小时、二十个小时直到海豹出来透气。他双眼牢牢紧盯着他在洞口所做的记号，那记号正标明了他刺在下面的鱼叉位置，他脚下垫着一张小小的海豹皮垫子，双腿用老猎手嘲笑过的皮带扣绑在一起，这样做可以避免双腿抽筋，他就这么一直等啊等啊，等待耳朵敏锐的海豹浮出水面。尽管这里边并没有什么刺激可言，你很容易地会沉醉于如此静静地呆坐在皮带扣中，周围的气温可能低于零下四十摄氏度，这应该是因纽特人所知的最艰苦的工作了。当抓住一只海豹时，猎犬柯特科就会拖着挽绳往前一跃，把海豹拖到雪橇上去，在那里那些累得饥肠辘辘的狗都闷闷地躺在碎冰的背风处。

一只海豹支撑不了太久，因为小村里每一张嘴都有权吃饱，不管是骨头、海豹皮还是蹄筋都不会浪费。原本属于狗们的那份肉也拿来供给人类，阿莫拉克用睡椅下搜出的夏天的旧皮帐篷喂狗队，他们于是嚎啊嚎，饿醒了再接着嚎。你可以根据小屋里的皂石灯就分辨出饥饿正在靠近。丰年时，鲸脂富足，船形灯具的光芒可达两英尺高——黄色的火焰散发着油气，显得非常喜庆。现在火光只有六英寸高，阿莫拉克小心翼翼地挑起苔藓灯芯，于是那火焰就自动明亮一会儿，而全家人的目光都跟随着她手的动作。在严寒中，饥荒所带来的恐惧并不如黑暗那么致命。所有的因纽特人都很害怕黑暗，因为每年他们都有六个月时间被迫处于无尽的黑暗之中；当屋内的灯光减弱时，人们的内心就开始动摇和混乱。

但更糟的还在后面。

夜复一夜，狗吃不饱，在走廊上又咬又叫，紧盯着寒星，嗅着苦涩的寒风。等他们停止嚎叫，寂静就重新降临，就像牢实又沉重的雪堆堵在门口，人们能听见自己的血液在耳内单薄的血管里跳动，还有心脏怦怦跳动的声音，响亮得就像是雪地上传来的巫师的鼓声。猎犬柯特科平时都是闷闷不乐待在挽具里，但一天晚上他跳了起来用头使劲抵男孩柯特科的膝盖。男孩轻轻拍了拍他，但他仍一味往前拱，还一边摇着尾巴。然后卡德鲁就醒了过来，紧紧抓住他狼一样沉甸甸的脑袋，紧紧盯着他呆滞的眼睛。那狗于是在卡德鲁两膝之间颤抖着呜咽。他脖子上的毛发都倒竖起来，好似门口有生人那般叫着；接着又快活地叫着在地上打滚，像只小狗一样咬着柯特科的靴子。

"怎么回事？"柯特科说着开始感觉到害怕。

"是病，"卡德鲁答道，"是狗病。"猎犬柯特科扬起鼻子一遍又一遍地嚎叫着。

"我以前还从没见过呢。他要干什么？"柯特科说。

卡德鲁稍稍耸耸肩，穿过屋子去拿来了他的短鱼叉。那大狗看着他，又嚎了起来，然后溜到走廊上去了，而其他的狗都左右退避好给他留出足够的空间，他走到外面的雪地上猛烈地吠叫起来，就像是找到了麝牛的踪迹一样，又是吠又是欢蹦乱跳，然后就看不见了。他并不是得了狂犬病，只是一般普通的疯病。严寒、饥饿，最主要的是黑暗令他发疯；狗队中只要出现了这可怕的疯病，就会像野火一样蔓延开去。下一个出猎日，另一只狗病了，他一路又咬又打，柯特科当即将之杀掉了。接着是排行第二的黑狗，他以前曾是狗队的头领，他以为找到了驯鹿的踪迹突然狂叫起来，他们把他从主皮带上滑下来之后，他就朝着冰崖上的一条狭窄通道扑过去，跟他的头领一样跑掉了，背上还挂着挽具。从那之后，就没有人会驾狗外出了。人们还需要这些狗派别的用场，这些狗也知道这一点；尽管他们被拴起来，但喂食的时候眼里还是充满了绝望的恐惧。更糟的是，那些老女人开始讲起了鬼怪故事，说他们遇见了秋天死去的猎手魂灵，那些鬼魂预言了所有可怕的事情。

相比别的事，柯特科更为失去狗而伤心；因为尽管因纽特人吃得很多，但他们也知道该怎么忍饥挨饿。但饥饿、黑暗、严寒还有一些发生的事情打击了柯特科的长处，他开始听见自己脑内出现的声音，看见那些不存在也不该出现在他眼中的人。一天晚上，他一无所获地在一个"瞎"海豹透气孔前等了十个小时，之后他解下皮带扣，步履蹒跚地走回村庄，因为身体虚弱、头晕眼花，他停下脚步背靠在一块圆石上，那圆石又刚好靠一个凸出的冰尖支撑着。他的体重打破了圆石的平衡，圆石重重地滚了下来，柯特科闪躲着跳到一边，圆石便在他身后的冰坡上嘶嘶叫着滑了下去。

这件事对柯特科意味颇深。在他成长过程中，他被教导每一块石头和圆石都有自己的主人，通常是一个名叫托尔纳克独眼的类似女人的东西，当托尔纳克准备帮助一个男人的时候，她就会在石头房子里滚动，跟在那个男人身后，然后问他是否当自己是保护精灵。夏天雪化的时候，这些冰块支撑的石块和圆石全都滚到地面上了，因此你很容易就能明白岩石活着的观念从何而来。柯特科听见耳内血液流动的声音，那声音他听了一整天了，他想着那是石头的托尔纳克在和他说话。到家之前，他就很确定自己已经和托尔纳克进行了一次长谈，而家里所有的人都相信这是完全可能的，没有一个人反驳他。

"她对我说，'我跳下来了，我从雪上跳下来了。'"柯特科两眼空洞，在半亮半暗的屋子里前倾着身子大声说道，"她说，'我会当向导。'她说，'我会引导你们找到能猎到海豹的透气孔。'明天我就出去，托尔纳克会引导我。"

接着村子里的巫师走了进来，柯特科就把故事又讲了一遍。一点儿细节都没有漏掉。

"追随托尔纳克吧，她会给我们带来食物的。"巫师说。

那个北方来的女孩一直睡在灯旁，过去的这段日子她吃得很少，说得更少；第二天阿莫拉克和卡德鲁为柯特科打点了一个小手拉雪橇，上面装上打猎工具，还有他们设法匀出来的鲸脂和冷冻海豹肉，女孩拉着雪橇绳索，大胆地走到了男孩身边。

"你的家就是我的家。"她说，那架小小的兽骨底板雪橇在他们身后可怕的极地夜晚里吱吱颠簸着。

"我的家也是你的家，"柯特科说道，"但我想我们应该一起去找塞德娜。"

塞德娜是地下世界的女主人，因纽特人相信每个人死后都会先在她可怕的国度里过上一年才能到达极乐世界，那里永远不会结冰，你一召唤，肥肥的驯鹿就会小跑而来。

整个村子的人都在叫喊着："托尔纳克和柯特科说话了。她将带他到达开阔的冰原。柯特科会给我们带回海豹啊！"他们的声音旋即被冰冷空阔的黑暗吞没了，柯特科和那个女孩紧紧靠在一起，牵紧挽绳，拉着雪橇在冰面上滑行，一路朝着北冰洋的方向。柯特科坚持说石头里的托尔纳克要他去北方，他们于是朝着北方的图克图克丢恩驯鹿星前进，那驯鹿星也就是我们所称的大熊星座。

在这到处都是冰块，冰尖尖利的冰原上，没有一个欧洲人能一天赶上五英里路；但这两个人却非常清楚该如何转动手腕将雪橇巧妙地绕过冰丘，如何猛拉一把将雪橇从冰缝里提起来，在一切看上去毫无希望的时候，也知道该用多大的气力将矛枪头轻点几下滑出一条路来。

女孩一言不发，只是低着头，貂皮兜帽的长狼毛镶边低低垂在她宽宽的黑脸上。天空在他们头顶上泛出浓重的天鹅绒黑色，地平线的位置转成一道印度红的带子，那里明亮的星星像街灯一样。时不时地，北极光在高处空阔的天际划过一道绿色的光芒，像一面旗一样一闪而逝；流星拖着光尾从黑暗中划过，重又归于黑暗。然后他们看见浮冰凹凸不平的表面上闪露出奇怪的色彩——有红色、铜色，还有淡蓝色；而通常在星光之下，一切都呈现出一种霜打的灰色。那浮冰，你应该还记得，历经秋季狂风的猛击和折腾，加上地震，又冻成了一块。那上面有沟壑，有碎石坑般的坑洼；散落的冰块冻在了浮冰原本的表面上；黑色的旧冰疙瘩在某场大风后被吹到了浮冰下面，这时也重新拱了起来；有圆形的冰块；有时风起前飘过一场雪，于是冰块的边缘就冻成了锯齿状；也有一些四五十英亩大的坑沉在其余冰面之下。隔一小段距离来看，你可能会把那些冰块当成海豹、海象、翻倒的雪橇或是正捕猎的猎人，甚至是当成十条腿的白熊精；但是尽管这些冰块形状都很不可思议，好像随时会活过来，但那里却一点儿声音也听不见。穿过这片寂静，穿过这片荒原，有光芒突然闪亮，之后又归于寂灭，雪橇和拉雪橇的两个人就像是噩梦中的怪物，那是世界尽头做过的关于世界末日的噩梦。

　　疲劳的时候，柯特科就会搭起小小的雪屋，猎人们称之为"半屋"，在小屋里他们会在旅行用灯旁挤成一团，试着把冰冻的海豹肉解冻。睡醒之后，跋涉再次开始——一天赶五十英里路，朝北前进十英里。女孩总是非常沉默，柯特科则会喃喃自语，唱出他从前在唱歌房里学会的歌曲——夏天的歌，驯鹿和三文鱼的歌——在这个季节显得尤其不相称。他会说自己听见了托尔纳克在对他大喊，然后疯狂地跑上冰丘，振动双臂，用威胁的语气大声说话。说真的，柯特科当时濒临疯狂；但女孩却只是相信他正被他的守卫精灵引导着，每件事情都恰到好处。所以，第四次赶完路，柯特科的双眼红得像燃烧的火球，跟她说托尔纳克化身双头狗的形状跟着他们穿过了雪原时，她一点儿也不惊讶。女孩看着柯特科手指的方向，似乎有什么东西滑下了沟壑。那肯定不是人，但所有人都知道托尔纳克喜欢以熊、海豹之类的形象现身。

　　那有可能是十条腿的白熊精，也有可能是任何东西，柯特科和女孩非常饿，他们的眼睛已经靠不住了。他们什么都没有诱捕到，自离村以来也没有见着猎物的踪迹；他们的食物已无法再多坚持一周了，况且狂风就要来了。极地飓风能一连刮上十天也不中断，那期间如果在外面必死无疑。柯特科搭了一座雪屋，大得足够把手拉雪橇也放进去（永远不要和你的食物分开），正当他削起最后一块不规则冰块准备用作屋顶填缝石时，他看见半英里外的一面小冰崖上有个东西正朝他看着。空气朦胧不清，那东西看上去有四十英尺长，十英尺高，有一条二十英尺长的尾巴，整个身影都在颤抖。女孩也看见了，但她没有害怕得大喊大叫，只是静静说："那是奎昆。他来做什么呢？"

"他是要和我说话。"柯特科虽这么说，但他手里的雪刀却直震颤，因为不管一个人有多么相信自己是奇怪丑陋精灵的朋友，他也不喜欢把自己的话语当真。奎昆是一只巨狗幽灵，没有牙齿，也没有毛发，据说生活在遥远的北方，哪里要出事，他就在哪里游荡。他们说不清是吉利还是不吉利，但就连巫师也不愿提起他们。他会令狗发疯。他还和熊精一样，有几对多余的腿脚——六对或是八对——这东西因为要在雾霭里跳上跳下，因此比真正的狗需要更多的腿。柯特科和女孩迅速挤进雪屋。当然了，要是奎昆想抓住他们，那他就可以把他们头顶的雪屋撕成碎片。他们和那邪恶黑暗之间隔着一堵厚实的雪墙对他们来说是一个巨大的安慰。狂风呼啸而过，就像火车拉响了鸣笛，那风已经吹了三天三夜，却丝毫没有减弱，连一分钟都没有平静过。他们给膝盖间的石灯添了油，一点点咬着半冷不热的海豹肉，连着七十二个小时看着黑烟聚集在屋顶上。女孩清点了一下雪橇中的食物，只能坚持不到两天了，柯特科检查着鱼叉的铁头和上面绑的鹿筋，检查捕海豹的矛枪和鸟镖，也没有别的事可做了。

"我们很快就会去见塞德娜了——很快了，"女孩小声说道，"不出三天我们就会躺下走了。你的托尔纳克还是什么也不肯做吗？为她唱一支爱斯基摩巫医的歌谣，让她到这里来吧。"

他于是就高声嚎叫唱起了魔幻的歌谣，唱着唱着狂风慢慢停歇了。他唱到一半时，女孩将她戴着连指手套的手放在小屋的冰地上，接着把头也贴在了地上。柯特科学着她的样子，两个人跪下来，互相凝视着彼此的眼睛，仔细聆听。柯特科从放在雪橇边缘的捕鸟笼上撕下一条鲸须薄片，拉直以后，竖在冰面上的一个小孔里，用连指手套把它牢牢扎下去。那东西几乎和指南针一样灵敏，现在他们不再听了，只看着那东西就行了。那细条轻轻颤抖了几下——那是世上最轻微的震颤；接着又持续颤动了几秒钟，停下了，接着又颤动起来，这次是朝着指南针的另一个方向。

"太快了！"柯特科说道，"外面很远的地方那个大浮冰裂了。"

女孩指着细条，摇摇头。"是巨大的碎裂，"她说道，"你听脚下的冰，都在爆裂呢。"

这一次他们跪下来听见一种非常古怪的声音，似乎是闷闷的咕哝声和撞击声，很明显就从他们脚下传来。有时听上去就像是一只盲眼的小狗在灯上面嚎叫；然后又像是石块坠落在结实的冰面上；随后又像是模糊的击鼓声；但所有的声音都拖得很长，而且很小，就像是从一个小小的号角发出穿越了漫长的旅程而来。

"我们不会躺下去见塞德娜了，"柯特科说道，"是冰裂了。托尔纳克骗了我们。我们要死了。"

这一切听上去可能非常荒诞，但这两人确实面临着十分危险的处境。三天的狂风将巴芬海滩的深水赶向南方，一直冲向从拜洛特岛延展往西的遥远冰原边缘。同时，这强劲的海潮从兰开斯特海湾东面涌来，还携带着绵延数英里的积冰——那些冰起伏不平，还没有冻成冰原；风暴导致的海面起伏正在减弱，但积冰却仍在袭击着浮冰。柯特科和女孩一直听见的就是三四十英里开外撞击声微弱的回音，那小小的预测细条也随着那撞击震颤着。

现在，正如因纽特人所说的那样，冰一旦从漫长的冬季沉睡中苏醒过来，谁也不知道会发生什么，因为坚固的浮冰像云层一样瞬息万变。那风显然是不合时宜的春风，这样的话，一切皆有可能。

但这两个人还是比之前开心得多。如果浮冰裂开，那就不再有等待和折磨。精灵，小妖还有巫师都在冰面上走动，他们会发现自己正和其他各种狂野的东西一起肩并肩进入塞德娜的国度，他们因激动而面色红润。狂风之后，他们离开了小屋，海平面位置的声响仍在不停变大，四周都是起伏不平的冰在呻吟，发出嗡嗡的声音。

"它还在等待。"柯特科说。

在一个冰丘上面，他们三天之前看见的那个八条腿的东西不知是坐着还是蹲在那里，嚎叫声令人毛骨悚然。

"我们跟上去吧，"女孩说道，"它也许知道逃开塞德娜的方法。"但她太虚弱了，一拉绳索就头晕眼花。那东西迈着笨重的步伐，缓缓地穿过了冰脊，一直朝着西方的陆地前进，他们就跟在后面，而浮冰边缘隆隆的雷声正越来越近。浮冰裂开了，裂缝从每个方向朝内延伸了三四英里，十英尺厚的浮冰，面积从几码到二十英亩大，颠簸着，没入水中，互相冲击，撞上还未离开的浮冰，拱起来摇摇晃晃，从中间还喷出水柱。可以说，这些撞击的冰块只是大海冲击浮冰的第一支部队。有的冰块整个扎入浮冰之下，发出的撕裂声就像把卡片急速推到桌布下面那样，而这种声音又很快淹没在了冰块不停发出的撞击和震动声中。在水浅的地方，这些冰层一层一层堆叠起来，直到最下面的那层抵到五十英尺以下的泥浆中，混浊的海水于是被拦截在泥冰之后，等到累积的压力将一切又都推向前去。除了浮冰和积冰之外，狂风和海潮还带来了真正的冰山，漂浮在海中的冰山，从格陵兰岛或是麦尔维尔海湾北岸断裂下来。它们重重地撞击着，海浪在周围碎成白色的浪花，在浮冰上前进就像过去一支张满帆全速前进的舰队。冰山在无奈搁浅之前似乎能带走整个世界，它在深水里翻滚，周围拍打着泡沫、泥浆，还有冰冷的水花到处乱飞，而较小较低的冰山则会撞上平坦的浮冰，向两边抛下成吨的冰碴，在浮冰上砍出一条半英里长的路径，然后才停下来。有的像利剑一样刺下来，砍出一道道边缘参差不齐的沟壑；另一些则碎成冰块阵雨一样落下来，每一块都有好几吨重，在冰丘间旋转环绕。还有一些进入浅水时则一股脑儿地戳出水面，就像处于极度痛苦中一样扭动着，海水拍打肩头，它们就重重倒下来。冰块互相践踏、推挤，有的折断，有的鼓起来，有的拱成拱形，沿着浮冰的北面望过去，各种形状应有尽有。从柯特科和女孩的位置看过去，这混乱局面不过是海平面在起伏不定罢了；但却每分每秒都在向他们逼近，他们能听见靠近内陆的遥远地方传来沉重的隆隆声，就像是烟雾中轰鸣的大炮声。这表明浮冰又被推回了拜洛特岛坚硬的崖壁上，也就是他们身后南部的陆地上。

"这还从未出现过，"柯特科说着呆呆望着，"还不到时间啊。浮冰怎么会现在就裂开了呢？"

"跟着那东西！"女孩指着在他们前面又像是在跛行又像是在奔跑的东西大喊。他们跟了上去，还拉着雪橇，而冰块的咆哮声却越来越近了。最后，他们周围的冰原裂开了，星状的裂痕向四面八方伸展，就像狼张开大嘴咬牙切齿。那东西停了下来，那是一个大约五十英尺高的散落的旧冰块堆积的高丘，那里却是一点儿动静都没有。柯特科拉着女孩猛地朝前跳去，扑到了高丘的底部。冰块的声音在他们周围越来越响，但那高丘却很稳固，女孩看着柯特科，他的右臂向上伸又朝外举，做着因纽特人登岛时的手势。就是那个八条腿的跛行东西带他们去的，那是离开海岸的一个小岛，有着花岗岩顶和沙滩，因为从顶到底都覆盖着冰层，所以没有人能把它和浮冰区别得开，但在岛的底部是结实的土地，而非浮动的冰块！有的浮冰撞上来又弹了回去，这样就标识出小岛的边界，一股有利的水流向北流去，这就让沉甸甸的浮冰在冲过来时转了向，正恰似犁头犁开了沃土一般。这里当然还是有危险，有些沉重的冰原会冲上海滩，将整个岛全部刨平。但柯特科和女孩也不再烦恼了，他们搭起了雪屋开始进食，一边还听见冰块在海滩上撞击打滑。那东西消失了，柯特科蜷缩在灯边，兴奋地说起他的力量战胜了精灵。

听他说得这么带劲，女孩笑了起来，前仰后合。

在女孩肩膀后面，两个脑袋一步一步爬进了小屋，一个是黄色，一个是黑色，是两只你曾见过的最羞愧的狗。一只是猎犬柯特科，另一只是那个黑头领。他们两个现在都很肥，很好看，也完全恢复了神志，只是奇怪地出现在一起。当那只黑头领跑掉时，你应该还记得，他身上还套着挽具。他肯定是遇见了柯特科，在一起玩闹或打斗过，因为他肩上的环钩还卡在柯特科项圈的铜丝里，而且缠得紧紧的，谁也没办法将绳索咬断，只能牢牢拴在对方的脖子上。因为有了自由可以为自己捕猎，他们也治好了自己的疯病。他们两个都非常清醒。

女孩把这两个羞愧的动物推到柯特科面前，笑得流出了眼泪，说："这就是把我们领到安全地带的奎昆。看看他的八条腿和双头！"

柯特科割开绳子将他们俩分开，黄狗和黑狗就一起扑到他的怀里，想说明他们是如何恢复神志的。柯特科伸手摸他们的肋骨，发现长得很圆，毛也长得很厚。"他们找到食物了，"他咧嘴笑了，"我觉得我们一时半会儿是不会去见塞德娜了。我的托尔纳克把他们送来了。他们的疯病都好了。"

这两只狗过去的几周里一直被迫一起睡觉、一起进食、一起捕猎，一见到柯特科，他们俩就咬上了对方的喉咙，在雪屋里上演了精彩的一战。"饿肚子的狗是不会打架的，"柯特科说道，"他们已经找到了海豹。睡吧，我们会找到食物的。"

醒来时，小岛北部出现了宽阔的海面，所有裂开的浮冰都朝陆地赶去。第一声拍岸浪涛是因纽特人听过最令人高兴的声音，因为那意味着春天就要来了。柯特科和女孩牵着手笑了，浮冰之间浪涛的轰鸣是那样清晰饱满，他们想起了捕三文鱼和驯鹿的季节还有地柳花开的香气。即便是当他们看见海浪漫过漂浮的冰层，严寒如此彻骨，还是觉得开心；海平面的位置有一片巨大的红光，那是太阳沉没发出的光芒。与其说是看见太阳升起，不如说是听见太阳在沉睡时打了个哈欠，那红光只持续了几分钟时间，但却意味着季节的更替。他们觉得什么都无法改变这种更替。

柯特科发现两只狗在为争一只死海豹而打架，那只海豹是为追赶大风惊起的鱼群而来的。那一天有二三十只海豹登上小岛，这是第一只，等海水严严实实冰封起来，将会有几百个急切的黑脑袋挤进浅水湾来，跟着浮冰一起漂浮。

能重新吃到海豹肝真不错，放开手脚给灯填满鲸脂，看着火焰在空中一蹿三尺高。但一等到新的冰层形成，柯特科和女孩就装好了手拉雪橇，让两只狗拉着，以他们从未有过的速度往回赶，因为他们都害怕村子里会出什么事。天气还和往常一样严寒，但拉着一辆装满食物的雪橇比空着肚子捕猎轻松得多。他们把二十五只死海豹埋在海滩的冰层里留待备用，然后就匆匆赶回自己人那里。柯特科告诉他们目的地，两只狗就领起路来，尽管没有一个路标，他们还是在两天之后就在卡德鲁屋外大叫了。只有三只狗回应他们，其余的狗都被吃掉了，一幢幢屋子都是黑的。但当柯特科吆喝着"煮肉来了"时，仍有虚弱的声音回应了他，然后他一个一个叫着村里人的名字，非常清晰，一个也没有漏掉。

一个小时以后，卡德鲁屋子里就亮起了灯，雪水也已加热了，锅子即将沸腾，雪花从屋顶上落下来，阿莫拉克正为全村人准备食物，那婴儿嚼着一条肥美的鲸脂，猎人们不慌不忙地吃着海豹肉，撑到不能再撑。柯特科和那女孩则讲述着他们的故事。那两只狗坐在他们中间，一听到自己的名字，他们就都翘起耳朵，看上去羞愧得无以复加的样子。因纽特人说，一只狗要是发了疯又恢复了神志，那以后遇到什么更大的打击都会安然无恙。

"因此说托尔纳克并没有遗忘我们，"科特克说道，"风暴呼呼吹，冰都碎了，鱼群在风暴中受了惊吓，海豹就跟在鱼群后面。现在距海豹新的透气孔不到两天的距离。好猎手们明天去取回我叉到的海豹吧——我在冰层下埋了二十五只之多呢。等我们吃完那些海豹，就能到浮冰上去追赶新的海豹啦。"

"你准备做什么？"巫师用平常对图纳尼尔米尤特最富有的卡德鲁说话时一样的口吻说。

卡德鲁看着那个从北方来的女孩，平静地说："我们要建一座屋子。"他指着房屋西北方向，结了婚的儿女们总是住在那边。

那女孩把手掌朝上，有点儿绝望地摇摇头。她是个外来人，饥荒时被人捡来，没能给这家人带来任何东西。

阿莫拉克从她坐着的长椅上跳起来，开始把东西往那女孩的膝头堆放——有石灯、铁刮皮刀、锡壶、镶嵌着麝牛牙的鹿皮，还有水手缝补帆布用的针——这在遥远的北极圈可是最好的嫁妆，那来自北方的女孩深深鞠躬，头几乎低到地上了。

"还有这些！"柯特科说着对两只狗又笑又唱，两只狗冰凉的鼻口都抵到了女孩的脸上。

"啊，"巫医郑重地咳嗽了一声说，就好像他一直在考虑一样，"柯特科一离开村庄，我就去了歌唱屋唱歌。那些漫长的夜晚，我一直在歌唱，召唤驯鹿精。我的歌声令狂风大作，吹裂了冰层，在冰块要压碎柯特科的骨头时，又驱使那两只狗赶向了他。我的歌声还从冰层后面引来了海豹。我的身体虽然照旧静静躺在唱歌的屋子里，但我的灵魂却在冰面上奔跑，引导着柯特科和那两只狗做了这一切事情。这些都是我做的。"

大家都吃饱喝足，睡意沉沉，因此也没有人来反驳他；巫医又自己动手吃了一块煮肉，然后就和其他人一起在这温暖光亮、油烟味十足的屋子里睡了。

柯特科很擅长画因纽特画，他把这所有的冒险经历都刻在一根又长又平一端还有孔的海象牙上。有一年冬天，天气很好，柯特科和女孩一起去了北方的埃尔斯米尔岛，他把这个图画故事留给了卡德鲁，而一年夏天，卡德鲁在尼克西陵的纳提灵湖的沙滩上翻了雪橇，那画就遗失在了卵石中。第二年春天，一个当地的因纽特人捡到了它，并在依米根把它卖给了坎伯兰湾捕鲸船上的一个翻译，那翻译又转手卖给了汉斯·欧尔森，这人之后成了一艘大船上的舵手，航行到了挪威的北角。旅游季节结束，这船往返于伦敦和澳大利亚之间，停靠在锡兰的时候，欧尔森用海象牙跟一个锡兰珠宝商换了两块人造蓝宝石。我在科隆坡一间屋子的垃圾堆里找到了它，然后就把它从头到尾翻译了出来。

猎人归来之歌

这是一首因纽特人叉到海豹之后常唱的猎人归来之歌，因纽特人喜欢反复重复同样的内容，这里只是一个非常粗略的翻译。

我们的手套，鲜血凝结，硬邦邦的，
我们的皮毛上吹满雪花，
我们载着海豹——海豹！
从浮冰边缘归来。

噢呀那！噢啊！噢哈！哈卡！
吠叫的犬队奔跑着，
长鞭噼啪，猎人回来了，

从浮冰边缘归来！

我们追踪海豹到了他们秘密的场所，
我们听见他在下面抓挠，
我们做下标记，我们在旁观看，
就在浮冰的边缘。

当他起身透气，我们就挥动长矛，
我们往下刺——就是这样！
我们就这样逗弄他，我们就这样刺死他，
在浮冰边缘。

我们的手套，鲜血凝结，糊成一块，
我们的眼睛飘满雪花；
但我们又回到了妻子身边，
从浮冰边缘归来！

噢呀那！噢啊！噢哈！哈卡！
满载的狗队跑来了，
妻子们听见猎手归来了。
从浮冰边缘归来！

◎白 海 豹

噢！安静啊，我的宝贝，黑夜就在我们身后，
漆黑的海水，正闪着墨绿的光芒。
月亮，在碎浪之上，低头寻找我们，
在沙沙响的浪窝之间休息。
浪涛相接的地方，就是你柔软的枕头，
啊！疲倦的小鳍足，舒服地蜷起来吧！
风浪吵不醒你，鲨鱼也不会追赶你，
在柔柔起伏的海水怀抱里安睡吧！

——《海豹摇篮曲》

　　所有这些事情都发生在几年前一个叫诺瓦斯托什那的地方，那里也叫东北岬，在遥远的白令海的圣保罗岛上。这个故事是冬鹬鹩利莫森告诉我的，那时他被风刮到一艘开往日本的轮船的绳索上，我把他带到我的客舱让他取暖，还喂了他几天，直到他又能重新飞回圣保罗。利莫森是只非常古怪的小鸟，但他却知道怎么讲述真相。

除非有事要办，不然谁也不会来诺瓦斯托什那，在那里经常有事要办的只有海豹。夏季，他们成千上万地从冰冷的灰蒙蒙海上而来。因为诺瓦斯托什那海滩有全世界最适合海豹的栖居地。

　　海卡其知道这一点，于是每年春天不管他在哪儿，他都会像一艘鱼雷快艇一样直奔诺瓦斯托什那而来，花上一个月跟同伴打斗，好在岩石上争得一个尽量靠近大海的好地方。海卡其已经十五岁了，是一只巨大的灰皮海豹，他肩胛上几乎长满鬃毛，还长有长长的凶恶的犬牙。当他用前面的脚蹼站起来时，他离地超过四英尺高，他的体重，要是有谁曾大胆称过他的话，将近有七百磅重。他全身到处都是疯狂打斗留下的疤痕印记，但他又总是随时都准备再打上一架。他把头偏到一边，就像是害怕正脸面对敌人一样；然后他的头就像闪电一样射出去，当他的大尖牙牢牢咬在另一只海豹脖子上时，那只海豹如果能逃就会逃走，但海卡其才不会帮助他们。

　　但是海卡其从不会追赶一头打败的海豹，因为那是违背海滩法则的。他只想在海边有个地方做他的育儿所。但因为每年春天都有四五万其他的海豹也在争抢同样的地方，海滩上响起的哨声、怒吼声和咆哮声就已经非常惊人了。

　　从一座名叫哈金森山的小山上，你可以看见周围超过三英里半的地面全都是打斗的海豹，而在海浪中也到处都是海豹的头，他们也急着登陆好加入打斗。他们在碎浪里打，他们在沙滩上打，他们在磨得光溜溜的玄武岩海豹窝里打，因为他们就像男人一样愚蠢而不肯通融。他们的妻子直到五月底或六月初才会登岛，因为她们可不想被撕成碎片；而那些年轻的两岁、三岁和四岁的海豹还不用维持家庭，于是就穿过打斗的行列往岛内前进半英里，他们成群结队在沙丘上嬉戏，把那里长出的每一棵绿色植物全都蹭个光。他们被叫作霍鲁斯切奇，也就是"单身汉"的意思，他们的数量单在诺瓦斯托什那可能就有二三十万。

一年春天，海卡其刚打完他第四十五场架，他身段柔软、皮肤光滑、眼神温柔的妻子玛特卡从海里上了岸，海卡其捉住她的后颈把她提起来放进他占领的地盘上，粗鲁地说："和往常一样晚到。你去哪儿了？"

海卡其待在海滩上的四个月内是不吃任何东西的，所以他的脾气一般都很糟。玛特卡知道最好不要回答他。她环视四周柔声说："你想得真周到啊。你又抢到了老地方。"

"就应该找以前的老地方，"海卡其说道，"瞧瞧我！"

他被抓伤了，身上有二十个地方都在流血，一只眼睛几乎瞎了，肋侧也是一条条伤痕。

"噢，你真英勇，你真是大丈夫！"玛特卡说着伸展后蹼，"你们为什么不能通点儿事理，安安静静地商定地盘呢？你看起来就像和虎鲸打了一场。"

"从五月开始，我什么都没做，就只在打架。这一季海滩真是挤得要命。我已经碰到了至少一百头从卢卡农海滩来抢地盘的海豹。为什么他们就不能待在自己的地盘？"

"我总是想如果我们改变主意到沃特岛而不是这么个拥挤的地方的话，我们会快乐得多。"玛特卡说。

"呸！只有单身汉才去沃特岛。要是我们也去，他们就会说我们胆小。我们必须维护面子啊，我亲爱的。"

海卡其自豪地把头埋在他肥胖的双肩之间假装睡了几分钟，但其实一直都在密切监视，准备战斗。既然所有的海豹和他们的妻子都已经上了岛，你从几英里开外的海面上都能听到他们的喧闹，直盖过最猛烈的暴风雨声。保守估计，海滩上也有超过一百万头海豹——老海豹、海豹妈妈、小宝宝、单身汉们，他们打斗、混战、咩咩叫着爬来爬去，一起玩耍嬉戏——他们成群结队跳进海里，又从海里爬上岸，躺在目力所及的每一寸土地上，然后又穿过大雾，一对一对前去战斗。诺瓦斯托什那几乎总是大雾天，除了太阳出来的一会儿，阳光照得万物都散发出珍珠和彩虹般的色彩。

玛特卡的孩子柯提卡就出生在那场混战之中，他的头和肩部整个都是灰白色的，长着一双水汪汪的蓝眼睛，就和所有的小海豹一样，但他的外表还是有点儿特别，他的母亲仔细看着他。

"海卡其，"最后她说，"我们的孩子会长成白色的！"

"一派胡言！"海卡其哼了一声，"世上从来就不曾有过白色的海豹。"

"我也没办法，"玛特卡说道，"现在就要有了。"然后她低声温柔地唱起了海豹歌谣,这是所有的海豹妈妈都会唱给她们宝宝的歌：

> 六周之前，你可不能游泳啊，
> 不然你会头下脚上沉下去呀；
> 还有夏天的风暴和虎鲸，
> 都是海豹宝宝的敌人呀。
> 都是海豹宝宝的敌人，
> 亲爱的小老鼠，
> 最坏最坏的敌人啊；
> 但是玩水吧，茁壮地成长吧，
> 你会万事如意的。
> 因为你是广阔的海洋之子啊！

当然，一开始小家伙是不能明白歌词的。他划着水，往妈妈身边爬去，当他爸爸在和别的海豹打架，大吼着在滑溜溜的岩石上滚上滚下时，他就爬到一边去。玛特卡经常下海捕食物，宝宝两天只喂一次，但他把能吃的都吃了，因此长得很强壮。

他所做的第一件事就是爬向岛的内陆，在那里他碰到了成千上万和他年纪相当的小海豹，他们就像小狗一样一起嬉闹，在干净的沙子上睡觉，然后又起来玩耍。海豹窝那边的老海豹不理睬他们，单身汉也都待在自己的地盘上，因此这些宝宝玩得很开心。

当玛特卡从深海捕完鱼返回，她就直接到宝宝们玩耍的地方呼叫他们，就像绵羊呼叫小羊羔一样，直到听见柯提卡咩咩的叫声。接着她会沿最笔直的路线向他走去，她用前鳍往外拍打，把那些小海豹撞得四脚朝天、东倒西歪。这里经常有几百只海豹妈妈在游乐场上寻找她们的孩子，孩子们也总是被翻来翻去。但正如玛特卡告诉柯提卡的那样："只要你不躺在泥巴浆里染上疥癣，不把硬邦邦的沙子蹭到伤口或划进伤痕里，你不在海上有狂风暴雨时游泳，就什么都不会伤害到你。"

小海豹和小孩子一样都不再会游泳了，但不学会他们就不开心。柯提卡第一次下海时，一道浪把他卷到超出他高度的外海，他大大的头沉了下去，小小的后鳍却翻了上来，就正像他妈妈在歌里告诉他的一样，要不是下一道浪又把他送回来的话，他可能已经被淹死了。

从那以后，他就学着躺在海滩上的水洼里，海浪刚好盖住他，他拍着水花就能浮起来，他总是睁大眼睛警惕着可能会伤害到他的大风浪。他用了两周才学会运用前鳍；那两周里，他在水里来回扑腾，不是呛到水直咳嗽，就是咕噜咕噜喝了水，他爬上海滩打个瞌睡，就又回到水里，直到最后他发现自己真正属于海水了。

然后你就可以想象他和同伴一起度过的时光了，他们躲避在卷浪之下；或者是乘在碎浪浪峰上，随着浪头一起冲到远远的海滩上，"啪"的一声着陆溅起水花。要么就是像老海豹一样用尾巴直立起来，抓挠自己的头；或者是在波浪正好冲刷不到又长满草、光溜溜的岩石上玩"我是城堡之王"的游戏。他不时看见一个薄薄的鳍，就像是鲨鱼的鳍那样，正漂近海滩，他知道那是虎鲸格拉普斯，虎鲸抓到小海豹就会吃了他们；然后柯提卡就像箭一样冲向海滩，而那鳍就会缓缓摇摆离开，仿佛他本来就没在找任何东西一样。

十月末，海豹们开始以家庭或部落为单位离开圣保罗去往深海，海豹窝上也不再有打斗了，单身汉们就在任何他们喜欢的地方玩耍。"明年，"玛特卡对柯提卡说，"你将成为一个单身汉，但今年，你必须学会怎样捉鱼。"

他们一起出发穿越太平洋，玛特卡向柯提卡展示如何仰躺着睡觉，把鳍都缩在身体两侧，小小的鼻子刚露出水面。再没有比太平洋摇晃的波浪还舒服的摇篮了。当柯提卡感到全身皮肤刺痛时，玛特卡告诉他那是因为他正在学会"海水的感觉"，这种刺痛、发痒的感觉意味着坏天气要来了，他必须拼命游好逃开。

"很快，"她说道，"你就会知道要游到哪里去，但现在我们还是跟着海豚波帕伊斯，因为他非常聪明。"一群海豚正躲在水下破浪前进，小柯提卡尽他最快速度跟着他们。"你怎么知道要去哪里？"他气喘吁吁地问。那群海豚中领头的转着他白色的眼睛躲在下面。"我的尾巴刺痛，小家伙，"他说道，"这说明我身后有暴风雨。跟我来！当你在黏糊糊的海水以南时（他是指赤道），如果你的尾巴刺痛，就意味着你前面有风暴，你必须朝北游。来吧！这里的海水感觉真糟。"

这正是柯提卡学会的很多事情中的一件，他总是在学习。玛特卡教他沿着海底的沙洲追捕鳕鱼和大比目鱼，把三须鳕从他海藻间的洞穴里给绞出来；教他怎样绕过海底一百英寻（1英寻合6英尺或1.829米）的失事沉船残骸，鱼群游走时像来复枪子弹一样从一个舷窗冲进去，又从另一个舷窗出来；当整个天空到处都是闪电竞逐时，怎样在浪顶舞蹈，当短尾信天翁和军舰鹰顺风而下时怎么向他们礼貌挥鳍；怎样让鳍足紧贴身子蜷起尾巴像海豚一样跳出水面三四英尺高；不要捕食飞鱼，因为他们全身都是骨头；在十英寻深的水下全速前进时怎样一口咬下鳕鱼的肩胛部，永远不能停下来张望小船或是轮船，尤其不能看划艇。六个月以后，柯提卡还不知道的关于深海捕鱼的事也就不值得去学习了。那整段时间，他的鳍足从来没有接触干燥的陆地。

但是有一天，当他半睡半醒躺在胡安费南德兹岛外某处温暖海域时，他感觉浑身懒散无力，就和人类在春天时腿脚无力一样，他记起了四万英里以外诺瓦斯托什那结实的优质海滩，记起了他和同伴们玩的游戏，海藻的气息，海豹的吼叫声和他们的打斗。他当即转身，不停地向北游去，而就在前进的时候，他遇见了几十个同伴，他们都要去同一个地方，他们说："你好啊，柯提卡！今天我们全都是单身汉了，我们可以在卢卡农那边的碎浪中大跳火焰舞了，还可以在嫩草上玩耍。可话说回来，你是在哪里弄的那身皮呀？"

柯提卡的毛皮现在几乎成纯白色了，尽管他感到非常骄傲，但他只说了句："快游！我骨子里都在渴望那片土地。"然后他们就都来到了出生的那片海滩，听见老海豹，还有他们的父亲又在翻腾的雾气中打斗。

那晚，柯提卡和一岁的海豹们跳起了火焰舞。夏季的夜晚，从诺瓦斯托什那到卢卡农的一路上全都是火光，每只海豹身后都留下一条尾迹，就像烧着的油一样拖在身后，他跳起来时还会有火红的闪光，波浪碎裂成巨大的磷光条纹和旋涡。接着他们到了岛内单身汉们的地盘，在新的野麦田里滚上滚下，讲着他们在海里的故事。他们讲起太平洋来就像是男孩们会谈起曾经采摘坚果的树林一样，如果有人能听懂他们，那他就可以绘出一幅从来没有人画过的大洋地图。三四岁大的单身汉们从哈金森山上轻快地跳下来喊："走开，小家伙们！大海可深得很，你们还不知道里面都有些什么呢。等你们绕过了霍恩角再说吧。嘿，你这一岁大的小东西，你从哪儿弄的这件白外套啊？"

"我没有弄，"柯提卡说道，"是长出来的。"就在他准备掀翻说话者时，沙丘后走出了两个长着黑头发和扁红脸的人，柯提卡以前还从没见过人，他咳嗽着把头低下去一点儿。那个单身汉也只匆匆躲开几码，坐下呆呆瞪着眼看。那不是别人，而是岛上捕海豹的首领克里克·布特林和他的儿子帕特拉蒙。他们从离海豹窝不到半英里的小村庄而来，正在决定要把哪些海豹赶进宰杀圈里——因为海豹是要赶的，就像绵羊一样——稍后再做成海豹皮夹克。

"嗬！"帕特拉蒙说道，"瞧！这里有只白海豹！"

克里克·布特林尽管脸上蒙了一层油烟，脸色却还是突然变得煞白，因为他是阿留申人，阿留申人都不爱干净。接着他就开始低声祈祷："别碰他，帕特拉蒙。自打——自打我出生以来，还从没有见过白海豹。这说不定是扎哈罗夫的鬼魂。去年他在一场大风暴中失踪了。"

"我不会靠近他的，"帕特拉蒙说道，"他可不吉利。你真觉得他是老扎哈罗夫重现吗？我还欠他几个海鸥蛋呢。"

"别看他，"克里克说道，"掉头去赶那些四岁的海豹吧。工人们今天该剥下两百张海豹皮，但这一季才开始，他们又是新手。一百头应该够了。赶快！"

帕特拉蒙在一群海豹单身汉面前咔咔敲打一对海豹的肩胛骨，他们都停下来愣住了，呼呼直喘气。然后他就走近些，海豹们开始移动，克里克带着他们走向内陆，而那些海豹从没试图返回他们同伴身边。成百上千上万头海豹看着他们被赶走，但他们还是照旧继续玩耍。柯提卡是唯一提出质疑的，而他的同伴也没有一个能告诉他任何理由，除了说这些人每年有六周到两个月的时间都会用这样的方式来赶走海豹。

"我要去跟着。"他说，他沿着那群海豹的尾迹拖着脚蹼走，眼睛几乎要从头上瞪出来了。

"那只白海豹跟着我们来了，"帕特拉蒙喊道，"这还是头一次有海豹独自跑来屠宰场呢！"

"嘘！别回头，别看后面，"克里克说道，"那是扎哈罗夫的鬼魂！我必须和祭司说说这事。"

到屠宰场的路只有半英里，但走起来要花上半小时，因为如果海豹走得太快，克里克知道那样的话他们就会发热，然后剥皮的时候毛就会一块块脱落。所以他们走得非常慢，他们经过海狮颈，经过韦布斯特宅邸，一直到来到海滩上的海豹看不见的萨尔特宅邸。柯提卡跟在后面，气喘吁吁，充满好奇。他以为他到了世界尽头，但他身后海豹窝传来的吼叫声还和隧道里的火车鸣叫那样响亮。然后克里克在苔藓上坐下来，拉出一只青灰色怀表好让赶着的海豹群降温三十分钟，柯提卡听见雾汽凝成的水珠从他便帽的边缘滴下来。然后十到十二个人走上来，每个人都拿着一支三四英寸长的包铁皮的木棒，克里克就指着两三只让同伴咬伤或是太烫的海豹，那些人就用他们那海象脖子皮做成的厚靴子把那几只海豹踢到一边，克里克接着说："开始吧！"这些人就拿着棒子用他们最快的速度敲打这些海豹头部。

十分钟以后，小柯提卡就再认不出他的朋友们了，因为他们鼻子到后蹼的皮都被撕开了，扯下来，然后扔到地上堆成一堆。柯提卡受不了了。他掉头飞奔回海里去（海豹是可以用很快的速度跑上一会儿的），他刚长出的短短胡须因恐惧而倒竖起来。在海狮颈，大海狮们坐在海滩边上。他双鳍举在头顶跳进冰凉的海水，在里面摇晃，痛苦地喘着粗气，"这是什么？"一只海狮粗鲁地说，因为海狮有个规矩，他们的地盘只容许海狮进入。

"我很孤单，非常孤单！"柯提卡说道，"他们正在海滩上屠杀所有的单身汉！"

那只海狮转头朝向内陆，"胡说！"他说道，"你的朋友们还和以前一样在大声吵闹。你一定是看到老克里克把一群海豹剥光了。他都那样干了三十年了。"

"真可怕。"柯提卡说，一道浪淹没了他，他退回水里，一边划动双鳍打旋，在离一块豁口岩石三英尺远的地方停下来。

"对一个一岁的海豹来说，你干得可真漂亮！"那海象说道，他能欣赏高明的泳技，"我想在你看来，那可是相当可怕，但是如果你们海豹年复一年往这里来，人类当然就会知道，除非你们能找到一个人类没有到过的小岛，不然你们一直会被赶走。"

"难道就没有这样的小岛吗？"柯提卡问道。

"我已经跟着波尔图（大比目鱼）二十年了，但我还是没有找到这样的地方。但瞧瞧你——你似乎很喜欢和长辈说话——你要是去海象小岛的话，就和海维奇谈谈。他可能知道些事情。别像这样急着走啊。可是要游六英里呢，我要是你的话，我就会先上岸，小睡一会儿，小家伙。"

柯提卡觉得这是个好主意，所以他就绕着游回自己的海滩，上了岸，睡了半个小时。就和所有的海豹一样，他睡觉的时候浑身抽动。然后，他径直赶往海象岛去，那是一个低矮多岩的小岛，差不多正好位于诺瓦斯托什那东北方，到处都是礁石、岩块和鸥鸟的巢，那里只有海象聚集成群。

他紧贴着老海维奇上岸——那是只大块头、面貌丑陋的北太平洋海象，他浑身浮肿长满了疙瘩，脖子很粗，满口长着尖牙，除了睡觉的时候以外，他没有任何礼貌，那时他正在睡觉，后鳍在海浪里若隐若现。

"醒醒！"柯提卡叫道，因为海鸥叫的声音很大。

"哈！嗬！哼！什么事？"海维奇说，他用长尖牙敲了旁边的海象一下，叫醒了他，他又叫醒了下一只，下一只又敲了旁边的一只，这样继续下去直到他们都醒过来，他们朝每个方向瞪眼就是不看正确的地方。

"嘿！是我啊。"柯提卡说着从海浪里浮起来，看着就像一个小小的白色鼻涕虫。

"好吧！我还是被——剥了皮吧！"海维奇说，他们全都看着柯提卡，就和你能想象到的一样，一个俱乐部里昏沉沉的老绅士都盯着一个小男孩看。也是那时，柯提卡不再在乎听到剥皮的事，他已经看够了。所以他叫出来："有没有什么地方海豹可以去，人类又没有去过的？"

"去找出来吧，"海维奇说着闭上眼睛，"走开。我们现在忙着呢。"

柯提卡像海豚一样跃到空中，竭尽所能地大声喊："吃蛤的家伙！吃蛤的家伙！"他知道海维奇这辈子都没捉到过一条鱼，一直吃蛤蜊和海藻，尽管他假装是一个非常可怕的家伙。那些一直在等待机会发狂的北极鸥、三趾鸥和角嘴海鸥自然就开始啖叫起来，而且——利莫森就是这么告诉我的——在海象小岛上开枪，将近五分钟你都听不见枪响。因为所有的居民都在狂喊尖叫着："吃蛤蜊的家伙！斯塔利克（老东西）！"而海维奇就从一边翻到另一边，又是咕噜又是咳嗽。

"现在你要说了吧？"柯提卡大声喊，几乎要喘不过气来了。

"去问海牛，"海维奇说道，"要是他还活着，他能告诉你。"

"我碰到他的时候，我怎么知道他就是海牛呢？"柯提卡说着掉转方向。

"他是大海里唯一比海维奇还丑的家伙，"一只北极鸥在海维奇鼻子下打着旋儿尖叫，"他更丑，脾气更糟！那个斯塔利克！"

柯提卡游回诺瓦斯托什那，留下海鸥们在那儿尖叫。回去后他发现他只是试着为海豹找个清静的地方，但谁也不支持他。他们告诉他人类过去一直都会来赶单身汉——这是一天工作的一部分——而且如果他不喜欢看丑陋的东西，他本就不该到屠宰场去。但是其他的海豹以前都没有看到过屠宰过程，而这正是他们之间的区别。另外，柯提卡还是只白海豹。

"你一定要快点长大，长成和你父亲一样的大海豹。"老海卡其听了他儿子的历险之后说道，"到那时，你在海滩上也会有个育儿窝，然后他们就不会来招惹你了。再过五年，你就能为自己而战了。"就连他温柔的妈妈玛特卡也说："你永远也不可能阻止屠杀。到海里去玩耍吧，柯提卡。"于是柯提卡就走开了，他小小的心脏沉甸甸的，跳起了火焰之舞。

　　那年秋天，他尽早离开海滩，独自出发了，因为他倔强的脑袋里有了一个想法。他要去找海牛，如果大海里有这个家伙的话，他还要去找个清静的岛屿，那里有结实的海滩可供海豹生活，人类也够不到他们。因此，他独自找啊找啊，从北太平洋到了南太平洋，一昼夜要游上三百英里。他遇上的险情讲也讲不完，还几乎被晒鲨、斑点鲨和双髻鲨捉住，他还遇见了所有在海里蹿上蹿下不值得信赖的恶棍，还有笨重却有礼的鱼，在一个地方生活了几百年并为此自豪的红斑扇贝。但他从没遇见海牛，也从没找到一个梦想的海岛。

　　如果有一个优质结实的海滩，后面又有斜坡可供海豹在上面玩耍，那里的地平线上就总有捕鲸船在熬炼鲸脂，冒出浓烟，柯提卡知道那意味着什么。有时他看见曾有海豹来过这个岛，然后被宰了，柯提卡就知道这里曾来过人，他们还会再来。

　　他找到一只短尾巴的老信天翁，信天翁告诉他克尔格伦岛正是太平清静的好地方，但当他到达的时候，那里正电闪雷鸣下起了雨夹雪，他几乎在险恶的黑悬崖上撞得粉身碎骨。但当他顶着狂风走出来时，他看见就连这里也曾有过海豹窝。他到过的所有岛上都是这样。

　　利莫森给了他一个长长的岛屿名单，柯提卡按着他的话找了五季，每年在诺瓦斯托什那休息四个月，那几个月，单身汉们都习惯于取笑他和他幻想的岛屿。他到过加拉帕格斯，赤道上一个干燥到极点的地方，在那里他几乎被烤死；他去过佐治亚群岛、奥克尼群岛、绿宝石岛、小南丁格尔岛、高夫岛、布维岛、克洛塞斯，甚至去过好望角以南的一个小小的岛。但所有海上的居民都告诉他同样的事情。海豹们曾来过这些岛上，但人类的屠杀把他们都赶走了。甚至当他游出太平洋几万英里，到达一个叫克里恩斯角的地方（就是当他从高夫岛返回的时候），他在一块岩石上发现一些皮毛乱糟糟的海豹，他们告诉他这里也有人类来过。

那话几乎打碎了他的心，他绕着霍恩角回到了自己的海滩；在北上的途中，他从一个长满绿树的岛上了岸，在那里他看见一头很老很老、奄奄一息的海豹，柯提卡为他捉了鱼，并把自己的伤心事告诉了他。"现在，"柯提卡说道，"我要回诺瓦斯托什那了，就算我和单身汉被赶进了屠宰场，我也不会在乎了。"

老海豹说："再试一次。我是已经灭绝的马萨弗埃拉海豹中的最后一只，在那些人类屠宰我们的成千上万的日子，海滩上曾流传着一个故事，说有一天会有一只白海豹自北而来，带领海豹去一个清静的地方。我老了，我将永远也看不到那一天了，但其他海豹可以。再多试一次吧。"

柯提卡翘起胡须（那胡子真美）然后说："在所有诞生在海滩上的海豹中，我是唯一一只白色的，而且不管黑海豹还是白海豹，只有我想要寻找新岛屿。"

这极大地鼓舞了他，那年夏天，等他回到诺瓦斯托什那，他的妈妈玛特卡恳求他结婚，然后安定下来，因为他已不再是个单身汉而是一只成年海豹了，他的肩胛骨上生着卷曲的白色鬃毛，像他父亲一样壮实高大、生猛威风。"再给我一季时间吧，"他说道，"记住，妈妈，在海滩上冲得最远的总是第一道浪。"

奇怪的是，还有另一只海豹觉得她也应该推迟到来年再结婚，于是在起程进行最后一次寻找的前夜，柯提卡和她在卢卡农海滩上跳了整夜的火焰舞。

这次，他往西前进，因为他跟上了一大群大比目鱼，为了保持充沛的体力，他每天至少要吃一百磅鱼。他追着他们直到精疲力竭，于是他就蜷起身，睡在冲往柯帕岛的巨浪窝里。他很熟悉这片海岸，所以大概午夜时，他感到自己轻轻撞到一片海草上，他说："嗯，今晚的潮汐很猛。"然后他在水下翻了个身，慢慢睁开眼睛舒展身子。接着他像猫一样跳了起来，因为他在大片海水中看见一些庞然大物正探头探脑在海草边缘啃食。

"凭麦哲伦海峡的巨浪起誓！"他从胡子之下的嘴里发出声音，"深海里的那些居民是谁？"

他们既不像海象、海狮、海豹、熊、鲸、鲨鱼、鱼、乌贼，也不像柯提卡以前见过的蛤蛎。他们长度在二十到三十英尺之间，他们没有后鳍，只有一条铲状的尾巴，看上去好像是用潮湿的皮革削成的。他们的头部是你未曾见过的长得最蠢的样子，当他们不吃草时，就用尾巴末梢在深海里保持平衡，他们彼此庄重地鞠躬，像一个胖人挥舞手臂一样舞动自己的前鳍。

"嗯哼！"柯提卡说道，"祝捕猎顺利，各位绅士们！"那些庞然大物像青蛙仆从一样鞠躬并挥舞前鳍作答。等他们开始再次进食的时候，柯提卡看见他们的上唇裂成两半儿，那两半上唇能拉开一英尺远，然后再吃进整整一蒲式耳（英美制容量单位）那么多的海草。他们把那些海草卷进嘴里，然后就正经地咀嚼了起来。

"那种吃法可真是够邋遢的。"柯提卡说。他们又鞠躬，柯提卡失去了耐性。"很好，"他说道，"就算你们的前鳍恰好多出一个关节，那你们也不必如此卖弄吧。我看见你们鞠躬非常优雅，但我应该知道你们的名字啊。"那裂开的上唇蠕动着，呆呆的绿眼睛瞪着他，但他们没有出声。

"好吧！"柯提卡说道，"你们是我已经见过的唯一一比海维奇还要丑的生物——而且你们更不懂礼貌。"

突然，在一瞬间，他想起了当他还是个一岁大的小家伙时，在海象岛北极鸥对他喊的话。他又回到海水中，因为他知道自己终于找到了海牛。

海牛们继续撕扯吞食海草，柯提卡用每一种他在旅途中学会的语言问他们问题，海中居民的语言类别几乎和人类一样多。但海牛还是没有回答，因为他们不能说话。他们脖子上本应该有七节骨头，但实际只有六节，他们说这使得他们在海里即使是和同类也无法交流。但是，如你所知，他们在前鳍上多一个关节，通过上下挥动前鳍，他们做出了一种类似笨拙的电报代码的回答信号。

到天亮时，柯提卡的鬃毛都竖了起来，他的耐性也飞到了死螃蟹才去的地方。然后海牛开始非常缓慢地往北上，还不时地停下来可笑地鞠躬商谈，柯提卡跟着他们，他对自己说："像这么愚蠢的种族，如果不是找到了安全的岛屿，可能早就被杀光了。对海牛足够安全的地方对海豹也足够了。不管怎么说，我希望他们赶快。"

这种前进方式令柯提卡厌烦。海牛群一天赶的路绝不可能超过四五十英里，夜间还要停下来进食，并且一直与海岸挨得很近。但不管柯提卡是绕着他们转圈，还是游在他们上面，或者游在他们下面，他都不能要他们游快半英里。他们到了更远的北方之后，就每隔几个小时举行一次鞠躬商谈，柯提卡差点儿不耐烦得要把胡子咬掉了，直到他明白他们是在追随一股暖流之后，他才对他们多了几分敬意。

一天晚上，他们沉入了闪耀的海水——像石头那样下沉——自打见到他们以后，这还是他们第一次快游。柯提卡跟着，那速度令他震惊，因为他做梦也没想到海牛还会是游泳好手。他们朝着岸上的一块悬崖进发——那面悬崖伸进深深的海底，他们钻进悬崖底部一个离海面二十英寻的黑暗洞穴里。他们游了很久很久，在跟随他们穿越黑暗隧道之前，柯提卡早已亟需新鲜空气。

"我的头啊！"他说着浮出水面，呼哧呼哧地大口喘气，"真是潜了好久，但倒也值。"

海牛们分开来，沿着这片柯提卡从没见过的最优质的海滩边缘慵懒地巡视。那里有绵延数英里、打磨得光溜溜的岩石正好适合做海豹的育儿窝，在那岩石后面还有结实的嬉戏沙地斜伸向内陆，有浪头可供海豹在里面跳舞，有茂密的野草可供打滚，还有沙丘可以爬上爬下。最好的是，柯提卡从海水里感觉出这里以前从没有人来过，这一点真正的海豹是从不会被骗的。

他所做的第一件事就是亲自去确认这里是不是适合捕鱼，然后他沿着海滩边游边计算，在这翻腾着的美丽雾气中到底隐藏有多少喜人的低矮沙岛。在远远的北面海上，有一排沙洲、浅滩和岩礁，船只永远也不可能靠近海滩六英里以内，在这些群岛和陆地之间又伸展着一片深海，一直延伸到那片垂直的悬崖边，而隧道就在那悬崖下面的某处。

"这完全又是一个诺瓦斯托什那，但要比它好上十倍，"柯提卡说道，"海牛肯定比我估计的要聪明。就算这里有人，他们也不可能从悬崖上下来，而这片伸展到海里的浅滩会把船撞成碎片。如果说大海里有安全的地方，就是这里了。"

他开始想念那些他留在身后的海豹，尽管他急着想返回诺瓦斯托什那，他还是彻底地探寻了一番这个新国度，这样他就可以回答所有的问题了。

接着他往下潜，好确定隧道的入口，一路加速南下。除了海牛和海豹，谁也不曾梦想过还有这样的一个地方，柯提卡回望那些悬崖，他自己也几乎不敢相信他曾游到过那下面。

他花了六天时间才回到家，尽管他游得并不慢；当他正好在海狮颈登陆时，他最先遇见的就是一直在等待他的那只海豹，而她从他的眼神里就看出他最终还是找到了他梦想的岛。

但当他告诉那些单身汉、父亲海卡其和所有其他的海豹时，他们都嘲笑他，一只和他年纪相当的年轻海豹说："这一切都非常好，柯提卡。但是你不可能从一个谁也不知道的地方跑来命令我们就这样离开吧。记住，我们一直在为我们的育儿窝战斗，这样的事情你从未做过。你更喜欢在海里游荡。"说话的年轻海豹那一年他刚结婚，正为育儿窝的事非常烦恼。

"我没有窝需要我来战斗啊，"柯提卡说道，"我只想给你们展示一个会为你们提供安全的地方。打架又有什么用。"

"噢，你要是退缩了，当然我就无话可说了。"那只年轻海豹充满恶意地笑着。

"如果我赢了，你们就会和我一起来吗？"柯提卡说。他的眼里冒出绿光，因为他为必须打架而非常愤怒。

"很好，"年轻海豹无所谓地说，"要是你赢，我就去。"

他没有时间再去改变主意了，因为柯提卡的头伸了过来，牙齿咬进年轻海豹脖颈之下的油脂里。接着他朝后一蹲把对手拖下了海滩，摇晃他，把他撞翻过来。然后柯提卡对海豹们吼道："过去的五年里，我为你们尽了最大努力，但不把你们的脑袋从愚蠢的脖子上拽下来，你们是不会相信的。我现在就来教教你们。你们可小心了！"

利莫森告诉我他这辈子还从没有——利莫森每年都要看见一万只大海豹打架——他这短短的一辈子。从没有见过像柯提卡那样对海豹育儿营发起进攻的。他扑向他能找到的最大的海豹，咬住他的喉咙，掐住他、猛撞他、重击他，直到他咕哝求饶，然后才把他扔在一边继续朝下一只发起进攻。你知道，柯提卡从没像这些大海豹一样每年都要禁食四个月，而他的深海游历又令他保持了完美的身体条件。另外，最妙的一点在于，他此前从没打过架。他卷曲的白色鬃毛愤怒地竖直，眼中冒出火焰，大犬牙熠熠生辉，看上去威风凛凛。他的父亲老海卡其看他正猛冲过来，把那些老灰海豹像大比目鱼一样拖来拽去，把年轻的单身汉们撞得东倒西歪，老海卡其咆哮一声，喊道："他或许是个傻子，但他是海滩上最能打的！可别掀翻了你的父亲啊，我的儿子！他是支持你的！"

柯提卡也咆哮回应，于是老海卡其摇摇晃晃地加入战斗行列，他胡须倒竖，吼声像个火车头，而玛特卡和那只准备嫁给柯提卡的海豹都退到一边欣赏着她们的丈夫。那真是漂亮的一仗，只要看见有谁还敢抬头，父子俩就打过去，直到谁也不敢抬头，他们就怒吼着肩并肩在海滩上神气地走来走去。

晚上，当北极光刚刚在雾气中闪烁发亮时，柯提卡爬上一块岩石俯视七零八落的海豹窝和那些撕得皮开肉绽、血流不止的海豹。"现在，"他说道，"我可是给你们上了一课。"

"我的头啊！"老海卡其说着僵硬地站起身来，因为他也伤得厉害，"就算是虎鲸也不可能把他们打得更狠了。儿子，我为你骄傲，而且，我还要和你一起去你的岛上——如果有这样的地方的话。"

"听着，你们这些海里的肥猪，谁和我一起去海牛的隧道？回答我，不然我就再给你们上一课！"柯提卡吼道。

喃喃声就像潮汐的波浪在海滩涨涨落落。"我们去，"成千上万疲倦的声音说道，"我们将追随柯提卡，我们将追随白海豹。"

然后柯提卡就把头低到两肩之间，自豪地闭上了眼睛。他不再是一只白海豹了，他从头到尾都染成了红色。但就算这样，他也不屑于打量或触碰任何一道伤口。

一周后，他和他的队伍（将近十万只单身汉和老海豹）北上去了海牛的隧道，柯提卡带领着他们，而待在诺瓦斯托什那的海豹们则称他们是蠢货。但来年春天，他们全部在太平洋的渔场相遇了，柯提卡的海

豹们说了关于海牛隧道之外的新海岸的故事，越来越多的海豹离开了
诺瓦斯托什那。当然了，这一切并没有立刻实现，因为海豹们并不是
十分聪明，他们需要很长一段时间才能在脑子里转过弯来。但年复一年，
越来越多的海豹从诺瓦斯托什那、卢卡农和其他育儿营离开，去了清
静避世的海滩，柯提卡要在那里坐上一整个夏天，每年他都变得更大、
更肥、更壮，而单身汉们就绕着他，在那片从没有人到过的大海里玩闹。

卢 卡 农

这是一首动听的深海之歌，圣保罗所有海豹在夏季重返他们的海
滩时都会唱，是一首非常悲伤的海豹赞美诗。

清晨我遇上我的同伴（而且，噢，可是我老了！）
他们在夏季海潮翻卷的暗礁上吵闹；
我听见他们的齐唱声淹没了浪涛的歌声——
卢卡农的海滩啊——有两百万个声音那么大。

咸水湖畔舒适栖息地的歌，
吹倒沙丘的鼓风队伍的歌，
把海水搅成火焰的午夜舞蹈的歌——
卢卡农的海滩啊——在捕豹人还没来之前！

清晨我遇上我的同伴，（我再也不会遇见他们了！）
他们成群结队来来往往，黑压压盖住了整片海滩。

在远处泡沫斑驳的海上，声音能传到的远处，
我们欢迎登陆的队伍，我们唱着歌欢迎他们踏上海滩。

卢卡农的海滩啊——冬日的小麦长得那么高——
湿淋淋的青苔沙沙响，海上雾气浸透了一切！
我们玩耍的台地，全都磨得一片平滑，闪着光泽！
卢卡农的海滩啊——我们出生的家乡！

清晨我遇上我的同伴，一支溃散的队伍。
人们从海里射我们，在地上敲我们的头；
人们把我们像蠢绵羊一样赶到盐场去驯服，
但我们仍唱着卢卡农的歌——在捕豹人还没来之前！

掉头吧，掉头往南吧，噢，海豹们，去吧！
向深海之王诉说我们悲伤的故事吧。
从前，如鲨鱼卵一般寂寥，暴风雨猛冲上岸，
卢卡农的海滩啊，再也不认识他们的子孙！

◎里奇—提奇—塔维

在他走进的洞穴那里，
红眼睛的对皱皮肤的说，
听小红眼睛说些什么：
"纳格，出来和死神舞蹈吧！"

眼对眼，头对头，
（保持好距离，纳格。）
当一方死去，这就会结束；
（如你乐意，纳格。）
转来转去，扭来扭去——
（逃吧，躲起来吧你，纳格。）
哈！戴兜帽的死神失手了！
（悲哀发生于你身，纳格。）

这是里奇—提奇—塔维单枪匹马打了一仗的光辉故事，发生在习
高利军营驻地一幢宽敞的平房澡堂里。有长尾缝叶莺达奇帮他忙，有从

来不敢跑到地板中央而只敢沿着墙根爬行的麝鼠丘琼德拉给他出主意，但真正战斗的还是里奇—提奇。

他是一只猫鼬，皮毛和尾巴都长得像小猫，而脑袋和习性又很像鼬鼠。他的眼睛和嗅个不停的鼻子尖儿是粉红色的。他可以随自己高兴选择用任意一条腿，不管是前腿还是后腿，挠身子的任何地方。他能让尾巴蓬起来，直到看起来像个刷瓶子的刷子，当他在高高的草丛中匆匆穿行时，他会发出战斗号子："里奇—提奇—提奇—提奇—查克！"

一天，一场夏季大洪水把他从他和父母亲一起居住的鼠洞里冲了出来，洪水把他冲下了路旁的水沟，他一路又是踢打，又是咯咯叫。在那里，他找到一束浮在水面的草丛，就紧紧抓住，直到失去了知觉。苏醒过来的时候，他正躺在一条花园小路的中间，实在是又湿、又脏，一个小男孩说："这里有一只死猫鼬，我们为他举行葬礼吧。"

"别，"他妈妈说道，"我们把他拿进去烘干吧，说不定他还没有死呢。"

他们把他拿进了屋子，一个大个子男人用拇指和食指把他提起来，说他并没有死，只是被呛住了。所以他们用棉絮把他包起来，放在一堆小火上烤暖和，然后他睁开眼睛，打了个喷嚏。

"现在，"那个大个子男人（他是个英国人，才刚刚搬进军营驻地），"别吓着他，我们来看看他要做什么。"

想吓着猫鼬，这可是世上最困难的事情，因为他从鼻子到尾巴全都充满了好奇心。所有猫鼬家族的格言都是"快跑过去看看是什么事"，而里奇—提奇确实是一只名副其实的猫鼬。他看着棉毛絮，断定这不好吃，于是就绕着桌子奔跑，坐下理顺自己的皮毛，搔着痒，然后跳上那个小男孩的肩膀。

"别害怕，泰迪，"他父亲说道，"那是他交朋友的方式。"

"啊！他在挠我的下巴。"泰迪说。

里奇—提奇从男孩的衣领和脖子之间往下看，嗅他的耳朵，然后爬到下面的地上，坐下来蹭自己的鼻子。

"天啊，"泰迪的母亲说道，"这就是野生动物啊！我猜他这么温驯是因为我们对他很好吧。"

"所有的猫鼬都是这样的，"她丈夫说道，"如果泰迪没有拎着尾巴把他捡起来，或者没有把他关进笼子里，他会一整天在屋子里跑进跑出的。我们给他点儿什么东西吃吧。"

他们给了他一小块生肉。里奇—提奇非常喜欢吃，等他吃完，他就走出去到了阳台上，他坐在阳光里蓬起毛皮，好让它干透。然后他感觉舒服多了。

"这间屋子里值得看个究竟的东西，"他自言自语，"比我家族所有成员一辈子能看到的还要多。我一定要留下来看个究竟。"

那天，他花了一整天时间在屋子游荡，他还差一点儿把自己溺死在浴桶里，把鼻子伸进写字台上的墨水里，他还被那个大个子男人的雪茄头烧了鼻子，因为他爬上他的膝盖想看看他怎么写字。夜幕降临时，他跑进泰迪的儿童室去看煤油灯怎么点燃。当泰迪上床的时候，里奇—提奇也爬了上去。但他是一个不休息的同伴，因为夜里听到所有的响动他都要爬起来看看那声音是什么发出来的。泰迪的母亲和父亲每晚入睡前都要泰迪的房间看看他们的儿子，而里奇—提奇正卧在枕头上。"我可不喜欢这样，"泰迪的母亲说道，"说不定他会咬这孩子的。""他不会做这种事的，"父亲说道，"泰迪和那个小动物在一起比有猎犬守护他还要安全呢。要是现在有一条蛇进了儿童室——"

但泰迪的母亲才不愿相信会发生这样可怕的事情。

清早，里奇—提奇就骑在泰迪的肩头来阳台上吃早餐，他们给了他香蕉和一些煮熟的鸡蛋。他在他们的膝盖上跳来跳去，因为每一只有着良好教养的猫鼬都一直渴望着有一天能成为一只家养猫鼬，然后拥有能在房间里面奔跑的权利。里奇—提奇的母亲（她以前住在习高利将军的宅子里）曾详细地告诉过里奇—提奇如果遇到白人该怎么做。

早餐后，里奇—提奇来到花园里，看看有什么好玩的东西。那是一个很大的花园，只有一半开垦出来种上了和凉亭一样高大的灌木丛，还种着尼尔元帅玫瑰（一种黄色的玫瑰，是以拿破仑手下的元帅名字命名的）、酸橙和甜橙树，一丛丛的竹子，还有一块高大茂盛的草地。里奇—提奇舔了舔嘴唇。"这可是个绝佳的狩猎场。"他想到这里，尾巴就蓬得像瓶刷子一样，他在花园里上上下下快速地跑来跑去，嗅嗅这里又闻闻那里，直到听见荆棘丛里传来一阵悲痛的声音。

那是长尾缝叶莺达奇和他的妻子。他们把两片树叶拉到一起，用纤维把树叶边缘缝起来，里面填上棉絮和柔软的绒毛做成了一个漂亮的巢。鸟巢来回摇晃，他们坐在边上哭泣。

"发生什么事了？"里奇—提奇问。

"我们真惨，"达奇说道，"我们的一个宝宝昨天从巢里掉出去被纳格吃掉了。"

"嗯！"里奇—提奇说道，"那真是够伤心的——但我是新来到这里的。纳格是谁？"

达奇和他的妻子缩进巢里去没有回答，因为从灌木根部茂盛的草丛中传出了一阵低低的咝咝声——那可怕又冷冰冰的声音使得里奇—提奇跳出了两英尺远。然后从草丛中一英寸一英寸地升起了大黑眼镜蛇纳格的脑袋和宽宽的兜帽，他从舌头到尾巴足有五英尺长。他将三分之一的身体抬离地面，摇晃着保持平衡，完全就像是一簇风中的蒲公英，他用他邪恶的蛇眼打量着里奇—提奇，不管蛇在想什么，那双眼睛也绝不会改变他们的神情。

"谁是纳格？"他说道，"我就是纳格。当第一条眼镜蛇伸展他的兜帽为正在睡觉的大梵天神遮挡太阳的时候，大梵天神就在我们所有蛇类身上做下了他的记号。瞧瞧,害怕吧!"

他把兜帽伸展得比以前更大,里奇—提奇看见那兜帽后面的眼镜记号,看上去就像是钩眼扣的扣眼。他害怕了有一分钟,但一只猫鼬也不可能害怕很长时间,尽管里奇—提奇以前从没碰见过活的眼镜蛇,他的母亲却喂他吃过死眼镜蛇,而他也知道一只成年猫鼬一生的事业就是要和蛇战斗,然后把蛇吃掉。纳格也知道这一点,在他冷冰冰的心底,他也是害怕的。

"好吧,"里奇—提奇说着又蓬起了尾巴,"不管你有没有记号,你觉得吃掉从巢里掉出来的幼鸟是正确的行为吗?"

纳格正暗自思忖,他注视着里奇—提奇身后草丛中最细微的动静。他知道花园里有了猫鼬意味着他和他的家族迟早要丧命,但他想让里奇—提奇放松警惕。所以他稍稍低下头,把头偏向一边。

"让我们谈谈,"他说道,"你能吃蛋。为什么我就不能吃鸟?"

"你后面!看你后面!"达奇叫道。

里奇—提奇知道最好不要浪费时间去看。他竭尽所能高高跳到空中,正对着他身下的就是纳格凶恶妻子纳格伊娜旋扑过来的脑袋。趁着他说话的时候,她蹑手蹑脚爬到了他身后想咬死他。他听见她残酷的嘶叫声,她扑了个空。他几乎落在她背上,如果他是一只老猫鼬,他就知道当时就是一口咬断她脊背的最好时机,但他担心眼镜蛇恐怖的掉头袭击。他确实咬了,但咬的时间不够长,就跳起来躲开那扫过来的尾巴,留下咬伤的纳格伊娜怒气冲冲。

"坏死了,达奇坏死了!"纳格说着用尽最大力气向荆棘丛中的鸟巢扫去。但达奇把巢筑在蛇够不到的地方,巢只是来回摇晃着。

里奇—提奇感到双眼变红发热(当猫鼬的眼睛变红的时候,就是他发怒了),他于是蹲在自己的尾巴和后腿上,像只小袋鼠,环视着四周的一切,愤怒地吱吱叫。但是纳格和纳格伊娜已经在草丛中消失了。

当一条蛇攻击失败时，他从来不出一声或是给出任何信号说明接下来会做什么。里奇—提奇不想跟着他们，因为他不确定自己能否同时对付两条蛇。所以他慢慢跑到屋子旁边的石子路上，坐下来思忖。这对他来说可是件重要的事。

　　如果你读过过去的自然界历史书，你就会发现书上说当猫鼬和蛇打斗，然后又碰巧被咬伤，他就会跑开，去吃些草药来疗伤。这并不正确。胜利只在于眼疾脚快——蛇类疾扫而猫鼬迅速跳开——但因为没有视线能跟上蛇类攻击时脑袋的移动，这就使得事情比任何神奇的草药都要精彩。里奇—提奇知道自己还只是一只年轻的猫鼬，而想到自己设法躲开了背后扫过来的蛇，他高兴极了。这让他非常自信，等泰迪跑到小路上来，他已经准备好接受爱抚了。

　　但正当泰迪弯腰的时候，灰尘里有什么东西蠕动了一下，一个细小的声音说："小心哦。我可是死神！"那是卡莱特，一种蒙满灰尘的棕色小蛇，他们专门钻在灰尘里，被他们咬一口就和眼镜蛇一样危险。但因为很小，所以谁也不会想到他，所以他对人类的威胁更大。

　　里奇—提奇的眼睛又涨红了，他用一种从家族继承而来的独特的摇摆姿势冲卡莱特跳过去。那姿势看起来非常有趣，但那步伐又十分平衡，你可以从中飞奔向任何你想去的方向，而在对付蛇的时候，这可是一项优势。他正在做一件比和纳格战斗要危险得多的事情，要是他知道就好了，因为卡莱特是如此之小，又能如此迅速地转身，除非里奇—提奇紧贴着他脑袋后面咬下去，不然他的眼睛或嘴唇就可能被蛇转身击中。但里奇—提奇不知道。他的眼睛完全涨红了，他前后摇晃，寻找着有利位置。卡莱特发动攻击了。里奇—提奇跳到一旁准备迎上去，但那小小的蒙满灰尘的凶恶灰脑袋差一点儿就击中他的肩膀，他不得不跳过那蛇身，而蛇脑袋紧紧跟着他的脚跟儿。

　　泰迪朝屋子喊道："噢，看这儿！我们的猫鼬正在和一条蛇搏杀呢。"

然后里奇—提奇听到泰迪母亲发出一声尖叫。他的父亲拿着一根棍子冲出来，但等他赶来的时候，卡莱特的一击蹿过了头，里奇—提奇一跃骑到蛇背上，他把头低到前腿之间，咬住他能捉住的蛇背最高点，然后又滚到一旁。那一口让卡莱特瘫了下来，然后里奇—提奇就准备依照家族习惯从尾巴开始把他全部吃掉，但他想起一顿饱餐会让猫鼬行动迟缓，如果他想要随时保持充沛的体力和敏捷的动作，他就必须瘦一点儿。

　　他走到蓖麻树丛下好洗个灰土浴，泰迪的父亲则捶打着死去的卡莱特。"那又有什么用？"里奇—提奇想着，"我都全部搞定了。"然后泰迪的母亲就把他从灰尘里捡起来抱着，哭喊着说他把泰迪从死亡边缘救了下来，泰迪的父亲说他的到来真是上天的旨意，而泰迪则瞪大吓坏的双眼看着。里奇—提奇看到他们大惊小怪的样子觉得相当滑稽，当然了，这些他也无法理解。泰迪的母亲可能只是因为他在灰土里玩闹而爱抚他。里奇感到自己非常享受这一切。

　　那天晚餐时，他在桌子上的葡萄酒杯中间走来走去，可以往嘴里塞满三倍美味的东西。但他记着纳格和纳格伊娜，想着虽然有泰迪母亲的拍打和爱抚，坐在泰迪肩上也非常舒服，但他的眼睛还是会不时涨红，然后他就会发出长长的战斗号子"里奇—提奇—提奇—提奇—查克"！

　　泰迪把他带到床上，并坚持要里奇—提奇睡在他的下巴下面。里奇—提奇很有教养，他没有撕咬挠抓，但等泰迪一睡着，他就绕着屋子开始巡夜，他在黑暗中碰到了正沿着墙根爬行的麝鼠丘琼德拉。丘琼德拉是一个悲伤的小动物。一整晚他都在叽叽地哭，想壮起胆子跑到屋子中间去。但他却从来也没有到达那里。

　　"别杀我，"丘琼德拉说着几乎要哭了，"里奇—提奇，别杀我！"

　　"你觉得杀蛇者会杀麝鼠吗？"里奇—提奇不屑地问。

　　"那些杀蛇者都会被蛇杀死，"丘琼德拉说着比以前更悲伤了，"而且我又怎么能确定纳格不会在某个黑暗的夜晚错把我当成你呢？"

"一点儿都无须担心，"里奇—提奇说道，"纳格在花园里，而我知道你是不会去那里的。"

"我的老鼠表兄丘厄告诉我——"丘琼德拉说着停了下来。

"告诉你什么？"

"嘘！纳格无所不在，里奇—提奇。在花园里你该和丘厄谈一谈的。"

"我没有啊——这样你必须告诉我。快说，丘琼德拉，不然我就打你！"

丘琼德拉坐下来大哭，直到眼泪从胡须上滚落下来："我是个非常可怜的家伙，"他啜泣道，"我从来连跑到屋子中间的精力都没有。嘘！我不该告诉你任何事情的。你听不见吗？里奇—提奇？"

里奇—提奇听了听。屋子和往常一样平静，但他觉得自己刚刚捕捉到了世上最微弱的抓挠声——那声音就和黄蜂在窗格上行走的声音一样轻——那是蛇的鳞屑在砖墙上爬过时发出的干燥声响。

"是纳格，要么是纳格伊娜，"他自言自语，"他正爬进浴室下水道。你说得对，丘琼德拉，我应该和丘厄谈谈的。"

他偷偷进了泰迪的浴室，但那里什么也没有，然后他去了泰迪母亲的浴室。在那里平滑的石灰墙壁底部有一块砖撬起来做成下水道好放走洗澡水，里奇—提奇从安放澡盆的石槽边悄悄爬过去，他听见纳格和纳格伊娜正在外面的月光下一起窃窃私语。

"等屋子没人住了，"纳格伊娜对她丈夫说道，"他也不得不走，那时花园就又是我们的了。悄悄溜进去，记住先咬打死卡莱特的那个大个子男人。然后出来告诉我，我们再一起去捕杀里奇—提奇。"

"可是你确定杀了那个人我们能得到什么东西吗？"纳格说。

"能得到一切。等平房里没了人，花园里还会有猫鼬吗？只要军营空了，我们就是花园的国王和王后了。并且你要记得一旦我们瓜田里的蛋孵化了（他们可能明天就会孵化），我们的孩子也是需要空间和清静的。"

"我倒没想到这些，"纳格说道，"我去，但咬死那个人之后我们没必要再捕杀里奇—提奇。我会咬死那个大个子男人和他的妻子，要是可以，我也咬死那个孩子，然后就悄悄离开，然后平房里就空了，里奇—提奇就会走了。"

里奇—提奇听到这儿怒火冲天，充满憎恨，激动得浑身颤抖，然后纳格的头就从下水道钻了出来，随后是他五英尺长冷冰冰的身体。里奇—提奇虽然很愤怒，但看到这条大眼镜蛇的尺寸还是非常害怕。纳格盘起身子，抬起头，看着黑暗中的浴室，里奇—提奇看见他眼睛闪着光。

"现在，要是我在这里杀了他，纳格伊娜就会知道；而要是我在开阔的地板上和他搏斗，又对他有利。我该怎么做呢？"里奇—提奇想。

纳格来回舞动，接着里奇—提奇听见他在用来给澡盆灌水的最大号的水罐里喝水。"好喝，"纳格说道，"现在，卡莱特被杀时，大个子男人拿着一根棍子。他可能还拿着那根棍子呢，但等他早上来洗澡时，他就不会拿棍子了。我就在这里等他来。纳格伊娜——你听见我说的话了吗？——我就在这里的阴凉地里等着，直到早晨。"

外面没有回音，所以里奇—提奇知道纳格伊娜已经走了。纳格围着水罐鼓起的底部将自己一圈一圈盘了起来，而里奇—提奇则像死了般待着，一动也不动。一个小时之后，他开始一点一点向水罐移动。纳格睡着了，里奇—提奇盯着他宽阔的背脊，思忖着哪里是下口的最佳位置。"要是我第一跳没有踩断他的脊背，"里奇—提奇说道，"他就还能打。如果他打起来——噢，里奇—提奇！"他看着蛇兜帽下厚实的脖颈，那对他来说太厚了；而要是在尾巴附近咬上一口的话，又只会让纳格更加疯狂。

"必须咬头，"最后他说道，"咬兜帽之上的脑袋。一旦我咬住那里，就不能放他跑了。"

接着他一跃而起。那脑袋躺着的地方和水罐隔一点儿距离，就在水罐弧线之下；然后，当他牙齿咬到之后，里奇—提奇就把背抵在红色陶罐鼓起的位置，好把蛇头死死压在下面。这仅仅为他赢得了一秒钟时间，而他就充分利用了这一秒钟。接着就像一只被狗甩来甩去的老鼠一样，他被甩起来，在地板上来来回回，上上下下，转着大圈子，但他的眼睛涨红了，他紧紧咬住，而蛇的身子就像赶马车的鞭子抽在地板上，打翻了长锡勺、肥皂盒和洗澡刷，还重击着浴盆的锡边。他两颌越咬越紧，因为他确信自己会被重击至死，那么，为了家族荣誉，他宁愿自己死后被发现时也是牙关紧咬。他头晕目眩，浑身疼痛，感到自己要被摔成碎片了。这时，什么东西就在他身后发出了雷鸣般的响声。一股热浪让他晕了过去，红红的火焰烧焦了他的皮毛。是大个子男人被响声惊醒了，他拿着双管猎枪对准纳格兜帽之后开了枪。

里奇—提奇紧咬着闭上了眼睛，因为现在他非常确定自己死了。但那蛇头不动了，大个子男人捡起他说："又是猫鼬，爱丽丝。现在，这小家伙救了我们的命。"

然后泰迪母亲脸色煞白走了进来，她看了看纳格的尸体，里奇—提奇摇摇晃晃走进泰迪的卧室，剩下的夜晚他花了一半时间轻轻摇晃自己，好确认自己是不是真的和想象的一样碎成了四十块。

早晨到来，他浑身僵硬，但却很满意自己的成就。"现在我还有纳格伊娜要对付，她可能比五个纳格还要厉害，而且也不知道她说的蛋什么时候会孵化。天哪！我必须得去看看达奇了。"他说。

不等吃早饭，里奇—提奇就跑进了荆棘丛，达奇用最大的嗓门在那里唱一支胜利的歌谣。纳格的死讯传遍了整个花园，清洁工把尸体扔在了垃圾堆里。

"噢，你这浑身长羽毛的家伙！"里奇—提奇生气地说，"现在是唱歌的时候吗？"

"纳格死了——死了——死了！"达奇唱道，"英勇的里奇—提奇一口咬住他的头不松口。大个子男人拿来了砰砰响的棒子，纳格就碎成了两段！他再也不能吃我的小宝宝了。"

"这些都是真的。但是纳格伊娜在哪里？"里奇—提奇说着小心地环视周围。

"纳格伊娜去浴室下水道口叫纳格，"达奇继续说，"然后纳格挑在一根棍子上出来了——清洁工用棍子挑起他，把他扔在垃圾堆上。让我们来歌唱伟大的红眼睛的里奇—提奇吧！"达奇吸了一大口气唱了起来。

"如果我能站起来够到你的巢，我就要把你的孩子摇出来！"里奇—提奇说道，"你不懂什么时候该做什么事。你在巢里非常安全，但我在下面，这里可是面临大战。停唱一分钟吧，达奇。"

"看在伟大潇洒的里奇—提奇的份儿上，我不唱了。"达奇说道，"什么事，噢，杀掉可怕纳格的猎手？"

"纳格伊娜在哪儿，问你第三遍了？"

"在马厩旁边的垃圾堆上，正哀悼纳格呢。里奇—提奇的白牙最伟大。"

"关我白牙什么事啊！你听说过她把蛋放在哪儿吗？"

"在瓜地里，在离墙壁最近的尽头，那里几乎整天都有阳光照射。几周前，她把蛋藏在那里了。"

"你就从没想到应该花点儿时间来告诉我？你说的是墙壁最近的尽头？"

"里奇—提奇，你不去吃了她的蛇蛋吗？"

"确切说来，并不是吃。达奇，如果你还有一点儿头脑的话，你就会飞到马厩去假装你的一只翅膀折了，让纳格伊娜追着你离开这片灌木丛。我必须到瓜地去，但如果我现在去的话，她会看见我的。"

达奇是只没什么头脑的小家伙，他的脑袋里一次只能装下一件事情。就因为他知道纳格伊娜的孩子和他的孩子一样从蛋里孵化出来，一开始他觉得杀掉他们很不公平。但他的妻子是只很明事理的鸟，她知道眼镜蛇的蛋以后会孵化出小眼镜蛇。所以她就从巢里飞了出来，达奇为蛋保暖，继续歌唱纳格死亡的歌谣。从某些方面来说，达奇的妻子和男人很像。

她飞到垃圾堆边上的纳格伊娜面前扇动翅膀，大叫："噢，我的一只翅膀折了！屋子里的那个男孩朝我砸石头，把我的翅膀砸折了。"然后她的翅膀比往常扇得更猛了。

纳格伊娜抬头咝咝叫："我本可以杀了里奇—提奇的，是你提醒了他。确实如此，你翅膀折得真不是个地方。"她朝达奇的妻子移动，身子一路在灰尘上滑行。

"那男孩用石头砸折了我的翅膀！"达奇的妻子尖叫着。

"好吧！临死前让你知道我会找那个男孩算账，也算是某种安慰吧。我的丈夫今天早上躺在了垃圾堆上，但不等晚上，那男孩就会静静躺下的。逃跑有什么用？我肯定能抓住你。小蠢货，瞧着我！"

达奇的妻子很清楚不能那么做，因为鸟儿看着蛇的眼睛就会害怕得无法动弹。达奇的妻子继续扇动翅膀，发出凄厉的悲鸣，她一直没有离开地面，而纳格伊娜则加快步速。

里奇—提奇听见他们从马厩上了花园小径，他急速奔到围墙附近的瓜田小路尽头，他找到了二十五枚巧妙藏匿的蛇蛋，尺寸大约和矮脚鸡的蛋差不多大，但是代替蛋壳的是一层灰白色的皮。

"我没有早来一天，正好。"他说，因为他能看出小眼镜蛇正蜷缩在表皮之下，他也知道孵化之后，他们每一条都能咬死一个人或是一只猫鼬。他以最快的速度咬掉蛇蛋的顶端，小心地压死小眼镜蛇，然后还不时翻动蛇窝检查有没有漏掉。最后只剩下三枚蛇蛋了，里奇—提奇开始自己咯咯笑起来，他听见达奇的妻子尖叫道：

"里奇—提奇，我把纳格伊娜引到屋子去了，她进了走廊，而且——噢，快来啊——她要咬人了！"

里奇—提奇压碎了两枚蛋，用嘴叼起第三枚蛋往后一翻滚出瓜地，在地上拼命奔跑，飞快赶到了走廊。泰迪和他的父亲母亲本来在那儿吃早餐，但里奇—提奇看出他们并没有在吃任何东西。他们像石头一样呆呆坐着不动，脸色变得煞白。纳格伊娜盘在泰迪椅子旁边的草席上，那距离很容易就能咬到泰迪露在外面的大腿，她来回摇晃，唱着一支胜利的歌。

"杀了纳格的大个子男人的儿子啊，"她咝咝唱着，"待着别动。我还没准备停当。再稍等一下。千万不要动哦，你们这三个！你们一动我就要攻击，你们不动我也要攻击。噢，愚蠢的人们，你们杀了我的纳格！"

泰迪双眼盯着他的父亲，但他父亲所能做的就是小声说："坐着别动，泰迪。千万别动。泰迪，不要动。"

然后里奇—提奇来了，他大喊："转头啊，纳格伊娜。掉头来决斗吧！"

"我会的，"她说着，却并没有转移视线，"我现在就和你算账。看看你的朋友们啊，里奇—提奇。他们动也不敢动，脸色苍白。他们在害怕。他们不敢动了，你再靠近一步，我就咬了。"

"看看你的蛋啊，"里奇—提奇说道，"就在围墙附近的瓜地里。去看看啊，纳格伊娜！"

纳格伊娜半转过身子，看见了走廊上的蛋："啊——啊！给我！"她说。

里奇—提奇两只爪子捧着那枚蛋，他的眼睛涨得血红："一条蛇蛋价值多少？一条小眼镜蛇呢？一条眼镜蛇王呢？最后的——一窝中仅剩的最后一枚蛋呢？蚂蚁们正在吞噬那些其余撒在瓜地里的蛋呢。"

纳格伊娜完全转过身来，因为那枚蛋而忘了所有一切。里奇—提奇看见泰迪的父亲迅速伸出一只大手，抓住泰迪的肩膀，把他从摆着茶杯的小桌子上拉过来，平安躲开了纳格伊娜的攻击范围。

"骗你的！骗你的！你上当了！"里奇—提奇咯咯笑着，"那男孩安全了，昨天晚上在浴室是我——我——我咬住了纳格的兜帽。"然后他开始四条腿一起跳上跳下，头紧贴着地面，"他把我甩来甩去，但却甩不掉我。大个子男人把他打成两半儿之前，他就死了。是我干的！里奇—提奇—提奇—提奇！那就来吧，纳格伊娜。来和我决斗。你不会一直当寡妇的。"

纳格伊娜看见她已经失去了咬死泰迪的机会，而蛋又捧在里奇—提奇的两只爪子之间。"把蛋给我，里奇—提奇。把我最后的一枚蛋给我，我会离开这里，永远不再回来。"她说着低下她的兜帽。

"是的，你会离开，你将不再回来。因为你要和纳格一起死在垃圾堆上。打啊，寡妇！大个子男人已经去拿枪了！打啊！"

里奇—提奇绕着纳格伊娜跳，只保持在她能咬到的范围之外，他的眼睛就像烧红的煤块。纳格伊娜打起精神，向他扑过去。里奇—提奇跳起来向后退。她扑了一次又一次，但她的头每次都重重地击在走廊的草席上，然后她又像手表弹簧一样打起精神。接着里奇—提奇跳着圈子绕到他后面，纳格伊娜也转着圈好把她的头对着他的头，这样她的尾巴在草席上拖出的沙沙声就像是风中刮起的枯树叶。

里奇—提奇忘了那枚蛋了。蛋仍放在走廊上，纳格伊娜离蛋越来越近，最后，当里奇—提奇吸气的时候，她就把蛋含进嘴里，转身到了走廊阶梯处，像箭一样掠到花园小径上，而里奇—提奇跟在她后面。眼镜蛇逃命的时候，跑得很快，就像一条马鞭抽打在马脖子上。

里奇—提奇知道他必须抓住她，不然所有的麻烦将从头开始。她径直赶往荆棘丛生的高草丛中，奔跑的时候，里奇—提奇还听见达奇仍在唱着他那愚蠢的胜利歌曲。但达奇的妻子要聪明一些。纳格伊娜来了，她就飞离了鸟巢，在纳格伊娜脑袋周围拍打着翅膀。如果达奇也来帮忙的话，他们就能使她掉头，但纳格伊娜只是低下兜帽继续前进。即便这样，这片刻的耽搁也让里奇—提奇赶上了她，当她钻进她和纳格以前居住的老鼠洞时，里奇—提奇也和她一起钻了下去——不管他们有多聪明、有多年长，很少有猫鼬敢追着一只眼镜蛇钻进洞里去。洞里很黑，而且里奇—提奇也不知道什么时候洞穴会变开阔，纳格伊娜就有空间掉头攻击他。他猛地停下，双脚就像刹车一样在又烫又湿的黑暗斜坡上刹住车。

接着洞口的草丛停止摇晃，达奇说："里奇—提奇完蛋了！我们必须为他的死亡唱首哀歌。英勇的里奇—提奇死了！因为纳格伊娜在地下肯定会咬死他。"

所以他唱了一首非常悲伤的歌，是他在这一刻才受到刺激编出来的，正当他唱到最打动人心那部分时，草丛又开始颤动，然后里奇—提奇浑身沾满灰尘，把自己从洞里一条腿一条腿地拖了出来，他舔着胡须。达奇歌声变小了，停了下来。里奇—提奇抖掉皮毛上的灰尘，打了个喷嚏。"都结束了，"他说道，"那寡妇再也不会出来了。"生活在草茎之间的红蚂蚁听见了他的话，于是就开始排成队形，一只接一只进到洞里，看他所言是否属实。

里奇—提奇在草丛中蜷起身子睡着了，他在草丛中睡啊睡啊，一直睡到黄昏，因为他已经完成了一项艰巨的任务。

"现在，"等他醒来的时候，他说道，"我要回屋里去了。告诉铜匠鸟吧，达奇，他会传遍花园，纳格伊娜死了。"

铜匠鸟是一种鸟，他发出的声音完全就像小锤子敲在铜锅上。他总是发出这种声音，是因为他是印度每一座花园的消息传递者，他把所有消息传给每一个想听的动物。里奇—提奇走上小径，他听见铜匠鸟的"注意"通知声就像一只小晚餐钟，接着是持续的"叮——当——咚！纳格死了——咚！纳格伊娜死了！叮——当——咚"！那让花园里所有的鸟儿都唱了起来，青蛙们呱呱叫，因为纳格和纳格伊娜也经常吃青蛙和小鸟。

当里奇—提奇到了屋子，泰迪还有泰迪的母亲（她看起来脸色还是非常惨白，因为她曾昏了过去）和父亲走了出来，几乎抱着他哭起来；而那天晚上他吃掉了所有给他的东西，直到他再也吃不下，然后他在泰迪的肩膀上睡着了。当泰迪的母亲夜里来看时，他还睡在那里。

"他救了我们，还有泰迪的命，"她对她丈夫说道，"你想想，他救了我们所有人的命啊。"

里奇—提奇一跃就醒了，因为猫鼬睡眠很浅。

"噢，是你啊，"他说道，"你在烦恼什么？所有的眼镜蛇都死了。就算他们没死，这儿还有我呢。"

里奇—提奇有权为自己感到骄傲。但他并没有变得太骄傲，他用他的尖牙、跳跃、弹射和撕咬守卫着那座花园，就像一只猫鼬应该做的那样，一直到没有一只眼镜蛇再敢在围墙里露出脑袋。

达奇的颂歌

（为纪念里奇—提奇—塔维而唱）
我是歌手和裁缝——
我知道有两重喜悦——

为我的曲调升上天空而自豪，
为我缝好的鸟巢而骄傲——
上啊下啊，就这样谱写我的乐曲——
就这样我缝好我的鸟巢。

再次为你的幼鸟歌唱，
母亲，噢，抬起你的头！
祸害我们的恶魔杀死了，
花园里的死神躺着死去了。
藏匿在玫瑰里的恐惧萎缩了——挂在垃圾堆上死去了！

是谁为我们创造的，是谁？
告诉我他的巢穴和名字。
里奇，他英勇又精准，
提奇，他的眼珠像火焰，
里奇—提奇—提奇，他白牙尖利，
是眼珠如火焰的猎手！

向他致以鸟儿们的感激，
展开尾巴上的羽毛向他鞠躬，
用夜莺般的歌声赞颂他——
不，是我要来歌颂他。
听啊！我要为你唱颂歌，
收拢尾巴，眼珠涨红的里奇。

（唱到这里，里奇—提奇打断了歌声，歌曲剩下的部分就遗失了。）

◎大象们的托梅

我会牢记我是什么，我讨厌绳子和链子——
我会牢记我从前的力量和我丛林中的所有事项。
我不会为了一捆甘蔗就把过去卖给人类，
我要出去到我同族那里，到洞穴里的丛林兽民中。

我要出去，直到白天，直到黎明破晓——
出去享受风儿清纯的吻，和湖水清澈的爱抚；
我会忘掉脚踝的铁环，挣断拴住我的木桩。
我要重访我失去的爱，和那些没有主人的伙伴！

卡拉·纳格，意思是黑蛇，他已经以一头大象所能做到的所有方式为印度政府服务了四十七年，他被捉住的时候刚满二十岁，干到了将近七十岁——那是一头大象的成熟年龄。他记得靠着他前额上的一大块皮垫子，他推出了一门深陷泥泞的大炮，那还是在 1842 年的阿富汗战争之前了，那时，他的力气还没有长足。

他的母亲拉达·皮亚丽——亲爱的拉达——和卡拉·纳格在同一次驱赶中被捕，在他奶白色的象牙还没长出来的时候，她就告诉他，害怕的大象总是会受到伤害。卡拉·纳格知道那条建议是有用的，因为他第一次看见背上驮放的子弹爆炸的时候，他尖叫着闯进了一个堆满来复枪的看台，刺刀扎进了他身上所有最软的地方。所以，在二十五岁之前，他就停止了害怕，也因此他是在为印度政府服役的大象中最受喜爱、也是照养最精心的大象。在印度的行军中，他运送过帐篷，一千二百磅重的帐篷。他曾被一个蒸汽吊车的底部吊到船上，经过数日渡过海面，到一个离印度非常遥远的陌生的多岩的国家，用背驮载一门迫击炮，他还看见西奥多皇帝死后葬在马格达拉，然后他又回到汽船上，那艘船被授予阿比西尼亚战争勋章，战士们是这样说的。十年之后，他还看见自己的大象同伴死于寒冷、癫痫还有饥饿；在一个叫阿里·马斯基德的地方，他中了暑，之后他被送往几万英里以南的马尔梅茵的贮木厂去运送、码放柚木木头。在那里，他几乎杀死一头不顺从的年轻大象，因为那头象逃避自己应干的活儿。

那以后，人们就不再让他运木头了，他用来和其他几十头受过专门训练的大象去帮助人们在伽罗山中捕捉野象。大象受印度政府的严格保护。有一整个部门什么事都不做，专门捕猎野象，把他们捉住，然后当需要他们干活儿时就把他们送到全国各地。

卡拉·纳格站起来，到肩膀部位足有十英尺高，他的尖牙被切短至五英尺，牙末端还用铜圈缠起来以免裂开；但他用这些残余的象牙能做到的事比任何未经训练的大象用他们完整的尖利象牙能做到的还要多。当经过数周对分散在山头野象的谨慎驱赶，四五十头野象最后被赶进围栏里，而他们身后，那扇用树干捆在一起做成的大吊门"砰"的一声落下了，随着一声命令，卡拉·纳格也会走进那火光闪亮、野象轰鸣的乱哄哄的地方（一般是在夜里，火把的闪光使得距离难以判断），然后从野象群中挑出象牙最粗、最利的一头，捶打他，催他安静，而那些骑在其他大象背上的人就把小一些的野象捆起来，绑紧。

打架对聪明的老黑蛇卡拉·纳格来说没有一点儿问题，因为在他年轻时攻击那只受伤的老虎时，他曾不止一次站起来，他卷起自己软乎乎的象鼻以免受到伤害，他用自己的头像镰刀一样快速一砍，从跳起来的老虎侧面撞过去，把老虎撞到半空中，这些都是他自己发明的。他把老虎撞翻后，就把巨大的膝盖跪在老虎身上，直到老虎喘着粗气大吼一声死去，只有一张毛茸茸的带条纹的东西留在地上等着卡拉·纳格去拽那条尾巴。

"是的，"赶象人大托梅说，他是黑托梅的儿子，是黑托梅把卡拉·纳格带到了阿比西尼亚，大托梅也是大象托梅的孙子，大象们见证了卡拉·纳格被捉，"除了我，黑蛇什么都不怕。他已经见过我们三代人喂他、照顾他，他还要活着看到第四代。"

"他也怕我。"小托梅说着站起来，他足有四英尺高了，身上只穿了一块布。他十岁大，是大托梅最大的儿子，根据习俗，等他长大之后他将取代父亲骑在卡拉·纳格的脖子上，还将接管那沉重的铁质驯象棒，那铁棒已被他父亲、祖父和曾祖父握得光溜溜的。

他知道卡拉·纳格在说什么，因为他是在卡拉·纳格的影子下出生的，还不会走路时他就握着他的鼻尖玩，一学会走路他就赶他下水，而卡拉·纳格也不会再幻想着违抗他尖声尖气的命令，那天，大托梅把这个棕色的小娃娃带到他鼻子下告诉他要他尊敬未来的主人，他也没想过要杀死他。

"是的，"小托梅说，"他怕我。"他跨着大步骑上卡拉·纳格，叫他老肥猪，然后令他一只接一只抬起脚。

"哇！"小托梅说道，"你是只大块头的象。"他晃着毛茸茸的脑袋，引用他父亲的话，"政府会支付大象们的开销，但大象是属于我们管象人的。等你老了，卡拉·纳格，会有一些富有的王公来把你从政府手中买走，根据你身形尺寸和表现付钱，之后你就没别的事可做了，只是用耳朵戴金耳环，背驮金轿，腰披缀满金子的红布，走在国王队伍的前列。那时，我会骑在你的脖子上，噢，卡拉·纳格，我手握银象棒，还会有人拿着金棍跑在我们前面高喊：‘为国王的大象让路！’那也不错，卡拉·纳格，但还是不如在丛林里捕猎来的好。”

“唔！”大托梅说道，“你是个小孩，却像头小水牛那样野蛮。在这些山里跑上跑下，可不是政府最好的工作。我老了，我也不喜欢野象。给我砖砌的象场，每头象一间，再用大树桩把他们拴得牢牢实实，再有平坦宽阔的道路，可以在上面操练，而不是这种来了就想走的营地。啊哈，考恩波兵营很好。那里附近有集市，一天还只用工作三个小时。”

小托梅记得考恩波象场，他什么也没说。他非常喜欢这里的生活，痛恶那些宽阔平坦的大路，还有每天在储存的饲料中翻掘草料，长时间无事可做，只能看着卡拉在树桩上烦躁不安。

小托梅喜欢的是爬上那些只能走一头大象的马道，钻到下面的山谷里；看那些几英里以外吃草的野象；卡拉·纳格脚下受惊奔逃的野猪和孔雀；炫目的温暖雨水，所有的山头和谷底都笼着烟雾；美丽多雾的清晨，没有人知道他们当晚在哪里驻扎；沉着悉心地赶着野象群，晚上被赶走的象群疯狂地奔跑；火光耀眼，喧闹震天，象群像泥石流中的卵石一般涌进栅栏；发现自己出不去了，就往大柱子上撞，只有吼叫声、燃烧的火把和射来的空弹壳才能把他们赶回去。

在那里，就算是小男孩也能派上用场，而托梅更是比三个男孩合起来还有用。他拿着自己的火把舞动，用尽全力喊叫。但真正的好时机到来却是在往外赶象时，克达——就是那个象场——看起来就像是一幅世界末日的图景，男人只能对彼此打手势，因为他们听不见彼此的说话声。然后小托梅就会攀上一根摇颤的栅栏木桩顶上，他那被太阳晒褪色的棕色头发蓬松地飞舞在肩头，看起来就像是火炬光中的精灵。只要那里安静下来，你就能听见他高声叫喊着鼓舞卡拉·纳格，那声音比喇叭声、撞击声、绳索拍打声和拴住的大象的呻吟声还要高。"过去，过去，卡拉·纳格！咬他一下！当心，当心！撞他，撞他！当心木桩！啊！啊！嘿！嘿！呀啊！"他会大喊着，而卡拉·纳格和野象之间的大战就在克达象场来回进行，老捕象人擦掉他们眼里的汗水，寻找时机朝正在木桩顶上愉快扭动的小托梅点头。

小托梅不只是扭来扭去。一天晚上，他还从木桩上滑下来，溜进大象之间，他把之前掉落的绳套松开的一头向上扔给一个赶象人，那人正试图紧紧捉住一头正不停踢打的小象的一条腿（小象总是比成年动物更麻烦）。卡拉·纳格看见了他，就用自己的象鼻子抓住他，并把他举起来递给大托梅，大托梅当即打了他，又把他放回木桩上。

第二天早上，大托梅责骂他说："砌砖的象场，运送小帐篷还不够好吗？你还非要自己去捕象，你个没用的小东西。现在那些挣得还没我多的蠢猎手已经把那事跟皮特森·萨西布说了。"

小托梅吓坏了。他不怎么了解白人，皮特森·萨西布对他来说是世界上最了不起的白人。皮特森是克达象场所有活动的头领——他为印度政府捕捉了所有大象，他比任何活着的人都更了解大象的行动。

"会发生什——什么后果？"小托梅说。

"后果！会发生最糟糕的事。皮特森·萨西布就是个疯子，要不然他怎么会去捕猎这些野蛮的魔鬼？他说不定甚至会要你去当捕象人，在这充满热病的丛林里任意地方睡觉，最后在克达被踩死。幸好这些胡说安全平息了。下周捕象就结束了，我们这些平原人就要被送回我们的车站去。然后我们就顺着平坦的大路行进，忘掉所有的捕猎。但是，儿子，我很生气你也掺和进这阿萨姆丛林居民的肮脏事中。卡拉·纳格只听我的话，所以我必须和他一起进入克达，但他只是一头战斗象，他不能帮我们拴住大象。所以我安心坐着，就像一个象夫该做的那样——而不仅仅是一个猎手——我是说象夫，一个在服役之后领取退休金的人。大象托梅家族要被踩在克达象场脚下的污泥中吗？坏孩子！调皮的家伙！没用的儿子！去为卡拉·纳格刷洗吧，照管一下他的耳朵，看看他的脚上有没有扎刺。不然皮特森·萨西布肯定会抓住你要你当非法猎手——追踪大象和丛林熊的脚印。呸！丢脸！去吧！"

小托梅一句话也没说就走开了，但检查卡拉·纳格的脚时，他向他倾诉了满腔抱怨。"我才不管，"小托梅说着把卡拉·纳格巨大的右耳边缘翻上去，"他们在皮特森·萨西布面前提到了我的名字，说不定——说不定——说不定——谁知道呢？嘿！我拔出来一根大刺啊！"

接下来几天就是把大象们赶到一起，让新捕获的野象在两头驯服的大象之间行走，以防他们在往平原行进的路上惹太多麻烦，还要清查那些在森林里用剩或是丢失的毯子、绳子之类的东西。

皮特森·萨西布骑着他那头聪明的母象帕德米妮走了进来，他已经支付了山中其他营地的薪水，因为这一季即将结束，一个当地的记账员坐在一棵树下的桌子旁向赶象人支付工钱。每个人领了薪水后就走回自己的大象那里，加入那些站着准备出发的队伍中。捕象人、猎手、助猎者是定期雇用的克达人，他们一年接一年待在丛林里，此刻都坐在属于皮特森·萨西布永久财产的象背上，或者是倚在树上，胳膊上挂着枪，取笑那些即将离开的赶象人，新捕获的大象挣脱队伍跑出去时，他们就大声笑。

大托梅朝记账员走去，小托梅跟在他身后，捕象人马楚阿·阿帕小声对他一个朋友说："至少来了一个丛林捕象能手。要把这丛林小公鸡送到平原去褪毛，真是遗憾。"

现在皮特森·萨西布可是全身上下都是耳朵，因为他必须能听见所有活物中最安静的动物——野象的声音。一直躺在帕德米妮背上的皮特森·萨西布转过身来说："什么？我竟不知道在平原赶象人中还有这么聪明的男人，他甚至能捆住一头死象。"

"不是男人，是一个男孩。上次赶象，他进入了克达象场，把绳索扔给了那里的巴摩，当时我们正准备捉住那头肩上有块胎斑的小象，把他从他妈妈身边拖走。"

马楚阿·阿帕指着小托梅，皮特森·萨西布打量着他，小托梅深深鞠躬。

"他扔了一条绳子？他还没有一根木桩钉子大呢。小家伙，你叫什么名字？"皮特森·萨西布说。

小托梅害怕得不得了，没敢说话，但卡拉·纳格站在他身后，托梅用手打了个手势，于是卡拉就用象鼻子把他卷了起来举到和帕德米妮额头平齐的位置，举到了不起的皮特森·萨西布面前。小托梅用手遮住了脸，因为他还只是个小孩子，除非是涉及大象，不然他就和其他小孩一样腼腆。

"噢嗬！"皮特森·萨西布从胡须之下露出微笑说，"你为什么要教你的大象那样的技巧呢？是为了人们在外面晒玉米穗时好帮你从屋顶上偷青玉米吗？"

"不是青玉米，是穷人的保护者——瓜。"小托梅说，所有坐在周围的人都爆笑起来。当这些人还是男孩的时候，他们也都教过他们的大象这样的技巧。小托梅双脚离地举在八英尺高的空中，可他却非常希望自己缩进八英尺的地下去。

"他叫托梅，是我的儿子，萨西布。"大托梅皱眉说，"他是个非常坏的孩子，最终会坐牢的，萨西布。"

"我倒是怀疑你说的话。"皮特森·萨西布说道，"一个男孩在他这个年纪就敢面对整个克达象场，他是不会坐牢的。你瞧，小家伙，这里有四个安那，给你去买糖果吧，因为在你那浓密的头发之下倒是有点儿小聪明。以后，你也可能成为一个猎手。"大托梅眉头比以前皱得更厉害了，"记着，就算这样，克达也不是适合小孩玩耍的地方啊。"皮特森·萨西布接着说。

"我永远都不能去那里了吗，萨西布？"小托梅大喘一口气问。

"对。"皮特森·萨西布又笑了，"等你看过了大象的舞蹈吧。那时就是合适的时候了。等你看过大象的舞蹈之后，你就来找我，那时我就让你去克达的所有的地方。"

人群又是一场爆笑，因为这是捕象人之间的另一个老笑话，意思是永远也不可能。在森林很深的地方隐藏着巨大的干干净净的平地，那里叫作大象的舞场，但这些地方只有偶然撞见，而且从来没有人见识过大象的舞蹈。当一个赶象人自吹自己的技巧和勇猛时，其他的赶象人就会说："那你是什么时候看见大象的舞蹈的啊？"

卡拉·纳格把小托梅放下，小托梅又深深鞠了一躬，然后跟着他的父亲走了。他把四个银安那给了正在照顾小弟弟的母亲，他们都坐在卡拉·纳格的背上，大象队伍咕噜叫着，鸣啸着走下山路往平原进发。因为有了新捕获的大象，行进途中充满骚动，那些新捕获的大象走过每一片浅滩都会惹麻烦，每隔几分钟就需要诱哄、敲打。

大托梅恶狠狠地用赶象棒捅着卡拉·纳格，因为他很生气，但小托梅却高兴得连话都说不出来：皮特森·萨西布注意到他了，还给了他钱，他感觉就像是一个二等兵被叫出列受到指挥官嘉奖一样。

"萨西布说大象的舞蹈是什么意思？"最后他柔声问他的母亲。

大托梅听见他说的话咕噜了一声："你永远也不可能成为捕猎者追捕的野水牛。他就是那个意思。噢，你那前面的家伙，是什么挡了你的道？"

两三头大象前面的一个阿萨姆赶象人气冲冲地转过身子喊道："把

卡拉·纳格带到前面来给我这头小象撞几下，要他老实点儿。皮特森·萨西布为什么选我和你们这群稻田里的笨驴子一起下山？让你的象过来并排走，托梅，让他用象牙戳。凭所有山上的神发誓，这些新捕获的大象准是疯了，要不他们就是闻到了丛林里同伴的气味。"卡拉·纳格撞了那头新捕获的大象肋骨几下，灭了他的威风，大托梅说："上次捕猎，我们已经把山里的野象都扫光了。围猎的时候，只有你粗心大意。我必须把整个队伍整顿一下！"

"听他的！"另一个赶象人说道，"我们已经扫光了这些山！嗬！嗬！真聪明啊，你们平原人。除了从没看过丛林的泥巴脑袋，谁都知道这一季的围猎结束了。因此所有的野象今晚都会——可我为什么要在一只河龟身上浪费才智呢？"

"野象们会做什么？"小托梅喊出声来。

"噢嗬，小家伙。你在那儿啊！好吧，我就告诉你，因为你头脑倒是够冷静。野象们要跳舞，你父亲扫荡了所有山上的所有野象，今晚他可有必要在木桩上拴上两条铁链了。"

"你说的是什么话？"大托梅说道，"四十年来，我们父子一直在照看大象，而且我们也从没听过那些大象跳舞的瞎话。"

"是啊，平原人住在小屋里，他们也只知道自己小屋的四面墙罢了。好吧，今晚你别给大象上锁链，你看看会发生什么吧。说到他们的舞蹈，我曾见过那地方，那里——呜哇——哇！迪汉河拐了多少道弯？这里是另一个浅滩，我们必须让小象游过去。站着别动，你们后面的。"

他们就像这样说着话，吵嚷着，溅着水花过了河，他们第一段行进是赶往一个为接受新捕获的象而设的营地。但到达营地之前，大象们就失去了耐性。

然后这些大象的后腿就被拴在尖木桩上，而多出来的绳子就用来拴住那些新捕获的象，饲料也堆在大象们面前，山地赶象人穿过午后的日光回皮特森·萨西布那里去了，还告诉这些平原赶象人当晚要格外当心，平原赶象人问起原因来，他们就大笑。

小托梅照看了卡拉·纳格的晚餐，夜幕降临，他在营地游荡，心中有说不出的高兴，他在找一只手鼓。当一个印度小孩心中充满愉快时，他不会到处跑着发出不同寻常的声音，而是坐下来自我陶醉其中。而皮特森·萨西布和小托梅说了话！要是他找不到想找的东西的话，我想他肯定就要疯了。但营地里卖糖果的人借了他一只手鼓——那是一种用手掌击打的鼓——他在卡拉·纳格面前坐下来，盘着腿，星星还没升起来，他把手鼓放在膝头，他敲啊敲啊敲啊，他越想到自己获得的巨大荣誉，就敲得越起劲儿，他只是自己独自坐在大象饲料中间。不成曲调，也没有唱词，光是敲着就让他很高兴了。

新捕获的大象们拉紧了绳索，不时吹嘘尖叫，他听见母亲在营地里唱一首非常非常古老的湿婆神的歌谣哄小弟弟睡觉，湿婆神曾告知所有的动物他们应该吃什么。那是一首非常抚慰心灵的摇篮曲，第一节唱的是：

> 湿婆，他赐予了丰收，让风吹拂，
> 很久以前的一天，他坐在门口，
> 给每人一份食物、劳作和命运的安排，
> 从王座上的国王到门口的乞丐。
> 湿婆，保护神，他创造了一切。
> 伟大的神！伟大的神！他创造了一切——
> 荆棘给骆驼，饲料给母牛，
> 还有妈妈的怀抱，给困倦的脑袋，噢，我的小儿子啊！

小托梅在每一段末尾都加上一阵欢快的击鼓声，直到他感到困了，

258

就伸展四肢躺在卡拉·纳格身旁的饲料上。最后，大象们一头接一头躺下来，这是他们的习惯，只剩卡拉·纳格还在队伍右边站着；他慢慢左右摇晃，当风缓缓吹过群山，他耳朵就向前伸展聆听夜风。空中充满各种各样的声音，这些声息合起来构成一片巨大的寂静——竹枝碰撞发出的咔嗒声，地下某个活物发出的沙沙声，半睡半醒的鸟发出的刮擦声和尖叫声（鸟儿们在夜间醒着的时候比我们想象的要多），还有遥远地方水滴的声音。小托梅睡了一段时间，当他醒来的时候，月光闪耀，而卡拉·纳格仍然翘起耳朵站着。小托梅翻了个身，饲料发出瑟瑟声，他看着卡拉巨大的背部轮廓挡住了夜空一半的星星，他看着听着，远处传来一声比寂静中穿针还小的声音，那是一只野象发出的"呼——嘟"声。

队伍里所有的大象都跳了起来，就像他们都被枪击中了，最后他们的咕哝声惊醒了熟睡的象夫，他们走出来，用大棒子把那些尖桩敲进去，接着系紧绳索、打好绳结，直到一切都安静下来。一头新象几乎把他的桩子拔了出来，大托梅解下卡拉·纳格腿上拴的链条把那头新象的前腿和后腿连了起来，而在卡拉·纳格腿上就只缠了一圈草绳，还告诉卡拉要记住他被拴得很牢。大托梅知道自己和父亲还有祖父同样的事情以前干了上千次了。卡拉·纳格没有像往常一样发出咯咯声来回应他的命令。他静静站着，透过月光向外看，稍稍抬起头，耳朵张得像扇子，向着伽罗山层叠的重峦。

"看着他会不会在夜里变得不安起来，"大托梅对小托梅说，然后他就走进小屋睡觉了。小托梅也正要睡着，他听见椰子壳纤维编的绳子轻轻"当"的一声断了，卡拉·纳格慢慢无声地挣脱木桩，就像一朵云飘过峡谷口。小托梅光着脚，在月光下沿着大路跟在他身后一路小跑，他压低声音喊："卡拉·纳格！卡拉·纳格！带我和你一起啊，噢，卡拉·纳格！"大象转过身，在月光下一声不吭地往回走三大步回到男孩身边放下鼻子把他荡到自己脖子上，小托梅还没来得及放好腿，他就溜进了森林。

象群里爆发出一阵激烈的鸣叫声，接着又是一片寂静，卡拉·纳格继续向森林深处走着。有时，一丛高草刷过他的两侧就像波浪沿着轮船两舷冲刷，又有时，一串野胡椒藤擦过他的背部，或是一枝竹子碰到他肩头发出咔嗒声响。除了这，他的行走绝对不发出任何声响，他在茂盛的伽罗森林里飘过，就像森林已变成轻烟。他在上山，尽管小托梅看着树枝缝隙之间的群星，还是不辨方向。

然后卡拉·纳格上到顶峰，停了一小会儿，小托梅看见树梢连成一片，在月光下绵延了一英里又一英里，苍白的雾气笼罩在山谷的河上。托梅往前凑着看，他感觉森林在他身下苏醒了——苏醒，充满生气，各种动物挤成一片。一只吃水果的棕色大蝙蝠擦着他耳朵飞过去；一头大豪猪的鬃毛在灌木丛中咔嗒作响；在黑暗的树干之间，他听见一头小熊正在温暖潮湿的泥土里使劲儿挖，一边挖还一边嗅。

接着树枝又在他头顶连成一片，卡拉·纳格开始朝下——这次不那么安静了，而是像一个逃跑的猎手走下陡峭的河岸——一下子冲下山谷。他巨大的四肢像活塞一样稳固，每步迈出八英尺远，肘部皱巴巴的皮肤沙沙作响。他两侧身下的小植物被扯断，发出裂帛的声响，他用肩膀顶到左右的小树又弹回来撞到他的侧腹上，大串缠在一起的藤蔓植物随着他左右摇头开辟道路而垂在他的鼻子上。接着小托梅躺下，紧紧贴着他的大脖子，唯恐摇摆的大树枝把他扫到地面上去，卡拉·纳格希望自己又回到了象群。

草地开始变得又湿又软，卡拉·纳格的脚一踩，就陷下去发出吱吱嘎嘎的声音，谷底的夜雾冻坏了小托梅。水花四溅声，践踏水流声，河水急流奔涌声，卡拉·纳格一步一步摸索着道路大步跨过河床。河水在大象腿部周围打旋，但在水流声之上，小托梅听见上游和下游都传来更多的水花飞溅的声音和大象的叫声——大声的咕哝和愤怒的喘息声，而他周围环绕的雾气之中看起来也满是翻滚起伏的阴影。

"啊！"他几乎叫出声来，牙齿吱吱打战，"大象们今天都出动了，那，这就是大象之舞了！"

卡拉·纳格咆哮着走出河水，擤干净鼻子，又开始了再一次攀登。但这次他不是单枪匹马了，而且他也不用再自己开路。道路已经开辟好了，六英尺宽，就在他前面，那里弯折的灌木草丛慢慢恢复原来站立的样子。几分钟之前一定有许多大象从那条路上走过。小托梅回头望，他身后有一头巨大的野象，小猪般的眼睛像燃烧的煤块一样闪光，野象正从雾气笼罩的河里走上来。接着树林又合拢了，他们继续走，往上攀爬，左右两边都伴随着叫声、碰撞声和树木折断声。

最后，卡拉·纳格就站定在山顶两棵树之间不动了。那两棵树是一圈树的一部分，那些树长在一个面积约三四英亩的不规则场地的周围，在那一整片空地上，正如小托梅看到的，地面践踏得像砖砌地面一样坚硬。几棵树长在空地中央，但树皮已经擦掉了，下面的白色木质在月光中显出锃亮的光泽。藤蔓植物从上面的树枝上垂下来，大朵的蜡白色花钟像旋花一样垂下，很快就闭起了花瓣。但在空地以内，没有一片绿叶——只有踏平了的地面。

月光照得大地一片铁灰，除了大象站立的地方之外，大象的影子墨一般黑。小托梅看着，屏住呼吸，眼睛几乎从脑袋里迸出来，他看着越来越多的大象从树木之间摇摇摆摆走进空地。小托梅只能数到十，他用手指数了一遍又一遍，直到忘了数了多少个十了，头也开始眩晕。他听见空地之外传来灌木丛压断的声音，大象们正从山腰开路攀爬上来，但一进入树圈之内，他们就像幽灵一样移动。

有长着白牙的野公象，他们脖颈和耳朵的褶皱里还夹着落叶、坚果和小树枝；有体态丰满、步伐缓慢的母象，肚皮下还跑着只有三四英尺高，躁动不安，微微泛出粉色的黑色小象；有刚刚露出象牙，非常骄傲的年轻的大象；有瘦得皮包骨的老母象，凹陷的脸上表情焦虑，象鼻如粗糙的树皮；有野蛮的老公象，肩部到侧腹伤痕累累，都是过去战斗留下的深深裂口和疤痕，他们独自在泥浆中洗澡时沾上的泥块正从肩头滴落；还有一头象断了一根象牙，腰上还有老虎爪子留下的令人恐惧的深深抓痕。

他们正头挨头站着，或是一对一对在空地上来回穿梭，或是好几十只大象自己摇摆。

托梅知道只要自己静静趴在卡拉·纳格的脖子上，就什么事都没有，因为即便是在克达围猎的冲撞和混乱之中，野象也不会用鼻子伸到驯服大象脖子上去把骑在上面的人拖下来。况且那晚的大象也没有想到有人。有一次他们突然跳起来，耳朵前伸，他们听到森林里有脚链叮叮当当的声音，却只是帕德米妮，皮特森·萨西布宠爱的象，她的铁链断了，咕噜咕噜嗅着鼻子攀上山腰。她肯定是挣断了木桩，从皮特森·萨西布的营地径直而来；小托梅还看到另一头大象，一头他不认识的象，背上和腹部都被绳索勒出了深深的印记。他一定也是从山里某个营地逃跑赶来的。

最后，树林里没有别的大象走动的声音了，卡拉·纳格从站着的树木中间摇摇晃晃走出来，走进象群中间，他咯咯叫着，所有的大象都开始用自己的语言交谈，还开始走动。

小托梅还是趴得低低的，他朝下看到好几十头宽阔的象背，摇摆的耳朵，晃动的象鼻和小小的转来转去的眼睛。他听见象牙偶然交错发出的咔嗒声，象鼻缠在一起发出干燥的沙沙声，象群中巨大的身体和肩膀摩擦声，还有巨大的尾巴不停拍打的声音和呲呲声。然后，一片云彩遮住了月亮，他坐在黑暗里。但那静静的、持续的推挤声和咯咯的声音仍在持续。他知道卡拉·纳格周围都是大象，他也不可能退出这个集会了。所以他咬紧牙，浑身颤抖。在一个克达围场，那里至少还有火把的光芒和喊叫声，但这里的黑暗中只有他一个人，有一次，一个象鼻子还伸了上来碰到了他的膝盖。

然后一只大象叫了起来，于是他们全都可怕地叫了五到十秒钟。露水从头上的树上滴下来，就像雨水一样落在看不见的象背上，接着响起了一声呆板的隆隆声，一开始并不是很大，小托梅也分辨不出是什么声音。但那声音越来越大，卡拉·纳格抬起一只前腿，接着又抬起另一只，然后又放在地上——一二，一二，就像杵锤一样有规律。现在，大象们是全部一起跺脚，听起来就像是在一个山洞口擂响一只战鼓。露水从树上滴落，直到一滴不剩，隆隆声还在持续，大地摇晃震颤，小托梅举起手捂住耳朵好挡住那声音。但这巨大刺耳的声音穿透了他——那是成千上万只笨重的大脚跺地的声音。有一两次，他感到卡拉·纳格和所有其他的大象向前冲了几步，那重击声会变成绿色多汁的东西被压碎的声音，但一两分钟之后，脚跺在结实土地上的隆隆声又开始了。小托梅附近某处的一棵树嘎吱嘎吱作响。他伸出手去触摸那树皮，但卡拉·纳格向前移动了，仍跺着脚，他也分辨不出自己在空地的何处。大象们都没有出声，除了有一次两三只小象一起吱吱叫出了声。接着他听见一声重击和蹭地声，然后隆隆声又开始了。那一定持续了整整两个小时，小托梅每一根神经都在疼，但他从夜晚的空气中嗅出黎明已经降临。

晨曦从青山之后一层淡黄的色泽中冲出，隆隆声随着第一道光线停止，就好像那光芒是一道命令。小托梅还没把那声响从脑中消除，甚至他还没来得及换个姿势，视线中除了卡拉·纳格、帕德米妮和有绳索勒痕的那头象之外，一头大象都没有了，山下也没有任何迹象，也没有沙沙声响或是低叫声表明其他的大象都去了哪里。

小托梅睁大眼睛看了又看，那空地在夜晚比他记忆中变大了不少。

更多的树站在了空地中央，但是四周的灌木和草丛却退缩回去了。小托梅又看了一次。现在他明白踩脚是什么意思了。大象们踩出了更大的空地——他们把茂密的草丛和多汁的藤蔓踩成了碎渣，碎渣又踩成薄片，薄片又踩成小块的纤维，纤维踩进结实的土地里。

"哇！"小托梅说，他的眼皮非常沉重，"卡拉·纳格，我的大王啊，让我们跟着帕德米妮去皮特森·萨西布的营地吧，不然我就要从你脖颈上掉下来了。"

剩下的第三头象看着这两头走远，他喷着气，绕着圈子走上了自己的路。他可能是属于五六十或一百英里外某个本地小王的财产。

两个小时之后，皮特森·萨西布还在吃早餐，他那晚上都拴了双重铁链的象群都开始叫起来，肩部以下都是污泥的帕德米妮和脚非常酸痛的卡拉·纳格摇摇晃晃走进了营地。小托梅脸色灰白，痛苦不堪，他的头发挂满树叶，给露水湿透了，但他还挣扎着向皮特森·萨西布敬礼，他虚弱地喊着："舞蹈——大象的舞蹈！我已经看到了，可是——我要死了！"卡拉·纳格蹲下来，他头一阵眩晕从大象脖子上滑了下来。

但土著小孩是没有神经紧张一说的，两个小时之后，他非常安心地躺在皮特森·萨西布的吊床上，头下还枕着他的捕猎外衣，小托梅喝了一杯热牛奶，一点儿白兰地还有几滴奎宁，那些毛发浓密、满身刀疤的丛林老猎手在他面前坐了三排，他们看着他，好像他是一个精灵，他用孩子经常会用的简单词句讲述了自己的故事，并且这样作结：

"现在，如果我有一句话是撒谎，就让人们自己去看，他们会发现大象们已经把他们的跳舞场踩得更大了，他们会发现十条加十条，几十条的小路通往那个跳舞场。他们用脚踏出了更大的空地。我看见了。卡拉·纳格带着我，我看见了。卡拉·纳格脚也非常酸了！"

小托梅躺了回去，他睡了整个漫长的下午直到黄昏，他睡着的时候，皮特森·萨西布和马楚阿·阿帕沿着两头大象的足迹翻了十五英里山路。皮特森·萨西布已经捉了十八年大象了，以前他只有一次找到了这样的跳舞场。马楚阿·阿帕已经不用再去看那片空地发生了什么，或者用他的脚尖去刮蹭那片压紧、夯实的土地。

"那孩子说的是真话，"他说道，"这些都是昨晚完成的，我数过了，有七十条小路穿过了那条河。你瞧，萨西布，帕德米妮的铁脚链把那棵树的皮都刮掉了！对的，她也来了这儿。"

他们互相看着，上下打量一番，都很惊奇。因为大象的方法超出了任何人类智慧，不管是黑人还是白人。

"四十五年来，"马楚阿·阿帕说道，"我一直追随我的象王，但我从没听说过有哪一个人类小孩看到过这个孩子看到的东西。凭着所有山神发誓，这是——我们能说什么？"他摇摇头。

等他们回到营地的时候，已是晚饭时间。皮特森·萨西布独自在帐篷吃饭，但他下令这个营地应该宰两只羊和几只鸡，还要有双倍分量的面粉、大米和盐，因为他知道这里应该举行一次盛宴。

大托梅从平原营地急匆匆赶来找他的儿子和大象，现在他找到了他们，他看着他们，似乎他害怕他们两个一样。在燃烧的火堆边上，拴着的象群面前，举行了一场宴会，而小托梅是整个宴会的主角。那些大个子棕皮肤的捕象人、追象人、赶象人、拴象人和所有知道如何打败最狂野大象秘密的人们把小托梅从一个人手中传给另一个人，他们用刚宰的野鸡胸脯血在他额头上做上记号以表明他是个森林人了，他加入了森林又独立于森林之外。

而后来，火焰熄灭了，木头发出的红光让大象们看起来就像是也在鲜血中浸泡过了一样，马楚阿·阿帕，克达所有赶象人的头领——马楚阿·阿帕，另一个皮特森·萨西布，四十年来他从没见过大象踩出来的路：马楚阿·阿帕，他是如此伟大，除了马楚阿·阿帕之外，他没有其他名字——跳起来，他把小托梅高高举在头顶上喊道："听着，我的兄弟们。听着，你们那些围场里的象王，因为我，马楚阿·阿帕在说话！这个小家伙将不再叫作小托梅了，而要叫作大象们的托梅，就像他之前的曾祖父的称呼一样。人们从没见过的情景，他在那个漫漫长夜都看见了，他有大象们的支持和丛林之神们的赞同。他会成为一个了不起的追象人，他会变得比我更伟大，甚至比我，马楚阿·阿帕还要伟大！他有明亮的眼睛，他将追踪新的足迹、旧的足迹，还有混合的足迹！当他在大象肚子下面奔跑去绑住象牙的时候，他不会受到伤害；就算他在一头正向前冲锋的公象脚前滑倒，这头公象也知道他是谁而不会踩在他身上。哎嗨！我铁链中的象王们，"他急速行走在拴住象群的木桩上，"这个小家伙看过你们在隐藏舞场的舞蹈了——那场面还从没有人看过！赐予他荣耀吧，我的象王们！敬礼吧，我的孩子们。向大象们的托梅致敬吧！钢加·帕夏德，啊哈！希拉·古奇，伯奇·古奇，库塔·古奇，阿卡！帕德米妮——你在舞场见过他了，还有你也是，卡拉·纳格，我象群中的珍珠！啊哈！一起啊！向大象们的托梅致敬！"

随着最后那声狂野的叫喊，整个象群都甩起了鼻子，直到鼻尖碰到额头上，然后就爆发出完满的致敬——那压倒一切的鸣叫声，那只有印度总督能听见的克达围场的致敬声。

但这一切都是为了小托梅，他看见了以前从没有人见过的景象——象群的夜间舞蹈，况且是孤身一人在伽罗群山的中心地带。

湿婆和蚱蜢

（这是托梅妈妈唱给宝宝的歌）

湿婆，他赐予了丰收，让风吹拂，

很久以前的一天，他坐在门口，

给每人一份食物、劳作和命运安排，

从王座上的国王到门口的乞丐。

湿婆，保护神，他创造了一切。

伟大的神！伟大的神！他创造了一切——

荆棘给骆驼，饲料给母牛，

还有妈妈的怀抱给困倦的脑袋，噢，我的小儿子！

他把小麦送给富人，粟米拿给穷人，

残羹剩饭给一家一家乞讨的圣人；

战斗给老虎，腐肉给鸢鹰，

碎皮和骨头给夜里墙外的恶狼。

他不让谁太崇高，也不看轻谁——

帕婆提在他身边看着他们来来往往；

她想欺骗她的丈夫，就对湿婆开了一个玩笑——

她偷走了小蚱蜢，藏在自己的胸口。

所以她骗过了他，保护神湿婆。

伟大的神！伟大的神！回头看啊。

高个子的是骆驼，笨重的是母牛，

但这是最小的昆虫，噢，我的小儿子！

当施舍结束，她笑着说：

"无数动物的饲主啊，有没有没喂到的？"

湿婆笑着答道："所有动物都分到了自己的一份，就连他，藏在你心口的那个小家伙。"

小偷帕婆提从胸口摸出蚱蜢，
她看见这最小的昆虫也在咬一片新发的叶子！
她看着，惊恐又好奇，她向湿婆祈求，
是谁给了所有活着动物们的食物。
湿婆，保护神，他创造了一切。
伟大的神！伟大的神！他创造了一切——
荆棘给骆驼，饲料给母牛，
还有母亲的怀抱给困倦的脑袋，噢，我的小儿子！